KB262143

구대마왕

九大魔王

몽월 新무협 판타지 소설

FANTASTIC ORIENTAL HEROES

구대마왕 7

몽월 新무협 판타지 소설

초판 1쇄 찍은 날 § 2008년 2월 21일
초판 1쇄 펴낸 날 § 2008년 2월 29일

지은이 § 몽월
펴낸이 § 서경석

편집장 § 문혜영
편집 § 김대식

펴낸곳 § 도서출판 청어람
등록번호 § 제1081-1-89호
등록일자 § 1999. 5. 31
어람번호 § 제2-1429호

주소 § 경기도 부천시 원미구 심곡1동 350-1 남성B/D 3F (우) 420-011
전화 § 032-656-4452 팩스 § 032-656-4453
http://www.chungeoram.com
E-mail § eoram99@chollian.net

ⓒ 몽월, 2007

ISBN 978-89-251-1201-5 04810
ISBN 978-89-251-0958-9 (세트)

구대마왕

도서출판 처럼

[완결]

7

몽월 新무협 판타지 소설

FANTASTIC ORIENTAL HEROES

目次

大
九
魔
王

九大魔王

"군사님, 오호법님께서 뵙기를 청하십니다."

안으로부터 아무런 반응이 없자 밖으로부터 수하의 목소리가 또다시 울려 퍼졌다.

백수파파가 모용란을 놀아보았다.

모용란은 무엇을 생각하는지 두 눈을 지그시 감고 있었다. 위지태 또한 어떻게 해야 할지를 몰라 백수파파와 모용란만 열심히 살피고 있었다.

"군사님!"

수하의 재촉하는 목소리가 계속 들려왔다.

문득 감겨 있던 모용란의 눈이 조용히 뜨였다. 그러더니 중

원전도가 펼쳐진 탁자 끝으로 가서 앉았다. 당문에서 무림맹의 전략 회의를 할 때마다 항시 자신이 앉았던 자리였다.

중원전도가 펼쳐진 탁자는 직사각형으로 되어 있었는데 길이가 대략 이 장 반쯤 되었다.

모용란이 자리에 앉자 백수파파와 위지태가 입구 쪽 탁자 끝에 문을 보면서 좌우로 버티고 섰다.

모용란이 정면으로 바라보이는 출입문을 향해 입을 열었다.

"들어오시라고 해라."

잠시 후 발자국 소리가 들리더니 덜커덩 하는 소리와 함께 출입문이 열리고 제오호법 혈추객이 들어섰고 구부정한 허리에 두 개의 쌍검을 멘 쌍노가 뒤를 따라 들어섰다.

탁!

혈추객은 백수파파와 위지태가 자신들을 쳐다보자 멈칫하더니 이내 시선을 거두어 맞은편에 앉아 있는 모용란을 쳐다보았다.

백수파파와 위지태가 가볍게 목례로써 아랫사람의 예를 취했지만 인사를 받는 둥 마는 둥 하며 주위를 한 바퀴 휘 둘러보았다. 백수파파는 오호법의 시선에서 방 안에 또 다른 사람이 있는지 확인을 하고 있음을 알아차렸다.

"여긴 웬일인가요? 전황이 몹시 우리에게 불리하게 돌아가고 있는 지금, 현장 지휘관이 자리를 비워도 되는가요? 더구나 군사의 허락도 없이 말예요?"

혈추객이 가벼운 미소를 지었다.

"워낙 급한 용무가 있어서 부득불 자리를 비울 수밖에 없었습니다."

"워낙 급한 일? 그게 뭐죠?"

대답 대신 혈추객의 입가에 미소가 짙어졌다.

혈추객의 미소는 기묘했다. 환하고 밝기보다는 왠지 등골이 서늘한 느낌을 주기에 충분한 음산한 그늘이 드리워져 있었다.

"왜 대답을 하지 않죠? 무슨 급한 용무가 있어서 이 위중한 시기에 부대를 비우고 날 찾아온 건가요?"

혈추객은 여전히 괴이한 웃음을 머금고 있었고 모용란이 사리에서 일어났다.

"오호법에게 한 가지 물어볼 말이 있어요."

혈추객이 호쾌히 말했다.

"말씀하시지요?"

모용란이 날카로운 눈빛으로 혈추객을 보며 느릿하게 입을 열었다.

"언젠가 한 가지 사건을 추적하느라 파파께서 오호법을 찾아간 적이 있었을 거예요."

"기억합니다."

"당시 오호법께서는 파파의 질문에 친구인 천교법왕이 방문하여 차를 마시고 얘기를 나눴다고 했었다면서요?"

"그렇소."

모용란이 피식 웃음을 지었다.

모용란이 웃자 혈추객의 표정이 살짝 굳어졌다. 모용란의 미소 속에 담긴 의미가 심상치 않았다.

모용란이 가볍에 머리를 쓸어 올리며 혈추객을 똑바로 쳐다보며 말했다.

"실례되는 질문이겠지만 오호법의 올해 나이가 몇이죠? 내가 알기로 천교법왕은 올해 여든한 살이라고 들었어요."

혈추객이 흠칫 놀라는 표정을 지었다.

모용란은 빠르게 말을 이었다.

"정확한 나이는 알지 못하지만 오호법께서는 결코 서른 중반을 넘지 않았다고 알고 있어요. 한데 어떻게 여든이 넘은 노인과 친구가 될 수 있죠?"

혈추객뿐만 아니라 뒤에 시립해 있던 쌍노까지 당황한 표정을 감추지 못했다.

모용란은 더욱 다그치듯 말했다.

"제 의문을 좀 속 시원하게 풀어주시겠어요? 어떻게 서른 중반의 나이에 여든이 넘은 노인과 친구가 될 수 있는지 그 비결을 말예요. 세상사가 꼭 나이로 친구가 되는 건 아니지만 당시 파파에게 말했던 오호법의 얘기는 죽마지우와 같다는 표현을 썼다더군요. 그것은 곧 서로의 의기와 신념이 맞아떨어져 세월을 뛰어넘어 쌓은 우정이 아니라 말 그대로 연륜이 같아서 사귄 친구라는 뜻 아닌가요?"

혈추객의 얼굴은 납덩이처럼 굳어졌다.

모용란이 위지태를 보며 물었다.

"직접 서장을 다녀온 네가 말해보아라."

위지태가 큰 소리로 말했다.

"속하가 직접 서장에 가서 알아본 바에 의하면 천교법왕은 올해 여든한 살이라고 했습니다."

"해명해 보시겠어요? 내 상식으로는 여든한 살 먹은 천교법왕과 오호법이 친구라는 게 믿어지지가 않는군요."

모용란이 매서운 눈빛으로 혈추객을 쳐다보았다.

한동안 돌덩이처럼 굳어 있던 혈추객이 마른침을 삼키고 예의 미소를 다시 지었다.

"훗훗! 원숭이도 나무에서 떨어질 때가 있다더니 내가 그런 꼴을 당했군. 나도 모르게 그만 내 입으로 내 정체를 드러내고 말다니."

우두둑!

갑자기 뼈마디와 근육이 뒤틀리는 소리가 들리더니 혈추객의 얼굴이 변형되기 시작했다. 진흙으로 이겨놓은 듯 여러 모양의 얼굴로 변하더니 검은 피부에 왼쪽 뺨에 기다란 흉터가 있는 주름살투성이의 노인으로 바뀌었다.

순간 그 모습을 발견한 백수파파가 경악하며 외쳤다.

“혀… 혈오천존!”

백수파파는 물론이고 모용란과 위지태 또한 기겁하며 놀랐다.

스윽!

그때 혈오천존 뒤에 서 있던 쌍노가 입구를 막아섰다. 아무도 밖으로 나가지 못하도록 하겠다는 행동이다.

“흐흐흐! 무심결에 뱉은 말 한마디가 이토록 완벽한 꼬리가 되어 밟힐 줄이야. 맞다, 천교법왕은 나와 진짜 친구다. 다만 내가 정체를 숨기고 있었을 뿐이지.”

모용란이 놀란 표정으로 말했다.

“하면 지금까지 날 죽이려고 했던 몇 번의 암습 모두 당신 짓이었군요?”

“부인 않겠다.”

“우리 아버지도?”

“물론 백독자를 찾아가 백화산을 구해 너희 아버지를 죽인 장본인 또한 나다.”

“당신의 정체는 뭐죠?”

“무림맹의 군사를 필사적으로 없애려는 집단이 이 세상에서 한곳밖에 더 있겠나?”

“혈천?”

“흐흐흐! 혈천의 호법 중 한 명이기도 하다. 그동안 변체환용으로 진면목을 감추고 무림맹의 일원이 되었지. 물론 내 임무는 널 죽이는 것이었다. 하지만 넌 뛰어난 머리로 내가 준비한 여러 차례의 함정을 귀신같이 빠져나갔지.”

모용란이 문을 막고 선 쌍노를 보며 말했다.

“결국 더 이상 암살이 먹히지 않자 직접 당신이 발 벗고 나섰군요.”

“그렇다. 널 죽이러 왔다. 오늘.”

말이 끝나자마자 기다란 직사각형의 탁자를 가운데 둔 채 혈오천존의 우수가 뻗어나갔다.

쉬익.

그 순간 백수파파가 혈오천존의 앞을 가로막으려 하자 쌍노가 번개처럼 일검을 후려쳤다.

콰아!

쌍노의 일검에 백수파파의 우장이 방향을 틀었다. 우선 자신의 앞가슴을 베어오는 쌍노의 우검이 더 위험했기 때문이다.

쾅!

두 사람의 장과 검이 부딪치며 격렬한 진동이 방 안을 휩쓸었고 위지태 또한 쌍노를 향해 검을 뻗어갔다.

“어딜!”

쌍노가 일성을 지르더니 좌수가 또 하나 남은 검을 뽑아 위지태의 검을 내려쳤다.

채앵!

위지태의 검이 사정없이 옆으로 튕겨 나갔는데 힘에서 현저한 차이가 났다.

한편 기다란 탁자를 가로질러 날아간 혈오천존의 우수가 불에 달궈진 듯 시뻘겠다.

"혀… 혈오수!"

모용란이 기겁하며 외쳤다.

삼십 년 전 중원을 한때 피로 물들였던 죽음의 장법이 나타난 것이다. 상처 부위에 도장처럼 붉은 낙인을 찍는 혈오수를 향해 모용란이 앞으로 손을 뻗었다.

피리릿!

어느새 소매춤에서 한 자 정도 되는 중검 한 자루가 튀어나와 그녀의 손에 쥐어져 있었다.

팟!

혈오수와 검이 부딪친 충격의 여파로 인해 중원전도가 그려진 탁자가 박살이 나고 말았다.

우지끈!

"흐훗! 역시 넌 똑똑해."

조각난 탁자를 밟으며 혈오천존이 다가섰다.

와직!

콱!

손에 들린 검을 더욱 힘껏 쥐며 모용란의 시선이 혈오천존의 어깨너머를 살폈다. 쌍노를 상대로 위지태와 백수파파가 맞서고 있었는데 놀랍게도 밀리고 있었다.

백수파파.

한 번에 백 개의 장력을 쏟아낸다는 장법의 달인이자 모용세가에서도 손꼽히는 고수다. 이미 수백여 차례의 실전은 그녀를 더욱 강하고 당당하게 만들었는데 그러한 백수파파가 위지태와 힘을 합치는 데도 쌍노에게 밀리고 있었다.

"아직도 모르고 있었나? 쌍노는 서독(西毒)으로 불렸던 전설적인 자객이다."

"서독!"

모용란이 또다시 놀랐다.

강호에는 명망 높은 자객들이 더러 있다. 그중 육혼사(六魂死)로 불리는 여섯 명의 인물이 있는데 그중 한 사람이 바로 서독이었다.

"넌 오늘 죽는다. 결코 살아날 수 없다."

혈오천존이 바람처럼 달려들어 와 연속 삼장을 갈겼다.

섬뜩한 핏빛의 붉은 장법이 앞가슴의 삼대 요혈을 노리고 파고들었다.

슈슈슈!

모용란의 검이 사선을 그었다.

콰콰콰!

빗발처럼 자신의 앞가슴을 파고드는 혈오수를 베었는데 가공할 속도였다.

"흐흐! 언제 봐도 모용세가의 연환칠쾌검은 화려해. 하지
만 나 혈오수 앞에는 무용지물이다."

화악!

혈오천존의 장법이 변화를 일으켰다.

우장이 옆구리를 파고들었고 그와 동시에 좌장이 왼쪽 어
깨를 쳤다.

멈칫!

모용란의 눈이 이채를 띠었다. 거의 동시에 옆구리와 어깨
를 노리는 쌍장의 공격에 대처할 방법이 떠오르지 않은 것이
다. 혈오천존과 자신과는 능력에서 많은 차이가 있다. 오래전
강호를 발칵 뒤집은 마두라는 것에서부터 여러 가지 강호 연
력에서 차이가 큼을 부인할 수 없었다.

자신도 혈오천존처럼 공격을 나눌 수가 있다. 오른손으로
옆구리를 파고드는 장력을 막고 좌장으로 어깨를 찍어오는
손을 제지할 수는 있는 것이다. 하지만 그렇게 되면 가뜩이나
부족한 힘이 분산됨으로 인해 자신이 손해를 볼 수밖에 없다.

질근!

달리 선택의 여지가 없다. 피하려 해도 뒤쪽이 벽이기 때문
에 물러날 수는 더욱 없었다.

콱!

왼쪽 어깨를 파고드는 혈오천존의 좌장을 검으로 잘랐다.
그리고 우장을 뻗어 옆구리를 파고드는 혈오천존의 우장에

정면으로 맞섰다.

팟!

퍼억!

둔탁한 소리와 함께 모용란의 신형이 뒤로 밀리며 벽에 사정없이 부딪쳤다.

쿠웅!

엄청난 충격이 등과 앞가슴에 동시에 전달되었다.

터져 나오려는 신음을 가까스로 집어삼키고 몸을 바로 세운 모용란이 몸을 날렸다. 약세를 감추기 위해 선공으로 돌입하는 나름대로의 계산이었다.

쉭! 쉬익!

모용란의 검이 섬광을 일으키며 혈오천존의 면상을 베어 갔다.

눈부신 빠름이었지만 혈오천존은 조금도 당황하거나 밀려나지 않고 곧바로 응수해 왔다.

퍼퍼퍽!

바람처럼 파고들었던 모용란의 신형이 강한 반탄강기에 의해 뒤로 팅겨 나왔다.

속이 메스껍다. 이미 기혈이 걷잡을 수 없이 흔들리고 있음을 말해주고 있었는데 불현듯 머릿속으로 한 가지 이상한 생각이 스쳤다. 방 안에서 이토록 큰 소리를 내며 치열한 격전을 치르고 있는데 자신의 거처를 지키고 있는 당문의 호위무사들로부터 아무런 반응이 없는 것이다. 뿐만 아니라 조금 전 이들을 안내했던 무사까지도 방 안에서 들려오는 굉음을 듣지 못했을 리 없었다.

그때 모용란의 의중을 간파한 듯 혈오천존이 말했다.

"널 지키는 당문의 무사들은 이미 내 손에 모두 죽었다. 뿐만 아니라 조금 전 우릴 안내했던 자도 방에 들어서기 전에 숨통을 끊어버렸지. 다시 말해 현재 이곳에는 너희들 말고는 아무도 없다."

모용란의 입술을 비집고 나직한 신음이 흘러나왔다.

"으음!"

자신의 거처는 외따로 떨어져 있었다.

전략과 전술을 입안하고 세우는 군사의 거처는 조용해야 한다는 뜻에서 당문에서 독채로 배려한 것이다. 그런데 그런 배려가 지금은 오히려 독으로 작용하고 있었다.

슈욱!

이번 손은 유난히 붉다.

그것은 절정의 내력이 주입되었기 때문임을 알 수 있었는데 모용란은 혼신의 힘을 다해 검을 휘둘렀다.

쏴쏴쏴!

모용세가의 연환칠검이 연속적으로 터져 나왔다.

폭우가 쏟아지듯 강력한 검기가 시뻘건 광기를 폭사하며 날아오는 혈오천존의 혈오수를 베어갔다.

퍼퍼퍽!

손[手]과 검(劍)이 부딪치며 강력한 기파가 사방으로 퍼져 나가며 실내의 기물을 박살 냈다.

"하악!"

그리고 비명을 끝내 질러내며 모용란의 몸이 구석으로 처박혔다.

"아가씨!"

백수파파가 다급한 외침을 흘리며 전력을 다해 쌍노의 검세를 차단한 후 모용란에게로 몸을 날렸다.

"못 간다, 늙은이."

몸을 날리는 백수파파를 향해 쌍노의 우검이 직선으로 찔러 들어왔다. 그 순간 위지태가 뛰어들며 쌍노의 등짝을 향해 검을 찔렀다.

"거추장스럽군."

쌍노가 빙글 백수파파에게 향했던 검을 거두어 돌아서며 힘껏 위지태의 검을 쳤다.

카캉!

위지태의 검이 퉁겨 나갔고 그 틈에 좌검이 앞가슴을 파고 들었다.

푸욱!

"컥!"

위지태의 앞가슴에 주먹만 한 크기의 구멍이 뚫리며 핏물이 흘렀다.

"끄르륵!"

위지태의 목구멍을 뚫고 피 끓는 소리가 들리더니 그대로 고꾸라지며 숨을 거두었다. 위지태의 목숨을 끊은 쌍노가 천천히 혈오천존 곁으로 다가서며 모용란을 부축하고 있는 백수파파를 향해 검을 겨냥했다.

백수파파는 모용란의 앞을 막아서며 쌍장에 진기를 가득 집어넣었다.

"속하가 처리하겠습니다."

"아니다. 비록 적이지만 무림맹의 군사라는 직위를 홀대해서는 안 된다."

쌍노가 옆으로 물러났다.

혈오천존이 서서히 쌍장을 모아 끌어 올렸는데 점차 붉은 색을 띠기 시작했다. 명치 부근까지 올라왔을 때 혈오천존의 쌍수는 이글거리는 불꽃처럼 변했다.

그걸 본 쌍노가 놀라며 속으로 중얼거렸다.

'혈오수의 최고 초식 혈염인.'

화아아!

그것은 불덩이였다. 활활 타오르는 두 개의 불덩이가 모용란을 가로막고 있는 백수파파를 향해 파고들었다.

백수파파 또한 위험을 직감하고 자신이 갖고 있는 최고의 절기를 아끼지 않고 떨쳐 내었다.

슈아아악!

연미추혼장.

일 초에 백 개의 장법을 뿜어낼 수 있다고 하여 백수파파로 불리게 된 자신의 최고 절기가 쏟아진 것이다. 비록 상당한 체력 소모로 인해 백 개의 손바닥은 나타나지 않았지만 수십 개의 손바닥이 혈오천존의 혈염인을 향해 부딪쳐 갔다.

콰콰콰쾅!

엄청난 굉음이 터지며 백수파파가 뿜어낸 장영이 시뻘건 불길에 함몰되어 가기 시작했다. 이글거리는 불꽃은 순식간에 백수파파의 장영을 태우며 그의 가슴을 강하게 타격했다.

빠악!

"아학!"

백수파파의 입에서 짧은 비명이 터져 나오며 뒤로 밀려났다.

퍽!

하는 소리와 함께 모용란에 부딪쳤고, 충격을 이기지 못한 모용란 또한 연쇄적으로 뒷벽에 처박히듯 충돌했다.

"끝내주겠다!"

짧은 호통과 함께 혈오천존의 신형이 비틀거리는 백수파파를 향해 태풍처럼 파고들었다.

촤라락!

양손이 번득이며 시뻘건 화염이 백수파파의 전신을 에워

싸 버렸다.

그것은 빠져나올 수 없는 그물이었고 백수파파의 노안이 붉게 적셔졌다.

"비켜요."

그때 돌연 뒤에 서 있던 모용란이 백수파파를 좌측으로 힘껏 잡아당기며 자신이 달려들었다.

콰아!

손에 들린 검으로 불덩이가 되어 오는 혈오천존의 손을 수직으로 내려 베었다.

그긍!

그러나 모용란의 검은 단단하게 뭉쳐진 혈오천존의 쌍장을 베지 못하고 중간에서 퉁겨 나가 버렸다.

휘익!

검이 퉁겨 나가며 혈오천존의 쌍장이 모용란의 가슴을 정통으로 찍었다.

빽!

강력한 혈염인에 격중된 모용란의 신형이 뒤쪽 벽에 사정없이 부딪쳤고, 콰앙! 하는 소리와 더불어 벽이 무너지며 밖으로 날아갔다.

철퍼덕!

모용란의 몸은 뒤뜰 정원수에 정통으로 부딪치고 바닥으로 떨어졌다.

만약 벽이 부서지지 않았다면 강력한 충격이 몸에 그대로 흡수되어 절명했을 테지만 다행히 벽이 무너지며 충격이 완화된 데다 나무에 부딪치며 더욱 그녀에게는 행운으로 작용했다.

모용란의 입가로 붉은 피가 끝없이 흘러내리고 있었다.

"컥!"

힘들게 몸을 세우는 모용란의 귓가로 늙수그레한 비명이 들려왔다. 보지 않아도 백수파파가 내지른 비명이라는 것을 간파한 모용란의 고개가 소리가 들려온 곳으로 돌아갔다.

백수파파는 온몸에 피를 뒤집어쓰고 있었다.

금방이라도 숨이 끊어질 듯한 처참한 모습이었지만 악착같이 비틀거리며 자신 곁으로 다가와 섰다. 마지막 순간까지도 주인을 지키려는 가로(家老)의 놀라운 의지였다.

"감동스럽군. 하긴 제대로 된 수하라면 주인을 위해서는 그 정도의 희생정신은 있어야지."

혈오천존이 다가오며 비릿한 조소를 흘렸다.

"꺼… 꺼져!"

백수파파가 먼저 선공을 가했다.

조금 전까지 산천을 날릴 것 같던 그녀의 장세는 힘이 없었다.

쉬이이!

백수파파의 장력을 가볍게 피해낸 혈오천존의 좌장이 벼

락처럼 뻗어나갔다.

"콰아아!"

시뻘건 장력이 날아온다.

백수파파는 피해야 한다고 생각했다. 하지만 몸은 그녀의 의지대로 따라주지 않았다. 한 걸음 떼는 데도 천 근의 무게로 온몸은 이미 자신의 의지를 벗어나 있었다.

"콰악!"

붉은 손바닥이 백수파파의 앞가슴을 찍었다.

"꺼르륵!"

백수파파가 고통에 찬 비명을 지르며 뒤로 나자빠졌다.

"파파!"

모용란이 다급히 쓰러진 백수파파에게 다가갔다.

늙은 백수파파의 앞가슴에 타는 듯 붉은 장인이 선명하게 찍혀 있었다. 삼십 년 전 강호를 공포에 떨게 했던 혈오수였다. 언제 봐도 등골이 서늘하고 찬바람이 앞가슴을 적시게 만드는 혈오수이다.

"파파, 날 봐요!"

꿈쩍도 않는 백수파파를 흔들어 깨웠다.

백수파파의 입에서는 끊임없이 붉은 피가 흘러나왔는데 그녀의 목에서 가래 끓는 소리가 들려왔다.

"아, 아가씨."

"파파, 일어나요."

백수파파의 두 눈이 초점을 잃어갔다.

"아가씨… 죄송합니다. 이 불충한 노신이 먼저 떠납니다. 아가씨를 지켜 드리지 못하고 먼저 떠난 이 못난 노신을 요… 용서……."

툭!

백수파파의 고개가 옆으로 꺾였다.

"파파! 파파, 정신 차리세요!"

모용란이 백수파파를 흔들었지만 그녀의 목은 힘없이 흔들렸다.

주륵!

모용란의 눈에서 눈물이 쏟아졌다.

세상을 알면서 가장 먼저 봤던 얼굴이었다. 어머니는 자신을 낳고 얼마 되지 않아 숨을 거두었고 이후 백수파파의 품에서 자란 것이다. 그녀는 자신을 때로는 주인으로 모셨고 한편으로는 자식으로 키웠다.

무공을 배우기 싫어 요령을 피우면 두 눈에 불을 켜고 혼을 냈지만 수련이 끝나면 무릎을 꿇고 용서를 빌었다. 명문의 지위를 고수하기란 엄청난 고통과 노력이 수반되는 길이라면서 자신이 게을러질 때마다 끝없이 채찍질하고 독촉하며 엄혹하게 키웠다. 그래서 백수파파는 자신에게는 특별한 존재였다.

가로(家老)이자 어머니였고 집안의 가장 큰 어른이기도 했다. 때로는 부친의 말보다는 백수파파의 의견을 따를 때가 더

많았을 만큼 그녀를 향한 모용란의 애정은 깊었다.

바람이 불어왔다.

한줄기 낙엽이 백수파파의 얼굴 위로 떨어져 눈을 덮어버렸다.

모용란이 입술을 피가 나도록 깨물며 몸을 일으켜 세웠다. 여전히 혈오천존은 환한 미소를 입가에 물고 있고 쌍노 또한 먹이를 노리는 야수의 얼굴로 자신을 주시하고 있다.

모용란이 검을 치켜세웠다.

비록 상대가 되지는 않지만 결코 이대로 죽기는 싫었다. 그것은 오기였다. 죽음보다도 자존심을 지키고 명예를 보호하고픈 자신의 의지인 것이다.

처억!

그녀의 두 눈이 표독해졌다.

그걸 본 혈오천존이 느물거리며 말했다.

"귀엽군."

혈오천존이 음산한 표정을 지었다.

평생을 동정으로 살아온 자신이다. 동정이 깨지면 혈오수 또한 깨진다. 그래서 아직까지 여자를 곁에 두지 않았는데 자신을 향해 비장한 각오를 새기며 검을 겨누는 모용란에게서 와락 욕망을 느낀 것이다.

두 손으로 검을 움켜쥐고 자신을 겨누는 모용란의 자세는 사내로 하여금 거친 욕망을 일으키도록 만드는 묘한 마력을 갖고 있었다.

꿀꺽!

아랫도리가 불끈 치솟는 기분을 느끼며 혈오천존은 침을 삼켰다.

욕망을 자제하지 못하면 자신의 삶은 곧바로 끝장난다는 것을 상기시키며 쌍장을 끌어 올렸다.

"흐흐! 너만 죽어주면 천하 패권을 도모해 볼 만하다는 것이 내 주인의 생각이다. 그래서 그동안 그렇게 널 죽이려 했는데 뜻을 이루지 못했다. 그런데 오늘 이렇게 기회가 왔고 난 널 죽일 것이다."

"누구 맘대로? 모용세가의 핏줄이 너 따위 냄새나는 늙은이에게 죽을 것 같으냐?"

"냄새나는 늙은이?"

혈오천존의 눈썹이 꿈틀거렸다.

혈오수를 익히면 몸에서 묘한 냄새가 난다. 노릿하면서도 약간 생선 썩은 냄새인데 혈오수를 더득히는 데서 오는 특유의 악취였다. 그래서 냄새를 없애고자 아침마다 울금향을 뿌려 몸의 냄새를 제거했다. 그런데 자신의 최대 약점을 꼬집어 조롱하자 단전으로부터 거센 분노가 솟구쳤다.

"가만 죽이지 않겠다. 네년을 갈기갈기 찢어 늑대 밥으로 던져 버리겠다."

후아악!

혈오천존의 손에서 붉은 장력이 뿜어 나왔다.

장력이 도착하지도 않았는데도 살을 태울 것 같은 뜨거운 열기가 뿜어 나온 것이 그가 얼마나 분노했는지 짐작할 수 있었다.

쏴!

모용란은 악착같이 검을 휘둘렀다.

피한다고 될 상황도 아니었으므로 이판사판이라는 모진 각오를 다지며 정면으로 맞선 것이다.

퍼억!

둔탁한 소리가 들리며 예상대로 모용란의 신형은 뒤로 멀찍이 밀려났다.

비틀거리는 모용란을 향해 혈오천존이 연거푸 쌍장을 뿜어냈다. 그야말로 숨 돌릴 틈도 주지 않는 가공할 공격이었는데 허공에 붉은 손바닥이 가득 찼고 모용란의 검은 허우적거렸다.

모용란은 어느 것을 막고 베어야 할지 모를 만큼 당황했고 퍼퍽! 하는 소리와 함께 복부와 옆구리에 이장을 맞았다.

"아악!"

모용란이 비명을 지르며 땅바닥에 주저앉았다.

엄청난 고통이 밀려왔지만 그녀는 벌떡 일어섰다. 중심을 잡지 못하고 비틀거릴 때 혈오천존의 우장이 재차 뻗어왔다.

콰앙!

“아아악!”

줄 끊어진 연처럼 모용란의 몸이 날아갔다.

휘익!

날아가는 모용란을 향해 혈오천존의 몸이 전광석화처럼 쫓아갔다. 이윽고 땅에 떨어지는 모용란을 향해 혈오천존의 장력이 이글거리며 날아갔다. 몸의 중심을 잃고 날아가는 모용란으로서는 혈오천존의 장력을 막기에는 역부족이었다.

쐐애액!

시뻘건 불길이 이글거리는 장력이 눈앞까지 파고들었다.

생과 사의 갈림길이 면전에 있었다. 오른손에 들린 검을 들어 장력을 베었지만 별무소득이었다. 오히려 강력한 힘에 그만 검이 허공으로 날아가 버리고 말았다.

화악!

이글거리는 장력이 눈앞에 와 있었다.

모용란은 죽음을 생각했다. 두렵거나 하는 따위의 감정은 선혀 없었다. 다만 자신의 죽음보다는 이머니였고 어른이었던 백수파파의 죽음이 너무 가슴 아플 뿐이었다.

“아미타불!”

바로 그때 커다란 불호 소리가 들려오더니 한줄기 푸른 장력이 날아와 그녀의 앞가슴을 파고드는 혈오천존의 장력을 가로막았다.

쾅!

엄청난 굉음이 천지를 울렸고 주위 정원수들이 폭풍에 휘말려 거칠게 흔들거렸다.

땅에 내려선 모용란은 자신을 위기에서 구해준 사람부터 찾았다.

한 사람이 자신의 앞을 막고 서 있었다. 당당한 체구에 잿빛 장삼을 걸친 것이 승려임을 알 수 있었다.

혈오천존이 깜짝 놀라며 부르짖듯 말했다.

"너… 넌 관오!"

"아미타불! 이미 오래전에 죽은 줄 알았는데 변체환용으로 무림맹의 호법 자리를 차지하고 있었다니 정말 재주 한번 좋소이다."

긴 눈썹이 수양버들 가지처럼 귀밑까지 휘어져 내려왔다. 앞이마에 다섯 개의 계인이 선명하게 찍혀 있고 두 눈에서 맑은 선광이 은은하게 뿜어 나오는 노승은 바로 소림의 사대금강 중 수좌인 관오 선사였다.

혈오천존의 안색이 굳어졌다.

상대는 사대금강 중 가장 강한 인물이다. 서로 얼굴은 알고 지냈지만 아직까지 단 한 번도 직접 겨뤄본 적은 없었다. 소림의 사대금강이라고 하면 소림을 대표하는 무승들로 그 위력과 솜씨는 자타가 인정하는 불세출의 인물들이었다.

"어떻게 네가 여길 왔느냐?"

"이곳 상황이 너무 좋지 않다고 하여 선발대보다 앞서 왔소이다. 다행히 위기에 처한 군사를 구할 수 있었으니 앞서 달려온 보람이 있구려.”

그리고 뒤를 돌아보며 말했다.

“더 이상 염려 말고 몸을 추스르시지요, 군사.”

나이는 한참 어리지만 무림맹의 군사다.

모든 작전을 지휘하고 입안하는 군사의 직책이란 전쟁터에서만큼은 가장 앞서고 위에 있다.

모용란은 거절하지 않았다.

비록 앞서 달려왔다고 했지만 소림과 무당의 지원군이 머잖아 이곳에 도착하리란 것을 알 수 있었고, 관오 선사라면 걱정없이 내상을 치료할 수 있었다.

“흐흐! 잘됐군. 소림의 사대금강의 위력을 오늘 직접 한번 보지.”

“노납 또한 전설적인 혈오천존 시주의 혈오수를 한번 맛보고 싶소이다.”

“오냐, 보여주마.”

혈오천존은 망설이지 않고 진기를 끌어올렸다.

순식간에 손바닥이 벌겋게 달아올랐다. 은은하게 뻗쳐 오는 열기를 보며 관오 선사의 눈썹이 찌푸려졌다.

‘극양의 장력과는 다르다.’

극양의 장력은 단지 열기만 뻗어온다. 그런데 혈오천존의 혈오수에서는 은은한 사기까지 느껴졌다.

팟!

관오 선사의 눈이 강렬한 광채를 발했다.

"시양지흡을 했군."

혈오천존은 부인하지 않았다.

"역시 늙은 고승답게 한 번에 알아보는구나. 오냐. 맞다."

관오 선사의 얼굴에 노기가 서렸다.

"용서할 수 없는 시주로다. 당신을 오늘 부처님의 이름으로 필히 불지옥에 던져 넣고 말겠소."

시양지흡(屍陽之吸).

갓 죽은 시체에는 살아 있을 때보다 양기가 충만하다. 물론 시간이 지나면 소멸이 되지만 죽음 직전에는 모든 양기가 단전에 모여 잠시 왕성한 힘을 발산한다. 이때 단전의 양기를 흡수하면 뜨거운 열화장력을 얻게 되는데 혈오수가 바로 그런 방법으로 탄생한 무예였음이 밝혀진 것이다.

어떤 이유로라도 죽은 시신에 손을 대거나 훼손하는 것은 살아 있는 사람으로서는 해서는 안 되는 일.

"아미타불!"

관오 선사가 분노의 불호를 외우며 오른손을 뻗었다.

번쩍!

푸른 장력이 마치 벼락처럼 날아갔는데 소림의 자랑 관음청강수였다.

혈오천존도 피하지 않고 정면으로 장력을 쏘아 보냈다.

콰아앙!

붉고 푸른 장력이 정면으로 충돌하며 거센 굉음이 주위를 울렸다. 백수파파나 모용란과 싸울 때와는 전혀 달랐다. 강한 반탄강기에 주위 나무들이 뿌리째 뽑혀 날아갔고 곳곳에 세워진 정원석이 산산조각이 되어 흩어졌다.

처척!

두 사람 모두 뒤로 한 걸음씩 물러났다.

외형적으로는 누구도 우위에 서지 못한 백중지세였고, 서로의 표정이 진중해졌다. 예상보다 상대의 무위가 고강함에 서로가 놀란 것이다.

스윽!

혈오천존의 양손이 빙글 원을 그리며 합장을 했다.

촤악!

그리고 앞을 향해 힘껏 뻗어내었다.

화아아!

그것은 장력이라기보다는 불기둥이었다. 마치 한 자루 검처럼 딱딱한 불기둥이 관오 선사를 향해 직선으로 날아갔다.

흠칫!

관오 선사의 눈이 흔들렸다.

'아아! 강(罡)이라니.'

강은 부드러우나 쇠보다 강하다.

관오 선사의 좌수가 힘껏 뻗어나갔다.

촤라락!

지금까지와는 전혀 다른 푸른색 장력이었는데 마치 돌덩어리와 같았다.

관음청강수의 최대 절초 관음청강력이다.

쾅!

두 사람의 장력이 또다시 중간에서 부딪쳤고, 지축을 울리는 굉음이 근처를 뒤흔들었다.

“으음!”

“음!”

두 사람의 입에서 나직한 신음이 터져 나왔고 동시에 뒤로 세 걸음씩 물러났다.

관오 선사의 얼굴은 무표정했지만 혈오천존은 창백했다. 한눈에 약간 밀렸다는 것을 알 수 있었는데 그때 옷자락 펄럭이는 소리가 들리더니 흑의인들이 날아왔다.

혈오천존의 눈이 커졌다.

‘당문의 고수들.’

앞가슴에 짙은 흑룡이 새겨진 흑의를 걸치고 날아오는 사람들은 당문이 자랑하는 독룡대였다.

독룡대는 독의 귀재들이다. 그들의 숨결 속에도 독이 스며 있다고 할 만큼 소리없이 적을 독살하는 가공할 독인들이 그들이다.

‘좋지 않다.’

관오 선사 혼자라면 쌍노와 힘을 합쳐 어떻게 승부를 결해 보겠지만 독룡대까지라면 얘기는 달라진다. 독에 주의를 하다 보면 공격에 전력을 담을 수 없고, 그것은 자신에게 무척 불리한 조건이었다.

힐끔!

관오 선사 뒤쪽을 쳐다보았다. 모용란이 운기를 취하고 있었는데 눈앞에 두고서도 죽이지 못하고 떠나야 하는 처지가 비참하기도 했고 몹시 화가 났다. 하지만 관오 선사가 앞을 막고 있고 독룡대까지 합세하고 있으니 어쩔 수가 없었다.

부드득!

혈오천존은 이를 한번 갈아붙인 후 관오 선사를 향해 벼락 같은 장력을 연속으로 뻗어내었다.

촤촤촤촤!

쉴 사이 없이 뻗어오는 붉은 장력에 관오 선사 또한 관음청강수로 맞섰다.

퍼퍼퍽!

둔탁한 굉음과 더불어 강한 반탄강기에 몸을 실은 혈오천존의 신형이 이미 저 멀리 날아가고 있었다. 속았다는 것을 깨달았지만 쫓기에는 늦었으므로 관오 선사는 그저 바라만 보았다.

쌍노 또한 어느새 혈오천존의 뒤를 따라 사라지고 없었다.

"선사, 언제 오셨소이까?"

독룡대를 이끌고 나타난 당문의 가주 당오종이 관오 선사를 보며 깜짝 놀라 말했다.

관오 선사가 합장을 하며 말했다.

"아미타불! 이쪽의 사태가 엄중하다는 소식을 듣고 본진보다 한발 앞서 왔소이다."

당오종이 한쪽에서 운기조식 중인 모용란을 발견하고 깜짝 놀라 외쳤다.

"군사 아니오?"

그때 모용란이 운기조식에서 깨어났다.

그리고 자리를 털고 일어나 관오 선사를 향해 예를 취했다.

"구명에 감사드립니다. 만약 선사께서 제때에 와주시지 않았다면 저는 아마 살아나지 못했을 것입니다."

"모든 것은 부처님의 뜻입니다. 부처님께서 저를 보내신 것은 군사를 도우라는 계시 아니겠습니까? 군사의 신변에 크나큰 변고가 생겼다면 우리 무림맹은 큰 손실을 입었을 텐데 천만다행입니다."

당오종이 모용란에게 물었다.

"도대체 어떻게 된 일입니까? 어떻게 혈오천존이 본 문에 잠입해 들어올 수 있단 말입니까?"

모용란은 한숨을 내쉰 뒤 자초지종을 말해주었다.

모용란의 얘기를 듣고 난 당오종은 놀람의 외침을 비명에 가깝게 터뜨렸다.

지난 수년 동안 무림맹의 호법으로 위장해 들어와 있었다
는 사실은 엄청난 충격이 아닐 수 없었다.

"결국 은밀히 여러 차례 제거를 시도했지만 번번이 실패하
자 이번에는 직접 나섰다는 것 아닙니까?"

"그런 것 같아요."

당오종이 돌연 독룡대를 향해 말했다.

"지금부터 너희들은 군사를 호위하라. 밤낮을 구분 말고
군사의 신변에서 단 한 치도 떨어져서는 안 될 것이다."

"존명!"

독룡대는 자신이 직접 키운 친위대다.

그런 독룡대를 모용란 곁에 두게 하는 것은 그의 가치와 존
재가 혈천과의 전쟁에서 얼마만큼 중요한지를 알 수 있는 대
목이었다.

九大魔王

第二章
은발의 도객(刀客)

九大魔王

긴 은발이 불어오는 바람에 나부꼈다. 태양빛을 받은 은발은 더욱 눈부신 광채를 사방으로 흩뿌렸고 가슴에 품은 서늘한 은빛 도신과 더불어 기묘한 조화를 이루었다.

은발과 은빛 도신.

그것은 한 사내의 상징이었다.

도백무상 전오.

그는 혈천의 오대세력 중 최정예인 혈사귀마대의 대주이다. 칼에 관한 한 강호에서 손가락에 꼽힐 만큼 뛰어난 도객이며, 특히 무림맹에 쫓겨 북해로 도주하여 와신상담 그곳에서 연마한 쇄육파골도는 그의 칼을 한 단계 성숙시켰다.

오른팔인 위백을 대동하고 전오는 숲길을 걷고 있었다.

전오는 아미산 회합이 끝나고 돌아오면서 지금까지 아무 말도 꺼내지 않고 고개를 떨군 채 뭔가 깊은 생각에 잠겨 있었다. 필시 당문 공격에 대한 나름대로 전략을 짜내느라 여념이 없을 것이라는 것을 간파한 위백은 가급적 전오의 생각을 방해하지 않기 위해 일 장 정도 떨어져 뒤를 따랐다.

당문만 함락시키면 천하 패권의 절반이 혈천에 떨어진다.

소림과 무당이 도착하기 이전에 당문을 함락시켜야 한다는 것이 천주의 뜻이다.

사박! 사박!

풀섶을 헤치며 걸어가는 두 사람의 발자국 소리가 조용한 숲을 울리고 있었다.

문득 뒤를 따르던 위백의 눈이 번쩍 빛을 발했다.

귓가에 두런거리는 사람의 목소리가 들렸기 때문이다. 전오는 깊은 생각에 잠겨 미처 듣지 못한 것 같았는데 자신의 귀에는 똑똑히 들려왔다.

위백의 고개가 주위를 살폈다.

바람결에 분명히 들려오는 것은 두 사람이 나누는 대화였다.

멈칫!

위백의 시선이 한곳에 고정되었다.

소리가 들려온 곳은 전방이었다. 자신들이 가고 있는 방향으로 두 사람이 바위에 걸터앉아 도란도란 얘기를 주고받고 있었다. 걸치고 있는 옷자락만 보일 뿐 정확한 인상착의는 가려진 소나무로 인해 정확히 판별할 수 없었다.

척!

그때 전오의 발걸음이 세워졌다.

그 또한 두 사람의 존재를 그제야 느낀 것이다. 천천히 시선을 들어 나무 사이로 보이는 두 사람을 날카로운 눈으로 쳐다보던 전오가 이내 걸음을 옮겼다.

이런 깊은 산속에 나무꾼이 있을 턱이 없다. 더구나 걸치고 있는 복장을 보아 사냥꾼 같지는 더욱 않았다.

'우릴 기다리고 있다.'

그것은 경험이 풍부한 백전의 노장만이 느낄 수 있는 본능이었다.

전오는 두 사람에게 시선을 고정한 채 천천히 다가갔다. 거리가 가까워질수록 두 사람의 행색이 선명하게 드러났다.

일노일소.

한 사람은 스물을 전후한 사내였고 다른 한 사람은 늙었다.

"엇!"

갑자기 뒤를 따르던 위백이 놀람성을 터뜨렸다.

"오른쪽에 있는 자는 귀상 늙은이 아닙니까?"

전오의 눈이 커졌다.

오른쪽에 앉아 있는 노인은 틀림없는 귀상이었다. 잠시 전

옥필생의 말에 의하면 귀상은 누군가의 도움을 받고 탈옥을 했다고 했다. 뿐만 아니라 호법과 장로 등 적지 않은 혈천의 고위간부가 무림맹의 용대 무사들로부터 암살을 당한 결정적인 제보를 한 인물로 드러났다.

전오의 뒷덜미 머리카락이 밤송이처럼 일어섰다.

전오는 분노하면 가장 먼저 사자의 갈기와 같은 뒷덜미 머리가 곧추선다.

배신자야말로 가장 추악한 인물이다.

비록 현 천주와 의견이 맞지 않아 무정옥에 갇혔지만 한때 혈천의 모든 작전권을 거머쥔 군사라는 작자가 외부인과 손을 잡고 배신을 했다는 것은 도저히 용납할 수 없는 일이었다.

전오는 갈기를 잔뜩 세우고 다가갔다.

가까이 다가가는 데도 두 사람은 무슨 얘기를 그렇게 깊이 나누는지 이쪽은 쳐다보지도 않았다.

오 장여쯤 다가갈 때쯤에서야 두 사람이 대화를 중단하고 이쪽을 돌아보았다.

귀상은 두 번 다시 살필 필요도 없이 알고 있는 얼굴이다. 해서 전오는 그와 나란히 앉은 사내를 주시했다.

처음 보는 얼굴이었다. 옆구리에 한 자루 청강검을 차고 있는데 지극히 평범했다. 옆구리에 차고 있는 검만 아니라면 과거에 낙방한 백면서생이라고 해도 좋을 만큼 허술하기 짝이 없는 옷차림이었다. 자신을 쳐다보는 눈빛도 흐리멍덩하고 야무진 구석이라고는 눈을 씻고 찾아봐도 없다.

잠시 경계했던 긴장이 풀리며 전오는 걸음을 세웠다.

귀상이 먼저 아는 체했다.

"아니, 자네는 전오 아닌가? 이런 곳에서 만나다니 너무 반갑구만."

무림맹과 내통하며 수많은 원로들을 숨지게 한 배신자라면 의당 자신을 보고 당황해야 하는데 귀상은 전혀 딴판이었다. 마치 오랜만에 만난 지기를 보듯 자신을 반갑게 맞이했다.

"많은 부하들을 놔두고 달랑 한 명만 대동하고 오는 것이 어디 회합에 다녀오는 길이구만?"

전오가 흠칫했다.

단번에 귀상은 자신이 천주가 불러 모은 회합에 다녀오는 길이라는 것을 간파한 것이다. 확실히 머리 하나는 비상하게 뛰어난 늙은이라고 생각하면서 전오가 말했다.

"탈옥을 했다고 들었소."

전오의 목소리는 야수처럼 으르렁거렸다. 또한 그 말은 당신을 죽이겠다는 경고이기도 했다.

전오의 시선이 힐끔 악소천을 향해 돌아섰다.

"그대가 저 늙은이를 뇌옥에서 끌어내 준 장본인인가?"

히죽!

악소천이 미소 지었다.

전오의 표정이 굳어졌다. 고수는 한눈에 상대를 느낄 수 있다. 악소천이 허름한 자세로 서 있지만 완벽하다.

두 사람은 누가 먼저랄 것도 없이 서로를 바라보며 섰다. 귀상은 조용히 뒤로 물러났다. 두 사람은 이미 대결에 들어가고 있었기 때문이었다.

"한 가지 가르쳐 줄 것이 있소. 혈천의 천주는 자신의 욕망을 위해 부족한 풍우혈패 두 개를 가짜로 채워 혈천을 일으킨 것이오. 그것만 해도 현 천주는 처단을 받아 마땅하오."

"유치하군. 나와 천주님을 이간질시키려는 수작치고는."

악소천은 입을 닫았다. 어떤 말도 통하지 않을 것이라는 것을 느꼈다.

두 사람은 표정 변화도 없고 담담한 눈빛이다. 하지만 평범한 외형 안에는 엄청난 탐색과 집요한 허점을 노리는 살기가 널름거리고 있음을 귀상은 느낄 수 있었다.

'딱 한 번이다!'

고수들일수록 두 번 겨루지 않는다. 단 한 번에 생사가 판가름날 것이다.

쏴아!

바람이 불어왔다. 두 사람의 옷자락이 찢어질 듯 펄럭거렸고 주위 나무들이 출렁거리며 낙엽을 토해내었다. 하지만 서로를 보는 두 사람은 평온했다.

쉭!

갑자기 전오가 튀어 올랐다.

시간을 끌수록 자신이 불리하다는 것을 느꼈다. 그만큼 악소천의 자세는 완벽하여 바람 한 점 들어갈 틈이 없었다.

전오는 일도에 자신이 북해에서 깨달은 쇄육파골도를 모두 쏟아내었다.

팟!

전오와 거의 같은 시기에 악소천의 신형도 날았다. 악소천은 분명히 맨손으로 날아올랐는데 어느새 손에는 한 개의 검이 쥐어져 있었다. 더욱 놀라운 것은 옆구리에 여전히 검이 매달려 있다는 것이다. 그렇다면 손에 쥐어진 검은 무엇인가.

쏵!

촤악!

두 사람은 절대고수이다. 그러나 충돌은 아주 조용했고 몽둥이 두 개가 부딪친 듯했다.

처척!

각자 반대편으로 내려섰다.

귀상의 눈이 바빠졌다. 승자를 찾으려는 행동이다. 둘 모두 꼿꼿하게 등을 돌리고 서 있었다. 누가 이기고 졌는지 알 수 없었다.

"음!"

갑자기 전오가 답답한 소리를 토해냈다.

"그, 그 검은?"

전오가 돌아서며 물었다.

조금 전까지 악소천의 몸에 있던 검은 사라지고 보이지 않았다.

"뇌검? 마음의 검이라고나 할까?"

"서, 설마 심검?"

약간 놀라며 한마디를 내뱉더니 쫙! 하며 전오의 몸이 정확히 반 토막으로 갈라졌다.

쿠쿵!

피도 흘러내리지 않았다. 마치 석고상을 쪼개놓은 듯 전오의 몸은 굳어 있었다. 뇌검이 통째로 익혀 버린 것이다.

"놈!"

위백이 달려들었다.

번쩍!

그 순간 악소천의 옆구리에 검이 뽑혔고 찰칵! 하는 소리가 들렸다. 분명히 뽑혔지만 어느새 검은 검집에 들어가 있었다.

땅에 내려선 위백의 미간에 한 방울의 피가 맺혀 있었다.

사망미섬에 당한 것이다.

"이, 이렇게 빠를 수가."

위백이 꼿꼿하게 엎어졌다.

잠시 쓰러진 두 사람을 내려다보던 악소천이 길게 호흡을 했다. 그리고 어느 한순간 우두둑 하는 소리가 들리면서 전오의 얼굴로 바뀌었다.

약간 쉰 목소리와 은발, 전오와 한 치도 다르지 않았다.

"괜찮아 보이오?"

귀상이 놀란 표정으로 고개를 끄덕였다.

"놀랍군, 놀라워. 그렇게 가짜 전오가 되어 혈사귀마대를 이끌겠다는 건가?"

악소천이 빙긋 웃었다.

귀상이 서둘러 말했다.

"그럼 나도 변장을 해야 하는 것 아닌가?"

귀상이 품속에서 얇은 인피면구 한 장을 꺼내 얼굴에 뒤집어썼다. 인피면구는 위백의 얼굴을 그대로 빼닮아 있었다. 귀상의 무예 실력으로 변체환용은 무리였기 때문에 미리 인피면구를 준비한 것이다. 물론 목소리는 얼마든지 바꿀 수 있는 약이 있다.

"가세! 아니지, 위백은 전오의 충실한 수하이니 공대를 해야지. 그만 가시지요."

악소천이 놀란 표정으로 귀상을 쳐다보았다.

그러다 말고 두 사람은 소리 내어 웃고 말았다.

"아참, 하마터면 큰일 날 뻔했군."

문득 악소천이 허리를 숙여 전오의 품속을 뒤지더니 천주로부터 받은 서찰을 찾아냈다.

좌라락!

서찰을 펼쳐 읽던 악소천이 미미하게 고개를 끄덕였다. 자신의 예상과 별 차이가 없는 내용이라는 뜻이었다.

"예상대로인가?"

귀상이 묻자 악소천이 넘겨주었다.

귀상 또한 서찰을 읽더니 나직한 신음을 흘렸다.

"오늘 밤쯤 당문을 공격할 것이라는 자네의 예측이 한 치의 오차도 없이 들어맞았군."

"당장 개삭기에게 서찰을 보내주시오."

"그렇게 하겠네."

귀상이 서찰을 품에 넣었다. 그리곤 두 사람은 어깨를 나란히 하고 산길을 걸었다.

"자네, 구대마왕에 대해서 잘 아는가?"

귀상이 침묵을 깼다.

악소천이 고개를 끄덕이며 대답했다.

"대충은 알고 있습니다만."

"구대마왕은 말 그대로 현 무림에서 가장 강한 아홉 사람을 일컫지. 그런데 다른 시대와 한 가지 다른 점이 있다면 지금까지 한 시대를 풍미했던 강자들 대부분이 얼굴을 드러내놓고 활동을 했지만 작금의 구대마왕은 이름이나 별호로만 불리고 있을 뿐 진면목을 제대로 드러내지 않고 있다는 걸세."

악소천은 귀상의 말을 묵묵히 듣고 있었다.

"마왕가를 아는가?"

악소천은 귀상을 돌아보았다. 그리고 길게 한 호흡 뱉은 후 나직이 흥얼거리듯 마왕가를 불렀다.

마왕가가 끝나자 귀상이 말을 이었다.

"작금의 최강 고수 아홉 사람은 단지 자신의 절기나 성격 등 여러 특징만을 빗대어 장(掌), 선인(仙人) 또는 권(拳) 등으로 불리네."

"정확히 얼굴을 드러낸 사람이 단 한 명도 없다는 것입니까?"

"그래서 역대 어느 시대의 고수들보다 무섭다는 것이네. 무공도 강한 데다 자신의 정체를 드러내지 않고 있으니 언제 어디서 어떤 모습으로 나타날지 아무도 모른다는 것이야. 강호의 전해 내려오는 속담에 앞에서 썰러오는 칼보다 뒤에서 날아오는 화살이 무섭다고 했는데, 뒤에서 날아온 화살이 강하기까지 하다면 그 무서움이야 더욱 말할 필요가 없지. 아무튼 구대마왕 중 내기 알고 있는 사람은 세 사람일세. 한 명은 장마 전대 장로이고 둘째가 현 천주이며 세 번째가 백마자이지."

"한 사람의 스승에게서 세 명의 구대마왕이 나오다니 과연 풍우혈이란 사람은 대단하군요?"

"그러니까 달마 이후 최강의 고수라고 부르지 않겠나? 그러는 자네는 몇 명을 알고 있나?"

"좀 전에 말했듯 장마 형님과 두 번째는 현재 무림맹의 정보 집단 비은각의 수장이자 황보세가의 가주인 황보량, 그는 만패객으로 불리죠."

귀상이 놀라는 표정을 지었다.

"세 번째는 누군가?"

"수라도에 대해 아십니까?"

"수라도 주인이란 말인데, 그럼 네 번째는 또 누군가?"

악소천이 가벼운 미소를 지었다.

잠시 멈칫하는 표정을 짓던 귀상이 생각났다는 듯 어색한 표정을 지었다.

"내 정신 좀 봐. 자네이지."

"한 가지 의문이 있습니다. 마왕이라고 하면 흔히 백도를 벗어난 인물을 뜻하는데 혈천에 소속된 세 사람을 제외한 나머지 여섯 명까지 마(魔)로 호칭한다는 것은 조금 이상하군요?"

귀상이 고개를 흔들었다.

"흔히 무공의 강함을 표현할 때 존(尊), 제(帝), 마(魔), 신(神)이란 표현을 하네. 즉, 아홉 사람 모두 신의 경지에는 이르지 못했지만 이미 마의 경지에는 올랐다는 것을 의미하기에 그런 호칭이 붙었네. 내가 알기로 구대마왕은 예전부터 치열한 전쟁을 벌여온 걸로 알고 있네. 상대의 정체를 파악하고 제거하기 위해 각자 혼신의 힘을 다하고 있지. 하지만 아무도 독패의 꿈은 이루지 못했고. 어쨌든 이제 천하의 주인은 한 명뿐이니 나머지 여덟은 죽어야 할 때가 온 것 같네.”

두 사람은 숲을 지나 한 개의 커다란 계곡을 넘었다.

그러자 멀리 커다란 잡목 숲이 나타났다. 방원 이백여 장 정도 크기의 분지였는데 온갖 수목들이 뒤엉켜 있어 겉으로 봐서는 아무것도 보이지 않았다.

하지만 두 사람은 우거진 잡목 숲에서 강렬한 살기가 풍겨 나오고 있음을 알아차렸다. 그것은 잡목 숲에 은신해 있는 혈사귀마대가 풍기는 살기일 것이다.

두 사람은 잠시 안개처럼 피어오르는 잡목 숲의 살기를 바라보고 서 있었다.

“대단하군.”

악소천이 혼잣말처럼 중얼거렸다.

어지간한 사람은 단순히 쏘아 나오는 살기에 질식해 숨질 듯 강렬했다. 왜 혈사귀마대가 혈천의 오대세력 중 으뜸으로 불리는지 알 수 있는 모습이었다.

“대주를 뵈옵니다.”

숲 속에서 한 명의 무사가 나타나 깍듯이 예를 취했다.

“전달하라. 지금 각 조의 조장들을 전부 불러들이도록.”

“존명!”

무사가 사라지고 악소천은 전오의 처소를 향해 걸어갔다.

악소천이 전오의 처소에 도착했을 때 각 조장들은 이미 와

기다리고 있었다.

하나같이 절정의 기세를 내뿜는 십 인을 훑어본 악소천이 말했다.

"오늘 밤 당문을 공격한다. 천주의 지시이다."

"옛?"

"드디어 당문을 공격하는 것입니까?"

여기저기서 놀람성들이 터져 나왔다.

"선봉에 우리 혈사귀마대가 선다."

"당연히 그래야죠!"

"큭큭! 당문 놈들, 가랑이를 모두 찢어주겠다."

여기저기서 살기 짙은 음성이 쏟아져 나왔다.

"공격은 오늘 밤 자시에 이뤄진다."

악소천의 말이 끝나자마자 조장들의 얼굴은 벌써부터 피에 대한 흥분으로 달아오르고 있었다. 굶주린 야수들과 다를 바 없는 그들의 반응에 악소천은 이들이 인성이 마공에 완전히 물들었다고 판단했다.

황혼녘까지 맑던 하늘에 점차 구름이 끼기 시작했다. 구름은 서쪽 하늘에서부터 몰려와 조금씩 하늘을 덮어갔는데 술시가 지나자 완전히 두꺼운 장막을 쳤다.

별빛 하나도 흘러나오지 않은 캄캄한 밤을 보며 당문을 지척에 두고 은신한 혈사귀마대 무사들의 얼굴에는 자신감이 한층 배가되어 흘렀다.

'하늘도 우릴 돕는다.'

빛은 기습을 방해하는 최대의 장애물이다.

그런데 먹구름이 하늘의 별빛을 완전하게 가려줌으로 인해 한층 기습은 수월할 것이고 성공의 예감을 모두가 가슴 뜨겁게 느끼기 시작했다.

어둠 속에서 시퍼런 시선을 폭사하며 모두가 육중하게 치솟은 당문의 담벼락을 노려보고 있었다.

당문은 현재 무림맹의 군사가 머물고 있다. 즉, 무림맹의 대본영인 것이다. 그렇기 때문에 당문만 함락시키면 사천은 혈천의 수중에 떨어지고, 그렇게 되면 귀주와 호남 광동까지 일거에 짓밟는다는 게 혈천 상층부의 계산이었다.

오조의 조장 사억만은 아홉 명의 부하를 이끌고 당문 북쪽에 진을 쳤다.

사억만은 올해 서른다섯 살로 감숙성에서 태어나고 자랐다.

대막관이라는 감숙의 삼대문파 중 한곳에 투신했고 그렇게 강호 생활을 시작했다. 그러다 열다섯 살 되던 해에 우연히 상고의 비급을 얻었는데 그것이 바로 삼백 년 전 감숙 일대를 피바다로 몰아넣었던 암천검객의 암천검급이었다.

사억만은 열심히 암천검급을 연마했다. 그리고 어느 날부터 자신이 조금씩 변하고 있음을 알아차렸지만 이미 때는 늦고 말았다. 암천검급은 사람의 인성을 말살하고 종국에는 죽음에 이르게까지 하는 마의 무공이었던 것이다. 모든 마공이 속성의 특성을 갖고 있듯 암천검급 역시 그를 불과 이 년 만에 감숙과 청해성 일대에 소문난 검객으로 알렸고, 그러던 중 전오를 만나 혈사귀마대로 들어간 것이다.

"아직 멀었냐?"

옆에 선 부하에게 물었다.

자시가 되면 공격 명령이 떨어진다. 그런데 너무 시간이 더디 간다. 어서 빨리 사람의 피를 마시고 싶다. 아미파의 불화 신무대와의 싸움 이후 싸움다운 싸움을 해보지 못해 요즘 피가 그리워 미칠 지경이었다. 공격 명령만 떨어지면 미친 듯 달려들어 당문 사람들의 피를 실컷 취해야겠다고 마음먹으며 오른손으로 검자루를 세차게 잡았다 놓았다를 반복했다.

부엉!

갑자기 어둠 속에서 부엉이 울음소리가 들려왔다.

순간 사억만의 눈이 커졌다.

부엉! 부엉!

부엉이 울음소리는 낮게 울려 퍼졌다. 그것은 공격을 알리는 신호였다.

"공격 신호입니다."

부하가 기다렸다는 듯 말했고 사억만이 벌떡 웅크린 곳에서 몸을 일으켜 세웠다.

"닥치는 대로 베고 죽여라. 열심히 베라."

"알겠습니다."

"큭큭큭!"

부하들의 입가에 잔인한 미소가 떠올랐고 사억만이 가장 앞장서서 몸을 날렸다.

휘이익!

사억만이 앞장을 서자 그 뒤를 아홉 명의 부하들이 기러기 떼처럼 무리를 지어 따랐다.

쉬이이!

순식간에 당문의 높은 담장을 넘어섰다.

지면에 내려선 사억만은 야수와 같은 눈빛으로 어둠 속을 응시했다. 사방은 쥐 죽은 듯 고요했고 이따금 멀리서 순찰무 사들의 발자국 소리가 들려왔다.

손짓으로 자신을 따르라는 시늉을 해 보인 후 앞장서 걸었다.

낮은 자세로 빠르게 정원을 가로질러 가자 이층의 전각 한 채가 나타났다. 워낙 캄캄하여 멀리 있는 현판의 글씨가 보이 지 않았지만 이미 당문의 지형과 건축물에 대한 사전 정보를 숙지하고 있었기에 눈앞의 전각에 대해서 알고 있었다.

제독전!

독을 제조하는 전각이다.

어쩌면 당문의 심장부인 셈이다. 그래서 열 개의 혈사귀마대 조 중 가장 저돌적이며 공격적인 자신들에게 제독전을 궤멸하라는 지시가 떨어졌다.

당문은 독의 명가이다.

독인들과의 싸움에 있어서 가장 중요한 것은 속전속결이다. 적이 용독을 하기 전에 끝장을 내야 한다. 그래서 자신이 이끌고 있는 오조의 무사들은 빠른 신법과 잔혹한 검을 사용하는 무자비한 자들로 구성되어 있었다.

스윽!

사역만의 왼손이 세워졌다.

공격하라는 신호였다.

순간 좌우로 대기하고 있던 아홉 명의 수하들이 일제히 제독전 안으로 날아들어 갔다.

아홉 명의 수하들이 스며들었는데도 바람 소리 하나 들려 나오지 않는다. 그만큼 신법이 뛰어남을 증명하는 것이었는데 사역만은 맨 마지막에 몸을 날렸다.

정문을 통하지 않고 측면으로 난 창문을 통해 소리없이 대청 안으로 들어섰다.

그런데 자신이 들어서는 것과 거의 같은 시기에 파파팟! 하며 불꽃이 일더니 실내가 대낮처럼 밝혀졌다.

느닷없는 변화에 사역만은 깜짝 놀랐고 서너 호흡 정도 앞장서 들어선 수하들 역시 소스라쳤다. 대청 곳곳에 촛불이 켜져 있었고 삼십여 명의 당문 무사들이 도열해 있었다.

사억만은 당황했다.

대청에 불이 켜졌고 이미 대기하고 있다는 것은 자신들이 올 줄을 알고 있었다는 것이기 때문이었다.

부하들 또한 너무 놀란 듯 어쩔 줄 모르며 사억만을 쳐다보았다. 사억만이 당황하고 있을 때 당문의 무사 중 우두머리로 보이는 오십가량의 중년인이 한 걸음 나서며 말했다.

"헛헛! 어서 오시오, 사 조장."

"으헉!"

자신의 이름까지 알고 있는 상대에 사억만은 숨넘어가는 비명을 토했다.

"난 당말종이라고 하오."

당말종은 현 문주인 당오종의 셋째 동생이자 제독전의 전주이다.

당말종이 입가에 여유있는 미소를 지으며 말했다.

"먼 길 오느라 수고했소. 최선을 다해 대접해 드리리다."

당말종이 말하는 대접이란 의미는 곧 단 한 사람도 살려 보내지 않겠다는 의미였다.

사억만은 한 가지 사실을 깨달았다.

'함정에 빠졌다!'

사억만의 생각은 맞았다. 이미 당문에서는 침공을 해올 줄 알고 미리 준비를 하고 기다리고 있었다.

아무리 천하제일의 집단일지라도 공격 사실이 드러나면

맥을 출 수 없는 법.

"쳐라!"

"별것 아니다. 모조리 베라."

양쪽이 순식간에 뒤엉켰다. 하지만 이미 실내에는 독이 가득 차 있었고 혈사귀마대 대부분이 독에 중독되어 있었다. 그래서 혈사귀마대는 속절없이 무너져 가기 시작했다.

무공 실력만을 놓고 본다면 당문은 혈사귀마대의 적수가 되지 않지만 미리 준비를 하고 있었던 데다 독공까지 펼쳐져 있었기 때문에 누구도 버티지 못했다.

"크아악!"

"악!"

비명이 어두운 밤하늘을 사로잡았다. 어둡던 당문 곳곳에 대낮처럼 화톳불이 밝혀졌고 수많은 사람들이 치열하게 엉켜 싸움을 벌이고 있었다.

원래 계획은 혈사귀마대 무사들이 당문의 주요 기관과 인물들을 일차로 제거한다. 그러면 이차적으로 나머지 혈천의 사대세력들이 밀고 들어와 혼란에 빠진 당문을 접수한다는 것이 오늘 밤의 계획이었다. 그런데 어떻게 된 일인지 기습 사실이 노출되었고 혈사귀마대는 손 한번 제대로 써보지 못하고 무너져 갔다. 그에 따라 당연히 혈사귀마대 무사들이 당문의 주요 기관을 장악했을 것을 믿고 가벼운 마음으로 뒤따라 들어선 나머지 혈천의 사대세력 또한 함정과 덫에 걸려 급속히 무너져 갔다.

거기다 혈천에 더욱 큰 불행이 닥쳐왔는데 바로 소림과 무당이었다.

분명히 도착하지 않았다고 했는데 그들은 곳곳에서 당문의 무사들과 힘을 모아 혈천의 무사들을 도륙했다. 소림과 무당은 혈천에 무너진 아미파나 점창파 등과는 확연히 달랐다. 그들은 강했고 월등했으며 냉혹하리만치 침착했다. 소림과 무당의 힘에 당문의 독이 더해지면서 혈천은 더욱 수세에 몰렸다.

"아미타불!"

"무량수불!"

불호와 도호가 곳곳에서 터져 나왔다.

쿠와아아!

콰가가강!

지축을 뒤흔드는 굉음이 귀가 찢어져라 메아리를 쳤다.

"무량수불!"

흰 수염을 가슴까지 늘어뜨린 무당의 노도사 한 명이 혈사 귀마대 육조의 조장 곽상을 가로막고 섰다.

곽상은 이미 피로 덧칠을 하고 있었다. 하지만 조금도 흐트러짐없이 노도사를 공격해 들어갔다.

노도사는 감탄 섞인 목소리로 말했다.

"실로 천하를 뒤엎고도 남을 기백이로다. 그러나 적이라는 것이 안타까울 뿐이니."

한소리 진중한 탄식을 흘리며 좌장을 쭈욱 뻗었다.

곽상의 목숨을 단숨에 취하겠다는 의지의 표현이었는데 손바닥에서 붉은 광채가 뻗어 나왔다.

'시… 십단금!'

곽상은 자신을 향해 날아오는 붉은 장력이 무당의 삼대장력 중 하나인 십단금이라는 것을 알아보았다.

십단금은 워낙 연성 과정이 까다롭고 복잡하여 무당 안에서도 제대로 정수를 깨우친 사람이 드물다. 그런데 핏빛에 가까운 광채를 보면 완벽한 십단금이었다.

'무당오수(武當五手) 중 한 명인 현공 진인이었군.'

현공 진인.

올해 세수 육십으로 불같은 성격을 지닌 인물이며 현 장문인인 태극자의 사제이기도 하다. 무당오수 중 십단금을 가장 능숙하게 펼치는 인물로 전해지는데 흑도의 인물들에게만큼은 손속에 사정을 두지 않기로 유명했다.

콰앙!

"으아악!"

곽상이 비명을 지르며 날아갔는데 땅바닥에 떨어지지 않고 푹신한 뭔가에 안겼다.

곽상은 고개를 돌려보았다. 한 사람이 자신을 안고 있었는데 대주 전오였다.

“대, 대주!”

“많이 다쳤구나. 잠시 쉬거라.”

악소천이 곽상을 한쪽에 조심스럽게 내려놓고 무당 인물들을 바라보았다.

“도백무상이다.”

“혈사귀마대의 대주.”

현공 진인의 안색이 굳어 있었다.

한 번도 만나지 못했지만 전오란 이름 두 자는 깊이 각인되어 있었다.

“무량수불! 그대가 도백무상이시오?”

전오로 변장한 악소천이 가벼운 미소를 지었다.

“그렇소.”

두 사람은 잠시 서로를 보았다. 악소천 또한 마땅히 할 발도 없고 그래서 우두커니 서 있었다.

“무우량수부울!”

현공이 벽력같은 도호를 내지르며 악소천을 향해 달려들었다.

혼신을 다한 십단금이 또다시 날아왔다.

단방에 악소천을 박살 내고야 말겠다는 듯 살기까지 불꽃처럼 넘실댔다.

부웅!

악소천의 신형이 떠올랐다.

그리고 뻗어오는 십단금을 향해 양발을 폭풍처럼 휘갈겼
다.

파파파팍!

육안으로 빠르기를 구분할 수 없을 만큼 강력한 각법이 십
단금을 가격했다.

무쌍각!

달마가 남긴 삼혈기 중 한 가지가 폭발한 것이다.

파아아!

무쌍각에 부딪친 십단금이 완전히 부서졌다. 초토화를 시
킨 무쌍각이 현공의 신형을 휘감아 버렸다.

뻐버벅!

십단금이 순식간에 깨지고 악소천의 발이 파고들자 현공
진인은 잽싸게 호신강기를 끌어올렸다. 하지만 악소천의 무
쌍각은 천년거암을 깨뜨리고도 남을 위력.

"크윽!"

현공 진인이 뒤로 비틀거리며 밀려나더니 대번에 피를 토
했다.

안색이 창백한 것이 상당한 내상을 입었다는 것을 알 수 있
었는데 현공 진인의 두 눈이 경악으로 부릅떠져 있었다.

십단금이 어떤 무공인가.

무당이 자랑하는 삼대수공 중 한 가지이자 그 위력은 수천
년을 이어오며 증명이 된 살인장법이다. 그런데 듣지도 보지

도 못한 각법에 무참히 깨지고 자신은 중상까지 입었다.

정작 놀란 사람들은 근처에서 싸우고 있던 소림의 인물들이었다.

무쌍각에서 강한 불기(佛氣)를 느낀 것이다. 불기는 불가무공 특유의 기세로 속가의 무공에서는 풍겨 나오지 않는다. 비록 파괴력은 소름 끼칠 만큼 혹독했지만 은은한 불기가 풍겨 나왔다.

한쪽에서 지켜보고 있던 소림의 광극 선사의 두 눈이 가늘어졌다.

'어인 불기란 말인가?

틀림없었다. 파괴력 속에 웅혼한 불기가 담겨 있었다. 그것은 조금 전 악소천이 펼친 무쌍각이 불가와 깊은 인연이 닿고 있음을 증명하고 있었다.

상대는 혈천의 괴수이다.

그런 자의 각법에서 불기가 풍겨 나오다니 헷갈리기도 했고, 또 한 가지 놀라운 사실은 전오기 칼 말고도 지금 목격한 것처럼 가공할 각법을 갖고 있다는 것이었다.

"놈은 혈사귀마대 수장이다. 놈을 반드시 잡아야 한다. 쳐랏!"

현공 진인이 버럭 소릴 질렀다.

현공 진인의 외침에 삼문의 무사들이 벌 떼처럼 달려들었다.

달려드는 무사들을 보며 악소천이 희미한 미소를 지었다.
그리고 조금 전과 같이 허공으로 떠오르더니 자신을 향해 달려오는 무사들을 향해 마주 달려갔다.

마치 땅인 양 허공을 딛고 쾌속하게 질주해 갔다.

그러면서 양발이 달려드는 상대의 공세를 부수어 나갔다.

콱콱콱콱!

모든 것이 파편이 되어 날아갔다. 검은 부러지고 권은 깨지고 장력은 소멸되었다. 악소천의 양 발길질에 남아 있는 것은 없었다. 순식간에 비명이 꼬리를 물었고 기세등등하던 현공 진인의 안색이 급변했다.

휘이이!

그것은 마치 한 마리의 대호였다. 어떤 커다란 짐승도 단 한 방의 발길질에 날아간다. 하물며 그보다 가볍고 약한 사람은 더 말할 필요가 없었다. 악소천의 발길이 부딪친 것은 뭐든지 부서지고 무너졌다.

"크아악!"

"꺼억!"

"꾸우욱!"

시체가 낙엽처럼 떨어져 내렸다.

빠악!

퍽!

도끼처럼 틀어박히는 악소천의 발길질에 육신은 종이 조

각처럼 찢어지고 날아갔다.

시체가 즐비했다. 당문의 무사들까지 합세하여 독을 뿌리고 암기를 날렸지만 소용이 없었다.

탁!

악소천이 곽상을 낚아채 날아갔다.

"잡아랏!"

현공이 소리쳤지만 누구도 쫓지 않았다. 뒤따라갔다가는 죽는다는 것을 모두 알기에.

휘익!

빠르게 날아가고 있는 두 사람 앞으로 흑영이 날아왔다.

곽상이 본능적으로 방어 자세를 취했고 악소천이 손을 들어 올렸다. 적이 아니라는 신호였다.

나타난 사람은 개삭기였다.

개삭기는 힐끔 피투성이가 된 곽상을 쳐다보더니 악소천을 바라보았다. 말을 해도 되느냐는 무언의 질문이었는데 악소천이 고개를 끄덕였다.

"거의 칠 할이 궤멸되었네."

곽상은 무슨 말인지 얼른 알아듣지 못했다.

개삭기가 빠르게 말을 이었다.

"혈사귀마대가 당문의 중요 기관과 무림맹의 간부들을 제압했을 것으로 믿고 느슨하게 뒤따라 들어왔던 것이 더욱 큰 피해를 낳았네."

사실 당문에 혈천의 침공 사실을 알려준 사람은 악소천이었다.

혈천의 천주가 전오에게 넘겨준 서찰에는 오늘 밤 당문을 공격하라는 내용과 함께 자세한 전략이 기록되어 있었고, 그것을 입수한 악소천과 귀상은 개삭기를 통해 서찰에 적힌 혈천의 전략을 당문에 흘린 것이다.

그때 두 사람의 대화에 궁금증을 참지 못한 곽상이 개삭기에게 물었다.

"자세히 말해보시오. 언뜻 들으니 우리 쪽 피해를 말하는 것 같은데?"

개삭기가 곽상을 보며 말했다.

"혈사귀마대를 뒤따라왔던 혈천의 사대세력을 말하고 있는 것이오."

곽상이 깜짝 놀랐다.

선봉대인 자신들이 함정에 빠져 제 역할을 하지 못했으므로 나머지 뒤를 따르던 사대세력 또한 적지 않은 피해를 입었을 것으로 추정은 했지만 무려 칠 할이 궤멸되었다는 것은 청천벽력과 다를 바 없었다.

"정말이오?"

개삭기가 시큰둥하게 말했다.

"내가 농담이나 하는 사람으로 보이오?"

개삭기가 싹뚝 자르듯 쏘아붙이자 곽상의 표정은 암담하

게 우그러졌다. 그리고 마음 한쪽으로 한 개의 단어가 빠르게 떠올랐다. 그것은 완패라는 두 글자였다. 당문을 휩쓸고 사천을 점령한 다음 일거에 귀주와 호남까지 밀고 내려간다는 계획이 철저히 무산된 것이다.

그런데 더욱 믿을 수 없는 것은 싸움에 패했는데도 별로 놀라거나 분노하지 않는 대주의 표정이었다.

이해할 수 없다는 듯 고개를 갸우뚱거리고 있을 때 악소천이 말했다.

"그만 갑시다."

악소천이 앞장을 섰고 그 뒤를 개삭기가 따랐으며 잠시 앞서 가는 두 사람을 쳐다보던 곽상이 맨 뒤를 걸어갔다.

문득 개삭기의 등에 곽상의 시선이 멎었다.

그러고 보니 처음 보는 인물이다. 혈사귀마대에서는 한 번도 본 적이 없었다.

'이상하다!'

확실히 대주는 이상했다.

벌써 수해 동안 그를 곁에서 보좌했지만 오늘 밤의 전오는 지금까지 단 한 번도 볼 수 없었던 모습을 보이고 있었다. 그중 가장 큰 특징이 따뜻하고 온기 가득한 태도와 목소리였다.

더욱 이상한 것은 싸움을 패했으므로 길길이 날뛰고 난리를 피워야 전오다운 것인데 너무 태평했다.

"어디로 가십니까?"

뒤를 따르던 곽상이 물었다.

의당 퇴각이라면 당문 밖으로 나가야 하는데 오히려 안쪽으로 들어가고 있었기 때문이었다.

그러자 앞장서 가던 악소천이 가볍게 말을 뱉었다.

"그대 말고 한 명 더 데려갈 사람이 있다."

곽상이 눈살을 찌푸렸다.

언뜻 악소천의 말속에서 자신을 구출한 것이 어떤 계획에 의한 것 같은 냄새를 맡았기 때문이다. 자신 말고 또 한 명 구해야 할 사람이 있다는 말투가 그 반증이었다.

멈칫!

앞장서 움직이던 악소천의 발걸음이 멈추더니 좌측으로 고개를 돌렸다.

좌측으로 오십여 장 떨어진 곳에 한 채의 전각이 세워져 있었는데, 바로 풍화원이다. 모용란이 묵고 있는 곳인데 그곳에서는 지금 치열한 싸움이 벌어지고 있었고 다섯 명의 혈사귀마대 인물들이 이십 명의 무사들에게 포위 공격을 받고 있었다.

"서문통이 고생하는군?"

곽상은 악소천의 말투에서 자신 말고 또 한 명 구해갈 사람이 다름 아닌 서문통이란 것을 알아차렸다.

칠조 조장 서문통은 자신과 동갑내기다. 뿐만 아니라 혈사귀마대에서 가장 마음이 통하는 사이로 평소 자주 왕래를 하며 지내고 있었다.

어찌 보면 이 세상에서 가장 절친한 사이라고 할 수 있었기 때문에 위험에 처한 서문통을 보며 곽상은 안타까운 표정을 지었다.

힐끔!

문득 악소천의 고개가 한쪽으로 돌아갔다.

풍화원 창가에 한 명의 여인이 싸움 현장을 내다보고 서 있었다. 비록 어두웠지만 악소천은 단번에 그녀를 알아보았다.

'모용란!'

모용란은 싸움을 구경하듯 보고 있었는데 허우적대는 혈사귀마대의 몰락에 쾌감을 느끼고 있는 듯 입가에 묘한 미소를 머금고 있었다. 무림맹의 군사로서 비록 적의 기습을 사전에 알았다고는 하지만 자신이 세운 전략에 의해 적을 격퇴하는 현장을 지켜본다는 것은 무척 즐겁고 의미있는 일일 것이다.

'훗훗! 비안하군. 아직은 웃을 때가 아니기돈.'

악소천은 포위망 안으로 뛰어들었다.

그리고 서문통을 공격하는 두 명의 독룡대 무사의 공세에 맞서 왼발을 돌려 찼다.

빠박!

둔탁한 소리와 함께 충격에 주춤 물러나는 두 사람을 쫓아가며 오른발이 연속적으로 두 번을 찍었다.

뻑!

콱!

"으아악, 억!"

가슴에 커다란 구멍이 뚫리며 두 무사는 즉사했다.

갑자기 나타난 악소천에 의해 전세가 바뀌었다. 악소천의 양다리가 어두운 허공을 한 번씩 휘저을 때마다 당문이 자랑하는 독룡대 무사들의 비명이 이어졌다.

놀라운 돌발 사태였다.

그것도 단 한 사람에 의해 전세가 일거에 바뀌었고, 독룡대 무사들은 악소천의 발길질에 헌신짝처럼 날아가 곳곳에 주검으로 내팽개쳐졌다.

"대주님이 오셨다!"

"와아! 모조리 쓸어버리자!"

전오가 등장했음을 발견한 서문통을 위시한 수하들은 용기백배했다.

전장에서의 사기는 승패와 곧바로 직결된다. 더구나 패배를 목전에 두어 모두가 죽음을 생각하고 있는 이때 자신들의 수장이 나타나 일거에 적을 몰아붙이자 서문통은 흥분했다.

서문통을 비롯한 혈사귀마대 무사들은 전혀 부상을 당하지 않고 지치지 않은 사람들처럼 자신들을 괴롭혔던 독룡대 무사들을 압박해 갔다.

"크아악!"

“헉!”

하지만 장내의 싸움을 주관하고 있는 사람은 악소천이었다.

그의 발이 한 번씩 움직일 때마다 비명은 어김없이 터져 나왔고 그토록 기세등등하던 독룡대 무사들의 얼굴에 두려움이 깔렸다.

남은 독룡대 무사들의 숫자는 일곱.

그들의 낯빛은 굳어 있었고 눈빛은 심하게 흔들거리고 있었다. 악소천의 폭풍지세에 완전히 사기를 잃고 도망칠 기회를 엿보기 시작했다.

도저히 상대할 수 없는 벽으로 여긴 것이다.

한편 여유만만하게 창밖의 싸움을 살피던 모용란의 안색이 파래졌다.

특히 갑자기 뛰어들어 순식간에 전세를 뒤집어 버린 악소천의 등장은 엄청난 충격이었다.

마치 한 마리 내호가 늑대들 틈에 뛰어들어 닥치는 대로 찢고 물어뜯는 사나움 그 자체였다.

‘저자가 바로 혈사귀마대의 대주 도백무상인가 보구나.’

말로만 들었지 직접 얼굴을 보기는 오늘 처음이었다.

어둠 속에서도 몸을 움직일 때마다 짙은 은발이 물결처럼 출렁거렸고, 그의 두 발은 춤을 추듯 허공을 지배해 가고 있었다. 당문이 자랑하는 독룡대 무사들의 악착같은 공격도 그의 발길질 아래서는 보잘것없었다.

'그런데!'

모용란의 눈이 빛을 뿌렸다.

그는 칼의 귀재라고 했다. 그런데 칼은 가슴에 끌어안고 있을 뿐 오로지 두 다리로 살상을 하고 있었다.

칼을 뽑지 않아도 얼마든지 상대할 자신이 있기 때문인가, 아니면 다른 뜻이 있어서일까. 대저 무사라면 싸움에 임할 때 자신이 갖고 있는 최고의 장기를 이용하는 게 일반적이다. 그런데 비은각으로부터 들어온 어떤 정보에도 전오가 각법에 능하다는 말은 듣지 못했다.

"……."

모용란이 눈을 크게 떴다.

독룡대를 몰살한 악소천이 돌아서고 있었기 때문이었다. 전체적인 전황이 아무리 자신들에게 불리하게 돌아가고 있다고 해도 마음만 먹으면 혈천의 눈엣가시인 자신을 얼마든지 죽이고 떠날 수 있는 시간과 여건이었다.

이해할 수 없는 악소천의 행동에 모용란이 놀라고 있을 때 문득 부하들을 이끌고 떠나던 그가 걸음을 세웠다.

획!

그리고 자신 쪽을 향해 고개를 돌렸다.

때마침 바람이 불어 짙은 은발이 악소천의 앞 얼굴을 덮고 있었는데 머리카락 사이로 한줄기 광채가 뿜어져 나왔다. 그것은 무척 맑고 선명했는데 조금 전 독룡대 무사들을 도살하던 살인귀다운 가혹한 시선과는 거리가 멀었다.

무척 친근했고 따뜻했으며 적의라고는 찾아볼 수가 없었다.

흠칫!

모용란은 또다시 놀라고 말았다.

도저히 이해할 수 없는 눈빛이다. 어떻게 적대적 감정이라고는 단 한 올도 찾아볼 수 없는 눈빛을 던질 수가 있단 말인가.

바로 그때 귓가로 한줄기 전음이 들려왔다.

"놀라는군."

모용란이 깜짝 놀랐다.

목소리가 어디서 들어본 것 같은 기억이 났기 때문이었다.

"왜? 죽이지 않고 그냥 가서 섭섭한가?"

모용란은 대꾸를 하지 못했다.

상내의 말속에서 적대 감정이라고는 진허 찾아볼 수 없었고, 오히려 약간의 농담까지 배어 있음을 느꼈기 때문이었다.

갑자기 헷갈렸다.

전오는 무서운 자다. 화가 났다 하면 부하까지도 즉석에서 참수할 만큼 잔인한 성품의 소유자이자 무림맹에 대해서는 철천지한을 갖고 있다. 그런 자가 자신에게 농담 가까운 전음으로 말을 건네고 있는 현실에 모용란은 이마를 찡그렸다.

“그때보다 훨씬 예뻐졌군.”

모용란이 물었다.

“당신이 정말 악명 높은 전오 맞나요?”

자신이 물어놓고도 무척 어리석은 질문이라고 생각했다. 전오를 놓고 전오냐고 묻는 것이 스스로 생각해도 우스꽝스럽기까지 했다.

“왜 그러지? 이상하게 보이나?”

“솔직히.”

“좋을 대로 생각하라구.”

모용란이 침을 삼키고 정색하며 여전히 전음으로 물었다.

“난 안 죽여요? 날 죽이기 위해 혈안이 되어 있잖아요?”

“훗훗!”

악소천이 가벼운 웃음을 웃었다.

모용란이 물었다.

“무슨 의미죠?”

“오늘은 그냥 돌아가지. 나중에 만나면 그때 죽여주지. 미치도록.”

자신을 향해 미소를 지었다.

어두워 자세히 보이지는 않았지만 자신을 향해 짓는 미소가 무척 짓궂다는 느낌이 들었다.

“당신 전오 아니죠?”

멀리 사라지는 악소천을 향해 모용란이 다급히 전음을 보냈다.

"다시 말하지. 다음에 만나면 그때는 정말로 화끈하게 죽여줄 거야. 그때처럼 만지는 것으로 절대 끝내지 않겠어."

이윽고 악소천의 모습은 눈앞에서 사라졌다.

"그때처럼 만지는 것으로 절대 끝내지 않겠다는 건 또 무슨 뜻이지?"

혼잣말로 중얼거리며 생각하던 모용란이 돌연 눈을 크게 떴다.

'설마!'

눈앞으로 오래전 일이 하나 떠올랐다.

처음으로 성숙한 여인이 되어 낯선 남자에게 알몸을 보였던 결코 잊을 수 없는 그날의 일.

오늘날까지도 그때 일은 한시도 잊어본 적이 없었고, 그 남자 또한 잊지 않고 있었다.

모용란은 한동안 눈을 크게 뜨고 어둠 속을 노려보았다.

九天大魔王

第三章
피의 정비

九大魔王

　　당문을 빠져나온 악소천은 곽상과 서문통을 비롯한 몇 명의 혈사귀마대 무사들을 이끌고 어둠을 헤쳐 가고 있었다.

　　처음 숙영했던 용사평으로 몸을 날렸다.

　　부상을 심하게 입은 곽상은 서문통이 부축했다. 둘 사이는 꽤 가까웠고 허물이 없었기 때문에 몸을 날리면서도 두 사람의 시선은 자주 부딪쳤다. 그리고 마지막으로는 앞서 날아가고 있는 악소천의 등에 머물렀다. 말은 않고 있지만 서문통 또한 자신들의 대주가 조금 이상하다는 것을 느낀 듯했다.

　　용사평에 도착하자 사람들의 그림자들이 보였다.

　　모두들 당문에서 탈출해 나온 혈사귀마대 무사들이었는데

살아 있지만 하나같이 행색은 처참하기 이를 데 없었다.

팔이 잘린 사람, 다리가 잘린 사람, 갈비뼈가 훤히 드러날 만큼 앞가슴에 검상을 입고 있는 사람 등 온전한 사람은 극소수였다.

악소천은 숫자를 헤아려 보았다.

모두 열여섯 명이다. 일백 명이 출전하여 열여섯 명이 돌아왔으니 여든네 명이 죽은 것이다.

참혹한 패배였다.

모두가 너무도 어처구니없는 현실에 말을 잇지 못했다. 어지간한 충격에는 눈빛 하나 변하지 않는, 감정이라고는 철저히 메말라 있는 혈사귀마대였지만 거의가 전멸하다시피 하자 눈앞의 모두가 침통한 얼굴을 했다.

"곽 조장과 서 조장."

"예, 대주."

"잠시 나 좀 보지."

악소천은 나머지 수하들에게 휴식을 취할 것을 명령하고 두 사람을 데리고 용사평 한쪽을 흐르는 개울가로 다가갔다.

두 사람은 의혹의 표정을 담고 악소천을 따랐다.

개울가에 도착한 악소천은 목이 말랐으므로 땅바닥에 무릎을 꿇고 곧바로 물을 마셨다.

벌컥! 벌컥!

시원한 냉수가 뱃속으로 들어가자 정신이 한결 맑아졌다.

악소천은 일어섰다. 두 사람은 약간 긴장한 얼굴로 악소천
을 쳐다보았다.

악소천이 두 사람을 보며 불쑥 말했다.

"뭔가 이상하지 않나?"

"무슨?"

곽상이 물었다.

악소천이 가벼운 미소를 지으며 말했다.

"살아 돌아온 생존자들의 면면 말이야?"

그제야 곽상의 눈이 커졌고 서문통 또한 눈을 빛냈다.

그러고 보니 살아 돌아온 혈사귀마대는 공교롭게도 육조
와 칠조의 무사들이었다. 즉, 두 사람의 부하들인 것이다.

악소천을 쳐다보는 두 사람의 눈이 예리한 광채를 발했다.

절대 우연의 일치일 수 없다. 특히 평소의 대주는 자신들과
보이지 않는 껄끄러운 관계를 유지하고 있었다. 그런데 묘하
게도 자신의 수하들만을 구출해 준 것이다.

부드득!

그때 악소천의 얼굴이 뒤틀리며 본래의 모습으로 돌아왔
다.

"앗!"

"이런!"

두 사람이 기겁하며 뒤로 한 걸음씩 물러났다.

놀라는 두 사람을 보며 악소천이 말했다.

"긴말하지 않겠소. 당신들의 대주 도백무상 전오는 내 손에 죽었소."

두 사람 모두 깜짝 놀랐다.

악소천이 품속에서 세 조각 중 한 개인 장마로부터 받은 풍우혈패를 꺼내 보였다.

"그것은?"

"어떻게 풍우혈패가?"

악소천은 자세한 얘길 해주었다. 장마를 만났고 그로부터 풍우혈패를 받았다는 것까지 소상히 말했다.

"장마 대장로께서 살아 있단 말이오?"

서문통이 물었고 곽상이 신음 가까운 투로 말했다.

"그렇군. 한마디로 흑도무림의 발호를 경계하기 위해 소림에 인질로 잡혀 있는 셈이군."

악소천이 고개를 끄덕였다.

"장마 형님께서는 당장 혈천이 벌이는 모든 전쟁을 종식시켜야 한다면서 그 임무를 내게 주었소. 그런데 내가 혈천을 바로 세우려면 두 분의 힘이 절대적으로 필요하오."

그러면서 자신의 계획을 얘기해 주었다.

한참 동안 악소천의 말을 듣고 있던 두 사람의 얼굴이 수시로 변했다.

악소천의 긴 설명이 끝나자 두 사람은 망설이지 않고 곧바로 그 자리에 무릎을 꿇었다.

"대주를 따르겠습니다."

"명령만 내려주십시오."

악소천이 당황하며 손을 내저었다.

"난 대주가 아니오."

"아닙니다. 이제 혈사귀마대의 대주는 악 공자이오. 그것만이 중요할 뿐이오."

두 사람은 원래 대장로 장마를 따르던 사람들이었다.

장마를 따랐던 수많은 사람들이 처형되고 죽어나가는데도 두 사람이 생존할 수 있었던 것은 둘을 따르는 혈사귀마대 내 사람들이 많았기 때문이다. 그래서 전오 또한 둘을 내치지 못하고 어쩔 수 없이 데리고 있어야 했다.

두 사람은 왜 악소천이 자신들을 골라 살려냈는지 이제 이해가 되었다.

팟!

그때 악소천의 눈이 빛났다.

용사평 서쪽 하늘로부터 한 사람이 날아오고 있었기 때문이었다. 잠시 후 날아온 인영이 전오로 변장한 악소천 앞에 다가와 허리를 구부렸다.

나이는 사십 중반쯤 되어 보였는데 염소수염을 했고 누군지 알 수가 없었다.

"군사의 명을 하달하겠습니다. 당장 투계대 전략 회의에 참석하라는 밀명입니다."

현재 혈천의 군사는 왕충이다.

아마 오늘 밤 기습의 실패로 지금쯤 발칵 뒤집혔을 것이다.

악소천은 고개를 끄덕였다.

"알았소."

"그럼 전 이만."

염소수염의 사내가 바람처럼 사라졌다.

그가 사라지자 곽상이 말했다.

"부군사 나낙생입니다."

나낙생이 사라지고 악소천이 눈을 빛내며 생각에 잠겼다. 전략 회의라는 것이 뻔했다. 오늘 밤 패배에 대한 책임 추궁이나 아니면 앞으로의 대책에 대해 논의하려는 것일 것이다.

사천성 관현의 성문 밖에 한 개의 대(臺)가 있다.

이름하여 투계대(鬪鷄臺), 말 그대로 과거 한때 사람들이 닭싸움을 즐겼던 곳인데 그곳에 일단의 사람들이 몰려들었다. 투계대로서의 명성은 오래전에 사라지고 우거진 잡초와 부서진 대의 잔해만이 가득했는데, 나타난 사람들의 표정은 하나같이 무거웠다.

모여든 사람들은 하나같이 가공할 마기를 풍기고 있었는데 혈천의 최고위급 인물들이었다.

그곳에는 군사 왕충을 비롯해 장로들과 호법들이 모여 있었다. 패배의 후유증인 듯 모두가 무거운 얼굴이었다.

악소천은 전오의 습성에 대해 귀상과 곽상, 서문통으로부터 많은 설명을 들었기 때문에 그다지 긴장은 하지 않았지만 모인 사람들의 면면이 워낙 교활하고 노련한 자들이어서 몹시 조심했고, 그의 옆구리에는 전오가 쓰던 칼이 달려 있었다.

악소천이 오른쪽으로 고개를 돌렸다. 그곳에는 혈추객, 즉 혈오천존과 쌍노로 불렸던 서독이 있었다.

슈우웅!

갑자기 한줄기 바람이 부는가 싶더니 어느새 장내에는 호면을 뒤집어쓴 혈천의 천주가 나타났다.

실로 눈을 뜨고 있었는데도 등장 사실을 얼른 알아차리지 못할 만큼 빠른 신법이었다. 혈천의 천주가 나타나자 일제히 큰 소리로 허리를 구부려 예를 취했다.

"천주를 배알합니다."

조그만 숲 속에 십일 인의 외침이 울려 퍼졌다.

혈천의 천주가 사람들을 훑어보았다. 비록 표정은 볼 수 없었지만 호면 밖으로 쏘아 나오는 눈빛은 얼음장처럼 차가웠는데 몹시 분노해 있음을 알 수가 있었다.

잠시 한 사람 한 사람의 얼굴을 뚫어져라 쳐다보던 혈천의 천주가 입을 열어 말했다.

"내가 왜 그대들을 불러 모았는지 알 것이다."

폭발할 것 같은 분노를 애써 자제하는 듯 목소리가 은은히 떨리고 있었다.

"오늘 밤에 우리에게는 엄청난 일이 일어나고야 말았다. 도저히 생각할 수도 없는 끔찍한 일을 당한 것이다. 파죽지세로 무림맹을 몰아붙이던 우리 혈천이 패배를 당하고 말았다. 그것도 돌이킬 수 없을 만큼 치명적인 패배를 말이다."

"누군가 책임을 져야 하오!"

그때 한소리 외침이 장내를 울렸다.

모든 시선이 소리가 들려온 곳을 향해 고개를 돌렸다.

한 명의 노인이 천주를 쳐다보고 있었다. 머리카락을 길게 늘어뜨렸는데 제대로 단장을 하지 않아 마치 사자의 갈기 모양을 하고 있었는데 얼굴이 대추빛처럼 붉었다.

'대장로 사두자(獅頭子).'

과거의 대장로는 장마였지만 그가 실종되면서 대장로가 된 인물이다.

"당연히 책임을 져야지. 하면 대장로는 누가 책임을 져야 한다고 생각하오?"

사두자는 망설이지 않았다.

"그야 당연히 이번 패배에 가장 큰 책임이 있는 사람 아니겠사옵니까?"

"내 말은 누가 가장 큰 책임이 있냐고 묻는 것이오."

"첫째는 적의 판세를 잘못 읽은 군사이고."

순간 왕충의 고개가 발끈 쳐들렸다.

엄청나게 놀란 표정이었는데 사두자는 거침없이 말을 이었다.

"둘째는."

사두자가 잠시 말을 끊었다.

모든 사람들이 사두자의 다음 말을 기다렸고 잠시 후 그의 닫힌 입이 열렸다.

"소림과 무당이 들어와 있다는 사실을 전혀 알지 못한 홍루의 루주야말로 어쩌면 이번 패배에 책임이 가장 무겁다고 할 수 있소이다."

악소천의 좌측으로 서 있던 흑의노인의 고개가 번쩍 쳐들렸다.

두 눈이 실처럼 가늘고 코가 우뚝한 것이 잔꾀에 능한 인상인데 바로 혈천의 정보기관인 홍루의 루주 상문사(喪文士)였다.

일명 죽음의 선비.

그는 전주의 오른팔이자 그의 눈과 귀이다. 충성심 또한 자타가 인정하는 인물인데 사두자의 입에서 그의 죄가 가장 크다는 말이 나오자 천주까지 돌아보았다.

"여기 있는 모든 분들께서 알겠지만 홍루에서는 분명 소림과 무당이 당문에 도착하려면 빨라야 하루에서 이틀 정도 소요된다고 했소이다. 그래서 우린 그들이 도착하기 전에 당문을 장악하겠다는 계획을 세웠던 것이오."

"대장로님의 말씀이 백번 지당하오. 대저 전쟁이란 군사가 세운 전략에 의해 일사불란하게 움직이는 법이오. 우리 또한 홍루에서 보내온 정보에 의해 한 치의 흐트러짐이 없이 움직였소. 그런데 잘못된 정보로 인해 처참한 패배를 당했으니 책임을 져야 하오."

다른 사람보다 목이 한 개쯤 더 있는 키가 호리호리한 흑의 노인이 핏대를 올렸다.

제삼장로 독고량이었다.

"이번 패배로 본 천은 또다시 무림맹에 쫓겨 어둠 속으로 쫓겨 들어가야 할지도 모를 만큼 타격이 크오. 아무리 한번 실패는 병가지상사라고 하지만 이번만은 용서를 해서는 아니 되오. 책임을 지시오."

좀체 표정 변화가 없는 상문사의 얼굴이 수차례 변했다. 뭔가 한마디 대꾸를 하고 싶은 듯했지만 독고량의 말이 틀리지 않았기 때문에 애써 솟구치는 분노를 꾹 눌러 참는 듯 두 눈이 벌겋게 타올랐다.

잠시 장내에는 무거운 침묵이 흘렀다.

아무도 입을 열지 않았고 천주 역시도 호면으로 인해 얼굴 표정은 알 수 없었지만 밖으로 드러난 두 눈은 무겁게 가라앉아 있었다.

그때 사두자가 다시 입을 열어 말했다.

"수하들의 사기진작 차원에서라도 반드시 책임을 추궁해

야 하오. 그것도 당장 이 자리에서."

"이 자리에서?"

"그건 즉결처분을 하자는 것 아니오?"

사람들이 사두자를 놀란 표정으로 쳐다보았다.

사두자가 말했다.

"지금은 전쟁 중이오. 전쟁 중에는 어느 누구든 잘못을 저질렀을 때는 즉결처분이 가능하다는 것을 여러분도 잘 알 것이오."

분위기는 더욱 싸늘해졌다.

가뜩이나 사자의 갈기를 닮은 사두자의 머리털이 빳빳하게 일어섰고 그의 부리부리한 두 눈이 침묵 속에 있는 사람들을 훑어보며 더욱 큰 소리로 외쳤다.

"천주."

"말하시오, 대장로."

"뭐 하십니까? 오늘보다 훨씬 작은 실수에도 책임을 완전하게 물었던 천주 아니십니까? 수십 년 동안 준비해 왔던 우리의 모든 수고가 자칫 물거품이 될 위기에 처했습니다. 어서 책임자들을 처결하십시오."

사두자의 두 눈이 천주에 고정되었다.

사두자의 말이 끝나자 독고량 또한 다그치듯 말했다.

"즉시 처결하여 떨어진 수하들의 사기를 일으키고 반드시 무림맹을 궤멸시키고야 말겠다는 의지를 드러내 보이십시오."

호면 밖으로 드러난 천주의 눈이 매섭게 타오르고 있었다.

사두자와 삼장로가 지목한 왕충과 상문사는 자신의 오랜 측근이자 분신이라 할 수 있는 사람들이다. 비록 패배의 책임이 있다고는 하지만 자신이 오늘날 혈천을 장악하는 데 일등공신인 두 사람을 처단한다는 것은 결코 쉬운 일이 아니었다.

사두자와 삼장로 또한 그 사실을 모르지 않지만 워낙 패배가 컸고 누군가 책임을 지지 않는 한 앞으로의 싸움에서 승리는 더욱 멀어진다. 책임지는 모습을 수장이 보이지 않을 때 그 기관은 더욱 지리멸렬하고 흐트러지기 때문에 어떤 식으로든 추궁을 해야 했다.

"천주, 속하 전오가 한 말씀 올리겠습니다."

"말하시오."

모든 시선이 악소천에게 몾었다.

악소천이 고개를 똑바로 쳐들고 천주를 보며 말했다.

"앞서 말했듯 대장로와 삼장로님의 말씀에는 단 한구석의 흠도 없다고 여겨집니다."

"그 말은 왕충 군사와 상문사 루주를 처단해야 한단 말이오?"

"책임에 대한 처벌이 형평성을 잃을 때 그 조직은 모래알과 다를 바 없습니다. 수많은 수하들이 오늘 회의 결과를 지켜보고 있을 것입니다. 만약 오늘 회의 결과가 흐지부지 끝날

경우 앞으로의 무림맹과의 싸움은 더욱 난관에 부딪칠 것입
니다. 책임을 져야 할 사람들이 아무도 지지 않는데 어느 부
하가 목숨을 던져 싸우겠습니까?"

은근히 전오에게 기대를 했다가 사두자와 독고량보다 더
욱 강경하게 나오자 천주의 눈빛이 얼어붙었다.

뿐만 아니라 곁에 있던 상문사의 두 눈이 충격을 받은 듯
부릅떠져 있었다.

전오와 상문사는 사석에서는 호형호제할 만큼 친밀했다.
자주 만나 술잔도 기울였고 두 사람 사이에서 비밀이란 존재
하지 않을 만큼 허물없는 관계였는데, 그런 전오의 입에서 자
신을 처단해야 한다는 말이 거침없이 쏟아지자 엄청난 충격
을 받은 것 같았다.

부르르!

"군사와 홍루 루주를 죽이자는 말인가?"

천주의 물음에 악소천은 단호히 대답했다.

"당연하지요."

그때 상문사가 버럭 소릴 질렀다.

"이보시오, 전 대주! 당신이 정말 나에게 이럴 수 있소이
까? 다른 사람은 몰라도 당신이 이러면 안 되지!"

악소천은 담담하게 말했다.

"공은 공이고 사는 사이오. 제대로 된 조직일수록 공사가
정확히 구별되어야 하는 법이오."

장내의 공기가 차가워졌다.

"천주, 어서 처결하소서."

"머뭇거릴 시간이 없습니다."

사두자와 독고량이 거듭 재촉했고 악소천이 쐐기를 박듯 힘주어 말했다.

"만약 책임자에 대한 어떤 처벌도 이뤄지지 않는다면 본 천은 걷잡을 수 없는 혼란에 빠질 것입니다."

천주는 입을 다물었다. 악소천의 말은 틀리지 않았기 때문이었다.

서로가 책임을 회피하면 위계질서는 흔들리고 충성심 또한 모래알처럼 흩어진다.

천주가 무겁게 입을 열었다.

"사람이란 실수가 있게 마련이오. 두 사람의 잘못이 크긴 하지만 본좌는 앞서 말했듯 그동안 본 천에 끼친 두 사람의 공로를 인정해 엄중한 경고 선에서 끝내려 하오. 하니 더 이상 두 사람의 책임 추궁에 대해 일체 논하지 마시오."

"천주."

"안 됩니다. 이건 부당합니다."

사두자와 독고량이 큰 소리로 이의를 제기했다.

천주가 버럭 소릴 질렀다.

"감히 본좌의 결정을 인정하지 않겠다는 것이오?"

악소천이 나섰다.

“이대로 넘어가서는 본 천은 더 이상 무림맹과 싸워 이기지 못합니다. 당장 책임을 추궁하십시오.”

“전 대주.”

천주의 눈에서 살기가 뻗어 나왔다.

“그동안 본 천에 끼친 그대의 공로를 인정해 지금 말은 못 들은 것으로 하겠소.”

악소천은 물러나지 않았다.

“천주께서 정리에 연연해 처단할 수 없다면 속하가 대신 피를 묻히지요.”

“뭣이?”

천주의 눈이 커졌다.

뿐만 아니라 상문사의 고개가 돌려지고 버럭 소릴 질렀다.

“당신 진짜 미쳤소?”

악소천은 냉정하게 말했다.

“당신들 두 사람의 무지로 인해 사랑하는 내 부하가 거의 떼 몰살을 했소. 전주께서는 그냥 넘어간다고 하지만 난 도저히 이대로 묵과할 수가 없소.”

악소천이 가슴에 품고 있던 칼의 손잡이를 쥐었다.

그걸 본 천주가 차갑게 말했다.

“감히 네놈이 본좌의 명령을 거역하겠다는 것이냐?”

바로 그때였다.

번쩍!

두 줄기 광채가 왕충과 상문사를 향해 날아갔다.

"컥!"

"우욱!"

왕충과 상문사가 짧은 비명을 지르더니 각자 목을 감싸 쥐었다.

목을 감싸 쥔 두 사람의 손가락 사이를 타고 붉은 피가 흘러내렸으므로 모두가 소스라치게 놀랐다.

장내에 있는 사람 중 누가 두 사람을 베었는지 아무도 모르는 듯 주위를 휘 둘러보고 있는 가운데 악소천이 오른손을 거둬들이고 있었는데 칼이 쥐어져 있었다.

"책임을 져야 할 자들이 책임을 지지 않고 회피하면 그 조직은 사상누각과 다를 바 없지."

목을 감싸 쥐고 살기 위해 안간힘을 다하던 두 사람의 몸이 서서히 옆으로 쓰러졌다.

쿵!

퍽!

악소천이 단호히 말했다.

"책임을 피할 수 없는 사람이 또 한 명 있소."

사두자가 물었다.

"누구요?"

악소천은 주저없이 천주를 보았다.

"천주요."

사람들이 소스라치게 놀랐다.

악소천이 무심한 목소리로 말했다.

"어쩌면 천주야말로 가장 책임이 크다고 할 수 있소. 애써 여기까지 쌓아온 본 천의 모든 것을 망쳐 버렸으니까."

천주가 어이가 없다는 듯 눈을 깜박거리더니 말했다.

"그래서 본좌더러 물러나란 말이냐?"

"그렇소."

"푸핫핫핫! 네놈이 미쳤구나. 감히 본좌더러 물러나라니, 아마도 오늘 저녁을 잘못 먹은 것 같구나."

바로 그때였다. 오른팔이 없는 이장로 독수객이 한 걸음 앞으로 나서며 말했다.

"천주."

천주의 목소리가 으스스해졌다.

"뭐냐, 이장로?"

"풍우혈패를 한번 보여주겠소?"

천주의 눈이 빛났다.

느닷없이 혈천의 지존 신분을 나타내는 풍우혈패를 보여 달라는 독수객의 저의를 살피려는 듯 한참을 쳐다보았다.

"갑자기 그건 왜 찾느냐?"

"보여주시오."

천주가 잠시 날카로운 눈으로 쳐다보더니 품속에 손을 집어넣었다.

그리고 품속을 뒤지더니 잠시 후 풍우혈패를 꺼내 보였다.

손바닥만 한 크기의 둥근 세 개의 조각난 옥패에 풍우혈(風雨血)이란 글씨가 각기 쓰여 있었다.

그때 독수객이 품을 뒤지더니 조그만 옥패 한 개를 꺼냈다.

"엇! 저것은 혈(血)패 아닌가?"

혈천을 세운 풍우혈은 자신의 신분을 나타내는 풍우혈패를 정확히 삼등분하여 세 제자에게 나누어 주었다. 즉, 어느 한 사람이 혈천을 장악하여 독주하지 못하도록 하기 위한 계책인 것이다. 그런데 오래전 풍우혈패는 하나로 모아졌고 그가 곧 지금의 천주였다.

"그건 또 뭐냐? 어떻게 네놈 손에 혈패가 있단 말이냐?"

독수객이 말했다.

"백마자 어른께 받았소."

"배… 백마자."

천주가 크게 놀라 더듬거렸다.

"백마자 어른이라면 돌아가신 전 일장로 아니오?"

"도대체 어떻게 된 일이오? 분명 천주께서는 백마자 전 일장로께서 돌아가시기 직전 혈패를 맡겼다고 했는데 이장로를 주었다니 그럼 둘 중 하나는 가짜라는 것 아니오?"

천주가 버럭 소릴 질렀다.

"흐흐흐! 이제 보니 너희 두 놈이 어디서 가짜를 가져와 감히 본좌를 희롱하는구나."

독수객이 조용히 말했다.

"풍우혈패는 한 가지 특징이 있다고 백마자 전 일장로님께서는 말씀하셨소. 분명 옥이지만 사람의 피를 적시면 빨아들이는 효능을 갖고 있다더군요."

그리고 곧장 목숨이 끊어져 피를 흘리고 있는 상문사의 목에 혈패를 가져다 대었다.

스으으!

순간 놀라운 일이 일어났다. 상문사의 목에서 흘러내리던 피가 혈패에 감쪽같이 스며들고 있었다.

"천주께서 갖고 있는 혈패 또한 대어보겠소?"

천주가 멈칫했다.

독수객이 재촉했다.

"뭐 하시오. 어서 대어보시구려. 진짜라면 피를 흡수할 섯이오."

천주가 망설이자 주위 사람들이 의심의 눈으로 쳐다보았다.

독수객은 더욱 다그쳤다.

"언제까지 그렇게 서 있을 셈이오? 어서 대어보시오. 이렇게 말이오."

천주가 돌연 괴소를 흘렸다.

"흐흐흐! 그렇다. 내게 있는 혈패는 가짜다."

"가짜?"

"그럼 여태껏 우릴 속이고 있었단 말이오?"

도열한 장로와 호법들이 놀라 외쳤다.

천주가 독수객을 향해 음산한 목소리로 물었다.

"백마자는 분명 내게 죽었는데 어떻게 너에게 혈패를 맡겼단 말이냐?"

"탈령육조공을 아시오?"

천주가 흠칫했다.

탈령육조공은 몸은 죽어도 영혼이 몸을 지탱하는 것을 말한다. 내공의 수위에 따라 다르지만 목숨이 끊어져도 대략 일각에서 이각 정도는 자신의 의지대로 움직이는 절세의 사공이다.

"백마자 전 일장로께서는 천주의 암습을 받고 숨을 거두었소. 물론 죽는 그 순간까지도 혈패를 내놓으라는 천주의 협박에 굴하지 않았지요. 천주는 백마자 일장로께서 숨을 거둔 것으로 알고 시신을 버렸소. 그러나 일장로께서는 탈령육조공을 시전하여 날 찾아와 혈패를 건네주고 숨을 거두셨소."

천주가 눈을 빛내며 물었다.

"하면 왜 그 사실을 이제야 폭로하느냐?"

독수객이 느릿하게 말했다.

"내가 준비가 되어 있지 않았기 때문이오."

"네놈이 준비가 되어 있지 않았다는 건 또 무슨 헛소리냐?"

스윽!

돌연 독수객의 오른쪽 소매에서 은빛 창 한 자루가 모습을 드러냈다. 일반 창보다는 조금 짧은 두 자 정도의 길이였는데 유리알처럼 투명한 창신에 한 마리 백마가 조각되어 있었다.

"배… 백마신창(白馬神槍)."

누군가 놀람의 외침을 토했다.

"틀림없는 백마신창이다. 백마신의 애병이자 마왕가 속의 신창."

천주가 놀라며 말했다.

"백마자가 네놈에게?"

"그렇소. 백마자 일장로께서 나에게 넘기셨소. 자신은 비록 얻지 못했지만 백마신의 모든 것을 얻어 꼭 복수를 해달라고 말이오."

풍우혈은 세 가지 무공을 남겼다.

장(掌), 권(拳), 창(槍).

유독 품성이 온순하고 내성적인 백마자는 사부의 전기에 그다지 매달리지 않았다. 그에 반해 두 사형들은 무공에 대한 탐욕이 지나칠 만큼 강했고 순식간에 천하에 그 이름을 떨쳤다. 그러던 중 대사형인 장마가 실종되자 둘째 사형은 곧바로 야욕을 드러냈다. 사부가 남긴 백마신의 창법을 익히지 않은 백마자의 능력으로썬 둘째 사형의 적수는 될 수가 없었다. 다행히 죽으면서까지도 혈패를 빼앗기지 않고 지녔다가 자신이 몹시 아끼고 사랑했던 독수객에게 모든 사실과 함께 무공을 넘긴 것이다.

천주가 냉랭한 웃음을 흘렸다.

"그렇다고 해서 본좌는 네놈이 내 적수가 될 것이라고는 여기지 않는다. 이장로뿐만 아니라 내게 불만이 있는 자는 모두 나서라."

혈오천존과 두 명의 호법이 천주에게 붙었다. 그러나 나머지 사람들은 일제히 이장로인 독수객 쪽으로 붙어 섰다.

순식간에 패거리가 지어졌는데 의외로 자신 쪽으로 몰려온 사람이 셋밖에 되지 않자 천주가 놀란 표정을 지었다. 그렇지만 알고 보면 이 모든 것은 악소천의 계획이 만들어낸 결과였다. 무림맹에 넘긴 정보의 대부분이 천주와 그의 측근들이었기 때문이었다. 물론 그 모든 작전은 오늘을 대비해 천주를 몰아내기 위한 수순이었지만.

그때 어느 쪽으로도 발을 담그지 않고 있는 악소천을 보며 혈오천존이 말했다.

"전 대주야말로 당연히 천주님의 분신 아니오? 어서 이쪽으로 오시지요."

악소천은 아무런 말도 하지 않았다.

그저 가벼운 미소만 짓고 있었는데 사두자가 큰 소리로 말했다.

"구차하게 오라 가라 하지 않겠소. 전 대주 마음대로 하시

오. 다만 이것 한 가지는 분명하게 기억하시오. 지금의 천주
는 더 이상 우리의 주인이 될 수 없다는 것이오. 죽어도 우린
오늘의 결정을 후회하지 않을 것이오.”

독고량 또한 당당하게 말했다.

“우린 전 대주가 어느 쪽으로 붙든 상관 않겠소. 다만 지금
의 천주가 우리 모두를 속이고 혈천의 지배권을 장악했다는
것이오. 다시 말해 우린 그에게 이용을 당한 것이오. 더구나
사형제 중 한 명을 암살한 죄과는 어떤 이유로도 용서할 수
없소.”

악소천은 여전히 움직이지 않았다.

그러자 혈오천존이 말했다.

“좋소이다. 이쪽저쪽 모두 마음이 움직이지 않는다면 한쪽
으로 비켜주시겠소?”

악소천이 저쪽으로만 서지 않아도 충분히 해볼 만하다는
자신감이었다.

스윽!

악소천이 뒤로 한 걸음 물러났다.

어느 쪽으로도 붙지 않겠다는 의사였다.

천주가 해볼 만하다는 듯 음산한 웃음을 지었다.

“모조리 죽여주마.”

천주를 필두로 혈오천존과 두 명의 호법이 덮쳐 왔다. 특히
선두에서 날아오는 천주의 모습은 강맹했다. 양 주먹을 불끈

쥐고 강한 권풍을 뻗어왔는데 그 속도가 현란할 만큼 빨랐다.

슈슈슉!

악소천은 천주의 권을 보며 중얼거렸다.

'늑대의 주먹은 잡을 수 없이 빠르다네.'

마왕가 중 낭권, 즉 무상낭권(無上狼拳)을 칭송한 한 구절이다.

슈아앙!

독수객이 마중을 나갔고 사두자와 독고량을 비롯한 나머지 사람들은 혈오천존과 두 호법을 상대했다.

번쩍!

독수객의 오른 소매춤에서 은광이 뻗어 나왔다.

백마신이 뽑혀 나온 것이다.

파파팍!

창과 권이 부딪치자 거센 회오리바람이 일어났다.

충격으로 떨어졌던 두 사람이 다시 저돌적으로 서로를 향해 날아갔다.

콰아아!

은빛 섬광이 폭발하자 그 사이를 끓고 늑대의 발톱처럼 날카롭게 일어선 천주의 주먹이 파도처럼 작렬했다.

콰카카캉!

여전히 두 사람은 한 치의 물러섬도 없이 팽팽했다.

구대마왕 중 두 사람의 대결이었는데 악소천은 눈을 크게 뜨고 지켜보았다. 일수 일수가 확실히 여느 사람들과 달랐다. 가히 경천동지할 위력이 담긴 일창 일권이었다.

두 사람 주위는 금방 쑥대밭으로 변했다. 그만큼 뿜어 나오는 창과 권의 위력이 거칠다는 뜻이었는데 그때 악소천의 귓가로 비명이 들려왔다.

"크아악!"

혈오천존의 혈오수에 독고량이 가슴을 맞고 절명하고 있었다.

수적으로는 이쪽이 우세했지만 몰아붙이는 쪽은 혈오천존 쪽이었다. 특히 혈오천존의 혈오수 앞에 사두자와 나머지 장로들이 헐떡거리고 있었다.

천주와 붙은 독수객 또한 조금씩 밀리고 있었다.

천주의 주먹은 거세기도 했지만 날카롭기까지 했다. 그것은 곧 무상낭권을 완벽하게 깨우쳤다는 뜻이었는데 그에 반해 독수객의 창은 예리하긴 했지만 단순했다. 빠름은 없었지만 번화까지는 아직 깨우치지 못했음이 분명했다.

더구나 늙은 나이에 터득하려니 쉽지 않았을 것이다.

콰쾅!

권과 창이 부딪치며 독수객의 신형이 뒤로 멀찍이 밀려났다.

천주의 신형이 비호처럼 날아가 연거푸 삼권을 더 쏟아냈다.

콰콰콰!

숨 돌릴 틈 없는 연속 공격에 독수객의 창이 바빠졌다. 제대로 힘을 싣지 못한 채 막아내느라 여념이 없었고 독수객의 신형은 계속 뒤로 밀리고 있었다.

"크악!"

또다시 비명이 들려왔고 사두자가 앞가슴을 부여잡고 비틀거렸는데 거대한 혈장이 찍혀 있었다. 혈오천존의 최고 절기 혈염인에 격중된 것이다.

"어… 어떻게 일어난 흑도인데 이렇게 자중지란으로 무… 너지는구나."

힘들게 탄식을 내뱉고 쓰러졌다.

사두자와 독고량이 쓰러지자 싸움은 더욱 일방적으로 흘렀다. 나머지 장로와 호법들의 무예는 두 사람과 적지 않은 차이가 있었기 때문에 순식간에 위험에 휩싸였다.

위험에 빠진 건 독수객도 마찬가지였다.

오십초가 지나자 천주에게 일방적으로 밀렸다.

풍우혈이 남긴 세 가지의 무공 중 어느 것이 가장 강하다고 할 수는 없었다. 다만 누가 그 진의를 좀 더 깊고 넓게 깨닫느냐가 위력의 세기를 결정하는데, 그런 면에서 늦은 나이에다 죽기 전에 백마자로부터 부랴부랴 구결을 전수받은 독수객이 어린 나이부터 갈고닦은 천주의 무상낭권을 대항할 수는 없었다.

천주의 주먹이 무자비하게 쏟아져 들어갔고 독수객의 창은 흩어지기 시작했다. 힘에 버겁다 보니 초식이 흔들리면서 형까지 흐트러진 것이다.

콱!

마침내 천주의 일권이 독수객의 앞가슴을 대각선으로 후려쳤다.

옷자락과 앞가슴에 늑대 발톱에 찢긴 듯 기다란 상흔이 생겼고 순식간에 피로 덮였다.

"크윽!"

독수객이 헐떡거리며 비명을 삼켰다.

천주의 주먹에 핏물과 살점이 묻어 있었다. 힐금 자신의 주먹에 묻은 독수객의 피와 살점을 보며 천주가 냉랭하게 말했다.

"지금이라도 모든 것을 포기하고 무릎을 꿇어라. 그럼 예전으로 다시 돌아갈 수 있다."

모든 것을 용서하고 덮겠다는 뜻이었다.

독수객이 씁쓸한 미소를 지었다.

"부림맹을 이길 수 있다고 보시오?"

"물론이다."

"아니오. 내가 보기엔 계란으로 바위 치기이오. 천주의 야망을 내가 모르진 않으나 너무 서둘렀소. 좀 더 힘을 키운 뒤에 일어났어야 했는데 너무 서둘렀소."

"개소리 집어치워라. 비록 이번 패배가 크긴 하지만 얼마든지 다시 만회할 수 있다."

"초대 천주이신 풍우혈 대종사께서 왜 풍우혈패를 세 조각으로 남겼겠소? 세 제자 중 누군가 반란이나 무리한 야망을 획책할 것을 대비한 포석 아니겠소? 지금이라도 모든 수하들을 전쟁에서 퇴각시키고 폐문을 한 다음 조직을 정비한 후 무림맹과 일전을 준비하는 것이 바른 길인 줄 아오."

"여기서 포기할 것 같으면 애초에 일어서지도 않았다."

"어떻게 해서 풍우혈 대종사께서 일통한 흑도인데 여기서 또다시 무너진단 말이오?"

"크하학!"

독수객이 천주의 우권을 맞고 비틀거렸고 연이어 천주의 좌권이 벽력음을 내며 뻗어갔다.

우르릉!

단 일권에 모든 것을 끝장내겠다는 강력한 의지였는데 돌연 그때까지 구경을 하고 있던 악소천이 바람처럼 움직였다.

천주는 지금 오로지 독수객에게 신경이 집중되어 있을 뿐만이 아니라 두 사람이 치열한 격전을 치르면서 자신과 몹시 근접해 있었다. 세 걸음 정도밖에 떨어지지 않은 천주를 향해 전력을 다한 천지연환구보는 순식간에 악소천을 면전에 이르게 했다.

"엇!"

천주가 악소천이 다가옴을 발견하고 깜짝 놀랐다.

그리고 독수객을 향해 뻗어가는 주먹을 회수하여 악소천

에게 방향을 돌렸다.

범인으로서는 상상할 수 없는 빠른 임기응변이었지만 악소천의 몸놀림을 제지하지는 못했다.

탁!

그런데 자신을 공격할 것으로 예상한 천주는 화들짝 놀라고 말았다. 뻗어온 악소천의 오른손이 자신이 쓰고 있는 호면을 가로챈 것이다. 본능적으로 고개를 뒤로 젖히며 손길을 피하려고 했지만 한 걸음 늦었다.

어느새 천주의 얼굴에 살가죽처럼 붙어 있던 호면이 벗겨지고 그의 진면목이 드러났다.

천주의 얼굴은 주름살투성이였다. 정확한 나이는 추측할 수 없었고 다만 두 눈이 불꽃처럼 이글거렸는데 마치 한 마리 늑대를 보는 것 같았다.

"네… 네놈이 감히 본좌의 호면을……."

설마 악소천이 자신의 호면을 노리리라고는 생각하지 못한 듯 무척 분노한 얼굴로 쏘아보았다.

그러든지 말든지 악소천은 잽싸게 천주의 호면을 검사했다. 호랑이 얼굴을 한 탈은 안팎 모두 붉은색을 띠고 있었다.

질끈!

악소천이 호면을 깨물어보았다. 그것도 부족해 손톱으로 긁어보았다. 가짜라면 붉은색이 벗겨질 것이기 때문이었다. 그런데 아무리 내공을 주입해 긁어도 흠 하나 생기지 않았다.

악소천의 얼굴에 희색이 만면했다.

'틀림없는 혈금호면이다.'

혈금호면임을 가장 확실하게 알 수 있는 방법은 색깔이기도 했지만 일반 금처럼 깨물거나 긁어보면 진위를 판별할 수 있다고 사부는 말했다.

또 하나의 사실은 아주 가볍다는 것이다. 일반 금 덩어리라면 호면 정도의 크기면 엄청 무거울 것인데 마치 종이 한 장을 든 것처럼 가벼웠다.

혈금호면은 뇌검문의 신물이다.

사실 악소천이 양쪽 어디에도 발을 담그지 않은 것은 천주가 쓰고 있는 호면 때문이었다. 외형상으로 진짜로 보였지만 직접 깨물거나 긁어보지 않는 한 진위를 판별할 수 없었다. 가짜일 수도 있겠지만 만에 하나 진짜라면 골치가 아파진다.

마음은 당연히 독수객 쪽으로 가 있었지만 그렇게 되어 천주와 싸우다 보면 뇌검문의 무공이 나오지 않을 수 없고, 혈금호면을 내세워 자신의 행동을 제약한다면 꼼짝없이 당하고 말 것이기 때문이었다. 그래서 생각해 낸 것이 어느 쪽으로도 발을 담그지 않고 뺏을 기회를 엿보는 것이었다. 물론 천주 쪽에 발을 담그고 독수객 쪽과 싸우다 기회를 볼 수 있지만 그건 더욱 어렵다. 자신을 적으로 간주하고 상대가 쉴 사이 없이 공격을 하면 혈금호면을 탈취할 기회는 더욱 멀어진다. 그래서 어느 쪽으로도 마음을 주지 않고 기회를 엿보았는데 결국 성공한 것이다.

"당장 본좌의 호면을 돌려주지 못하겠느냐?"

천주가 노해 소리쳤다.

악소천이 혈금호면을 보며 히죽 웃었다.

"이게 원래부터 당신 것이었소? 아니잖아요?"

천주가 멈칫하며 말을 잇지 못했다.

악소천이 혈금호면을 자신이 턱 쓰고 대답했다.

"이 혈금호면은 원래 뇌검문의 신물 아니오? 그런데 어떻게 천주가 갖고 있소이까?"

흠칫!

뇌검문의 신물이란 말에 천주가 놀라는 표정을 지었다.

"어떻게 네가 그것을 아느냐?"

악소천이 혈금호면을 벗고 말했다.

"당연히 뇌검문의 장문인이니까 알지요."

그러면서 전오의 흉내를 내느라 품에 안고 있던 칼을 한쪽으로 집어 넌져 버리고 변제환용술을 해치했디. 호면을 벗어 든 악소천의 얼굴이 변하기 시작했다.

우드득!

하는 소리가 들리며 악소천의 얼굴과 은발이 바뀌더니 본래의 모습으로 돌아갔다.

"어엇!"

"네놈은 누구냐?"

혈오천존과 호법들이 놀라 물었다.

악소천이 히죽 웃으며 말했다.

"정식으로 인사드리겠소이다. 뇌검문의 장문인 악소천이
라고 하오이다."

"아… 악소천!"

"네놈이 그 악소천!"

여기저기서 놀람성이 터져 나왔다.

이미 낙양 분타 궤멸 사건에서부터 대붕보 사건까지 악소
천이란 이름은 혈천 무사들 사이에 널리 퍼져 있었다. 그리고
무림맹의 모용란과 더불어 척살 일호로 공표되어 있었기 때
문에 모두가 알고 있었다.

악소천은 혈금호면을 품속에 집어넣었다.

풍우혈이 흑도를 일통하는 데에는 적지 않은 어려움이 있
었다. 그중 가장 큰 어려움은 결코 죽을지언정 상대에게 고개
를 숙이지 않는 흑도 특유의 고집과 자존심이었다. 때로는 강
자에게 고개를 숙일 법도 하건만 흑도인들은 그렇지 못했다.
그런 흑도인들 특유의 기질은 결속을 가장 방해하는 요인이
되었고 그러다 보니 뭉쳐질 수가 없었다. 그래서 번번이 무림
맹에 짓밟힐 수밖에 없었다.

그러던 중 풍우혈이 착안한 방법이 천하 곳곳에 흩어져 있
는 수많은 흑도문파의 신물을 빼앗는 것이었다.

문파의 신물은 절대권위를 지니며 그 문인들의 생사를 좌

우한다. 이것은 백도나 흑도나 변함없는 전통이자 법이다. 그래서 각 문파들은 신물을 지키기 위해 혈안이 되고 목숨을 건다. 풍우혈은 소리없이 흑도문파들의 신물을 탈취하여 그들을 지배하기 시작했다. 그러던 중 뇌검문의 혈금호면까지 빼앗게 된 것이다.

물론 뇌검문은 그때까지 흑백이 모호했고 강호 활동이 전혀 없었지만 한 시대의 전설을 만든 명문이었기 때문에 탈취한 것이다.

"으음!"

문득 천주의 입술이 물렸다.

악소천이 왜 어느 쪽 편도 들지 않았는지 이해가 되었기 때문이다. 어느 쪽으로 편이 되든 싸우다 보면 뇌검문의 무공을 사용하지 않을 수 없고, 그렇게 될 경우 자칫 자신의 정체가 드러날 것을 염려한 조치였다.

자칫 혈금호면에 의해 자신의 의지를 저당 잡힐 수 있는 위험한 상황에서 벗어난 악소천으로서는 더 이상 거칠이 없었다.

악소천이 품속에서 한 개의 비도를 꺼냈다.

"저건 장마 전대 장로님의 염왕비!"

독수객이 놀라 소리쳤다.

어둠 속이지만 염왕비는 새파란 광채를 발산하고 있었다.

사람들은 악소천의 왼손이 품속에 들어갔다 나오자 더욱 놀랐다.

“푸… 풍(風)패다.”

풍우혈 세 조각 중 한 개인 풍패는 장마가 갖고 있는 것이었다.

“어떻게 장마 전대 장로님의 풍패를 그대가?”

전오가 아님이 밝혀지자 독수객이 말을 낮추었다.

악소천은 아랑곳하지 않고 대답했다.

자신과 장마의 만남을 처음부터 끝까지 들려주자 장내 사람들이 모두 충격을 받은 모습으로 쳐다보았다. 풍우혈의 대제자로서 절대 무림맹과 전쟁을 벌여서는 안 된다는 말을 전하자 천주가 버럭 소릴 질렀다.

“네놈 말을 날더러 믿으란 말이냐?”

“그럼 이 풍패도 가짜란 말이구려.”

“내가 확인을 해봐야겠다.”

악소천이 빙긋 웃었다.

“당신보다는 저기 이장로가 좋을 것 같구려.”

그러면서 독수객에게 던져 주었다.

탁!

풍패를 받아 살피던 독수객이 죽은 장로 중 한 사람의 피에 패를 대었다. 그러자 물이 모래 속으로 스며들 듯 풍패 역시 피를 흡수했다.

“이건 진짜요.”

그러면서 독수객이 다시 악소천에게 돌려주었다.

악소천이 풍패를 매만지며 말했다.

"당신은 결국 눈엣가시 같았던 사형이 실종되자 기다렸다는 듯 풍패와 사제 백마자를 죽이고 혈패를 가짜로 채워 풍우혈패를 만들고 혈천을 장악했소."

천주는 아무 말도 하지 않았다.

더 이상 구차한 변명은 싫다는 듯 주먹을 불끈 쥐며 말했다.

"흐흐! 그렇잖아도 풍우혈패가 가짜여서 무척 마음을 졸였는데 잘됐다. 오늘 네놈들을 모두 죽이고 제대로 풍우혈패를 회수하여 혈천을 내 발아래 확실히 두고야 말겠다."

주먹을 불끈 쥐는 천주를 향해 독수객이 역시 창을 힘껏 꼬나 쥐었다.

그때 악소천이 독수객을 등지고 섰다.

"왜 앞을 막는 것인가?"

악소천은 등을 진 채 말했다.

"천주는 내게 맡기고 다른 분을 도우시오."

"네놈을 가루로 만들어수마."

천주가 이를 갈아붙이며 두 주먹을 말아 쥐었다.

악소천의 두 눈이 고요히 타올랐다. 어찌 보면 출도 이후 최대의 강적일지 모른다.

상대는 백전노장이다. 경험이 풍부하고 심계가 깊은 자를 상대할 때는 가급적 서둘러 승부를 결하는 게 이롭다. 시간을 오래 끌어봤자 상대의 함정에 빠질 위험이 크다.

"죽어랏!"

천주의 주먹이 날아왔다. 그것은 주먹이 아니라 거대한 바위였다.

쿠우우우!

태산이라도 박살 내고야 말 것 같은 주먹은 악소천을 단숨에 짓밟을 듯 밀려왔다.

악소천이 마주 날아갔다.

스윽!

악소천의 오른손에서 뭔가가 뻗어 나왔다.

그것은 불이었다. 눈을 제대로 뜰 수 없을 만큼 강렬한 빛과 열기를 담은 불이 뻗어 나오고 있었다.

"저럴 수가……."

"뭐지?"

워낙 경이로운 광경에 모두가 싸우다 말고 눈을 부릅뜨고 지켜보았다.

이글거리며 손바닥을 통해 나온 불덩이는 완전한 검을 닮아 있었다. 닿기만 해도 무엇이든 태워 버리는 뇌검이 나온 것이다.

촤악!

악소천의 오른손에 잡힌 뇌검이 오른쪽 옆구리를 파고드는 천주의 좌권을 베어갔다.

"훗훗!"

천주의 입가에 냉소가 떠올랐다.

분명히 손바닥에서 검이 나오는 것을 보았다. 하지만 천주는 고개를 흔들었다. 손바닥을 통해 검이 나올 리는 없고 그런 일은 듣지도 보지도 못했다. 다급해지자 필시 소매춤에 감춰놓았던 검을 꺼낸 것이라고 단정했다.

자신의 무상낭권은 절정에 올라 있었다. 그래서 어지간한 보검이 아닌 이상 벨 수도 없고 베어지지도 않는다. 그래서 입가에 차가운 냉소를 지었던 것이다. 다만 마음 한쪽이 꺼림칙한 건 악소천의 손에 쥐어진 뇌검에서 상상을 초월하는 열기가 뿜어 나온다는 것이었다. 그것은 검이라기보다는 불덩이였기 때문에 약간 느낌이 묘했지만 이내 자신있게 악소천의 검을 향해 주먹을 맞부딪쳐 갔다.

싸악!

권기가 허무하게 잘리며 검이 파고들었다.

"허억!"

자신의 권은 강(罡)이나. 그런데 악소천의 검과 부딪치자 무쇠보다 단단한 권강이 두부처럼 잘려 나갔고 검끝이 살갗을 파고들었다. 깜짝 놀라며 왼 주먹을 회수하려 했지만 이미 늦었다.

투툭!

뼈마디 잘리는 소리가 들리며 손목이 통째 잘려 나갔다.

엄청난 고통이 밀려왔지만 비명을 지를 틈이 없었다. 이번에는 왼쪽 옆구리를 파고드는 오른 주먹을 베어왔다.

이미 왼 주먹이 잘렸으므로 오른 주먹도 위험했다.

천주는 서둘러 주먹을 회수했다.

스으으!

아슬아슬하게 검과 충돌 직전 주먹을 회수했다. 그 대신 소맷자락이 뜨거운 열기에 검게 타버렸다.

"크으으!"

뒤로 멀찍이 물러난 천주가 그제야 신음을 흘렸다.

뚝뚝!

잘린 왼쪽 팔목에서 핏방울이 떨어졌고, 조금 전까지 자신의 신체 일부였던 왼손이 풀밭에 떨어져 퍼덕거리고 있었다.

천주는 믿을 수 없다는 듯 풀밭에 떨어진 손을 쳐다보았다. 그리고 피가 떨어지는 팔목을 보았다.

눈 깜짝할 사이에 날아가 버린 왼손을 보며 천주는 한동안 충격에서 헤어 나오지 못했다.

천주의 고개가 천천히 들려졌다. 그의 시선은 악소천의 오른손에 멈춰 있었는데 어느새 조금 전 자신의 왼팔을 베었던 뜨거운 검은 사라지고 없었다.

팟!

천주의 눈이 빛났다.

그제야 한 가지 의문이 든 것이다. 그 정도로 뜨거운 검이라면 소매춤에 감출 수가 없다. 소맷자락 속에 감추면 옷이고 뭐고 다 타버릴 것이기 때문이다.

'그렇다면 설마 진짜로 몸속에서 검이 나왔단 말인가?'

하지만 이내 내심 고개를 저었다.

그것은 더욱 말이 안 되는 일이었기 때문이었다. 어떻게 사람의 몸속에서 딱딱한 검이 나올 수가 있단 말인가. 고금을 통틀어도 그런 얘기는 듣도 보도 못했다.

"천주."

염려가 된 듯 혈오천존이 다가서며 입을 열었다.

괜찮느냐는 의미였는데 천주는 어느새 표정을 냉엄하게 바꾸고 흐르는 피를 지혈했다.

파파팟!

피를 지혈한 천주가 악소천을 향해 물었다.

"지금 검은?"

악소천이 씽긋 웃으며 말했다.

"뇌검이오."

"무슨 뜻이냐? 뇌검이라니 설마 벼락으로 만들어진 검이라도 된단 말이냐?"

악소천이 고개를 끄덕였다.

"맞소. 벼락으로 만들어진 검이오. 그렇기 때문에 뭐든지 베고 태워 버리오."

"가만두지 않겠다, 놈."

부아앙!

천주가 날아왔고 악소천 또한 피하지 않았다.

하지만 천주의 몸은 중간에서 급히 방향을 틀더니 눈 깜짝할 사이에 사라져 버렸다.

이미 약속이 된 듯 혈오천존과 두 명의 호법 또한 어느새 사라지고 없었다.

대신 먼 곳으로부터 천주의 전음이 들려왔다.

"기다려라, 악소천. 오늘의 이 치욕을 머잖아 반드시 갚을 것이다."

악소천은 미소를 지었다.

"찾아오는 것은 마다하지 않을 테니 언제든지 오시구려."

부드득!

천주의 이 가는 소리가 섬뜩하게 울려 퍼졌다.

천주 일행이 사라지고 잠시 장내에는 정적이 돌았다.

문득 독수객이 품에서 혈패를 꺼내 내밀었다.

"받으시게."

"아니, 이것을 왜?"

"일단 받기나 하게."

강제로 떠맡기다시피 했으므로 악소천은 혈패를 받았다.

독수객이 혈패를 쥐고 있는 악소천을 향해 말했다.

"풍우혈패는 알다시피 세 개가 모여 하나를 이루고 있네. 그런데 아쉽게도 이 자리에는 두 개밖에 모이지 못했네."

그리고 돌아서서 아직까지 목숨을 부지하고 있는 세 명의 장로와 호법들을 향해 말했다.

"비록 완전한 혈천의 천주가 되기 위해서는 풍우혈 세 개의 패를 모두 한데 모아야 하지만 보았다시피 지금까지 가짜의 패로 본 천을 이끌었던 천주가 도주했소."

독수객이 눈에 힘을 주며 말했다.

"뿐만 아니라 나를 포함해 이 자리에 계신 여러분들께서는 이번 전쟁을 강력히 반대했던 분들로 알고 있소."

"그렇소이다. 우린 애초부터 위험한 전쟁이라고 반대를 했지요. 그러다가 천주에게 더욱 미움을 받았소."

"좀 더 심사숙고한 뒤에 일어나도 늦지 않다고 직언했다가 난 하마터면 죽을 뻔하기까지 했소."

세 사람들이 앞 다투어 전쟁을 반대했다가 겪은 위험담을 얘기했다.

독수객이 계속 말했다.

"그런데 다행히도 장마 전대 장로께서 살아계시고 그분과 의형세를 냇은 악 공자께서 전주의 측근늘과 이번 전쟁을 앞서 지지했던 혈천 내 고위 간부들 상당수를 무림맹의 힘을 빌어 없앴소. 거기다 지금 보았다시피 천주 또한 쫓아내는 큰 공을 세웠소. 그래서 난 이 자리에서 한 가지 제안을 하고자 하오."

"무엇입니까?"

"말씀해 보십시오."

독수객이 침을 삼키고 말을 이었다.

"비록 두 개밖에 되지 않지만 풍과 혈의 패를 갖고 있는 악소천 공자를 본 천의 새로운 주인으로 모시자는 것이오."

"무조건 찬성이오."

"나야말로 반대할 이유가 없소."

독수객이 하나뿐인 손으로 악소천의 손을 감싸 쥐었다.

"부디 우리 혈천을 이 위기에서 구해주게. 자네가 아니면 누구도 할 수 없네."

남은 세 사람 또한 이구동성으로 말했다.

"도와주시오. 목숨을 걸고 천주의 명령을 따르겠소이다."

그때였다. 발자국 소리가 들렸으므로 악소천을 비롯한 사람들이 고개를 돌렸다.

투계대 쪽을 향해 두 사람이 다가오고 있었는데 귀상과 개삭기였다.

귀상을 발견한 일행이 일제히 예를 취했다.

"군사님을 뵈옵니다."

일행의 인사를 받은 귀상이 껄껄거리며 웃었다.

"이들이 날더러 군사라고 하는 것을 보니 모든 것이 자네 뜻대로 된 모양이구만?"

악소천이 웃음을 지었다.

"일이 그렇게 되었습니다. 그나저나 당문의 움직임은 어떻습니까?"

악소천은 혈사귀마대를 떠나기 직전 두 사람에게 당문의

동태를 잘 살피라는 지시를 내려놓고 왔었다.

귀상이 말했다.

"소림의 관오 선사를 비롯한 무당삼검과 구파일방의 모든 인물들이 총집결하여 혈천의 분타를 공격할 준비를 세우고 있네. 아마 이삼 일 내로 공격이 시작될 것 같네."

이삼 일 내로 무림맹의 총공세가 시작된다는 말에 독수객의 표정이 굳어졌다.

독수객이 물었다.

"어찌하면 좋겠습니까? 아시다시피 지금 본 천의 전력으로는 절대 그들의 공세를 막아내지 못합니다. 여기서 무너지면 흑도무림은 영원히 앞이 보이지 않습니다."

귀상이 고개를 끄덕였다.

"나 또한 그렇게 생각하네. 무슨 수를 써서라도 이번 공격을 막아내야 하네."

"막을 방법은 없습니다."

악소천이 힘주어 말했다.

그러자 독수객이 놀란 눈으로 말했다.

"하면 그냥 당해야 한단 말인가?"

"방법은 한 가지뿐입니다."

"무엇인가?"

"모든 것을 버리고 물러나는 것이죠. 내 말은 지금까지 혈천이 점령했던 모든 성을 버리고 처음으로 돌아가는 것입니다."

그러자 나머지 사람들이 이의를 제기했다.

"어떻게 빼앗은 땅인데."

"수많은 형제들이 목숨을 버려가면서 겨우 탈취한 성들인데 그것을 순순히 내주자는 말이오?"

악소천이 그들을 향해 말했다.

"지금으로서는 그 방법이 최선입니다."

귀상이 말했다.

"나도 그 계획에는 동조하네. 힘은 약한데 너무 많이 퍼져 있네. 이런 방법은 위기 때 힘을 한데 모으지 못하는 단점을 끌어안고 있네. 아직 본 천의 능력으로 천하에 분타를 세우기는 무리일세. 전 천주가 너무 과욕을 부렸어."

악소천이 독수객을 향해 말했다.

"지금 당장 전령을 띄워 전선의 무사들은 물론이고 중원 도처에 퍼진 분타를 잠정 폐쇄하고 모두 총단으로 불러들이십시오."

"알겠네. 당장 그렇게 하겠네."

"시간이 없습니다. 서둘러야 합니다."

악소천은 개삭기를 비롯한 남은 사람들에게 몇 마디 더 지시를 내렸다. 그리고 자신도 곧장 혈사귀마대가 있는 용사평을 향해 몸을 날려갔다.

九大魔王

九大魔王

독상원의 경비는 삼엄했다.

이번 싸움으로 당문의 독룡대가 치명적인 궤멸을 입은 터라 독상원의 경계는 소림의 백팔나한이 책임을 졌다. 곳곳에 새색의 장포를 길친 형형한 안광의 백필나한이 출입자를 엄격하게 살피고 있었다.

독상원 안에서는 이십여 명의 인물들이 긴 탁자를 놓고 마주 앉아 열띤 공방을 벌이고 있었다. 그들은 모두가 소림과 무당을 비롯한 구파일방과 오대세가들의 수뇌들로 당대 무림맹을 지탱하고 있는 최고의 인물들이었다.

"혈천은 큰 타격을 입었소. 지금이야말로 사기가 떨어질

대로 떨어진 놈들을 쓸어버려야 하오."

"그건 안 되오."

혈천을 마저 공격해야 한다는 당문 문주 당오종의 주장에 정면으로 반박을 하는 사람이 있었다.

그는 다름 아닌 개방의 방주 천걸신개였다.

허리에 아홉 개의 매듭을 차고 있는 천걸신개의 눈은 황소처럼 부리부리했다.

"비록 우리가 적의 기습 사실을 미리 알고 격퇴를 시켰지만 우리 또한 상당히 지쳐 있소이다. 피로 또한 만만치 않고. 그런데 연이어 밀어붙인다는 것은 상당한 위험이 도사리고 있소이다."

"나도 천걸 방주의 뜻에 동감하오. 굳이 도주한 적을 뒤쫓아갈 필요까지는 없잖소. 더구나 우리의 전력이 튼튼한 것도 아니고 상당히 지친 마당인데 말이오."

"나 또한 그렇게 생각하오. 전쟁은 오늘 밤에만 있었던 것이 아니오. 그동안 우린 여러 차례 전쟁을 벌였고 아미파를 중심으로 청성 등 적지 않은 문파가 피해를 입었소이다. 이번 전쟁은 벌써 두 달 가까이 진행되고 있는 장기전이란 말입니다. 장기전은 이기고 진 쪽 모두 지쳐 있소이다. 그런데 우린 고작 오늘 밤 처음으로 이겼을 뿐이오. 다시 말해 지난 두 달 동안 패퇴하며 떨어진 사기와 체력을 생각하지 않을 수 없단 얘깁니다."

당오종이 물었다.

"그래서 무극자께서도 당장 추격은 안 된다는 얘깁니까?"

무당삼검 중 우두머리인 무극자가 말했다.

"우리에게도 휴식이 필요하다는 얘깁니다. 적도 적이지만 우리부터 쉬어야 할 것 아니오? 그렇지 않습니까, 여러분?"

그러면서 모용란을 쳐다보았다.

모용란은 아무런 대답을 하지 않고 나름대로 뭔가 생각에 빠진 듯 가만 고개를 숙이고 있었다.

당분간 휴식을 취하자는 쪽과 당장 혈천을 뒤쫓아 일거에 잃은 땅을 회복해야 한다는 쪽의 의견은 팽팽했다.

독상원은 서로 자기 주장을 내세우는 고성으로 귀가 먹먹할 지경이었다.

어느 쪽으로도 결론이 나지 않고 갈수록 의견 대립이 극심해지자 사람들 시선은 하나둘 모용란에게 고정되기 시작했다.

자신들이 백날 떠들어봤자 소용없었다. 군사의 한마디가 자신들의 어떤 주장보다 우선이기 때문이었다. 군사의 생각은 어떠냐는 듯 모용란을 쳐다보았지만 그녀의 떨궈진 고개는 쉽게 들려지지 않았다.

보다 못한 무극자가 직설적으로 물었다.

"군사의 생각은 어떠시오?"

모용란은 듣지 못한 듯 반응을 보이지 않았고 무극자가 더욱 큰 소리로 물었다.

"군사께서는 어떤 방법이 지금으로서는 적절하다고 생각하느냔 말이오?"

그제야 모용란의 고개가 들려졌다.

모용란이 무극자를 보며 멀뚱거렸다. 그것은 뭔가 다른 생각에 깊이 빠져 있느라 무극자의 질문을 듣지 못했다는 뜻이었다.

"지금 뭐라고?"

"허어! 도대체 군사께서는 무슨 생각에 그렇게 깊이 빠져 있었기에 빈도가 하는 말도 듣지 못했단 말이오? 당장 혈천을 추격할 것인지 잠시 휴식을 취한 후에 공격을 할 것인지를 묻고 있소이다."

"아, 네!"

모용란이 계면쩍은 표정을 지었다.

사실 그녀의 머릿속에는 어젯밤 자신에게 전음을 날린 전오로 가득 차 있었다.

자신을 죽이지 않고 그냥 떠난 은발의 사내 전오.

도백무상이란 무시무시한 별호로 무림맹과 끊을 수 없을 만큼 깊은 원한을 가진 사내가 자신을 죽이지 않고 그냥 떠났다. 혈천의 척살명단 일호에 올라 있는 자신이다. 마음만 먹으면 어젯밤 자신은 절대 살아나지 못했다.

그런데 더욱 놀라운 일은 어젯밤 그가 말한 얘기들이 과거 자신이 한 사내와 있었던 일이라는 것이었다. 어떻게 전오가 그 사실을 알고 있단 말인가?

말투는 분명 악소천이었지만 모습은 전오였다. 거기에 모용란의 고민이 깔려 있었다. 전오가 아님은 분명했지만 그렇다고 악소천이라고 단정 지을 수는 없었다. 악소천이라면 어떻게 그가 혈천의 전오가 되어 나타날 수 있단 말인가. 물론 무림맹에 쫓긴 몸이니 혈천에 일신을 피신할 수는 있지만 전오가 될 수는 없는 노릇 아닌가.

그런 생각에 빠져 있을 때 무극자가 질문을 한 것이다.

"내가 힘들면 적도 힘들다는 병서의 기본을 아시나요?"

사람들의 시선이 모용란에게 몰렸다.

"내가 힘들면 적도 말 그대로 힘들어요. 우리가 편하자고 적을 놔두면 적에게는 엄청난 이득이 되는 거죠. 쫓는 사람보다 쫓기는 사람이 더욱 힘든 법. 당장 파악된 혈천의 숙영지와 인근 비밀 분타를 일거에 공격하세요."

무극자가 놀란 표정으로 물었다.

"뒤쫓으란 얘기오?"

"물론이에요. 혈천의 주요 기관과 간부들 대다수는 우리 손에 의해 제거되었어요. 남은 사람들은 오합지졸과 다름없는 자들뿐이에요. 이번 기회에 완전히 기를 꺾어놔야 해요. 당장 날이 밝기 전에 추격을 하세요."

모용란이 벌떡 자리에서 일어났다.

몇몇 사람들이 불만스런 표정을 지었지만 군사의 명령은 절대적이다.

모용란이 다시 큰 소리로 말했다.

"혈천은 지금 당문에서 방원 오십 리 이내에 있을 거예요. 완전히 찾아 박멸하세요."

모든 사람들이 대답했다.

"군사의 뜻을 따르오이다."

사람들이 대답을 하고 서둘러 밖으로 나갔다.

먼동이 밝아오고 있었으므로 아침이 되기 전에 기습을 해야 했기 때문이었다. 오십 리 이내에 있을 것이라고 했으니 한 시진이면 혈천을 따라잡을 수 있다.

당문에서 제공한 거처 풍하원에 돌아온 모용란은 시녀가 가져다준 찻잔을 놓고 앉았다. 뜨거운 차가 뱃속에 들어가자 온몸이 훈훈해졌다. 길고도 지루했고 위험했던 하룻밤이 지나고 동녘 하늘에 붉은 태양이 떠오르고 있었다.

찻잔을 내린 모용란의 머릿속은 다시 어젯밤 일로 돌아가고 있었다.

'도대체 누구였을까?

모습은 전오였고 말투는 악소천이다.

자신의 본능은 악소천이라는 것을 확신하고 있었다. 다만 그가 전오의 모습을 하고 있었다는 것이 자꾸 확신을 흔들고 있을 뿐이었다.

"군사님!"

세 번째 차를 마시기 위해 잔을 들어 올릴 때 밖으로부터 다급한 목소리가 들려왔다.

문이 열리고 당오종이 들어섰다.

당오종은 수하들을 이끌고 죽은 벽안마희가 수장으로 있었던 흑화대를 공격하러 떠났었다.

"어찌 되었나요?"

모용란은 조용히 찻잔을 내리며 물었다.

당오종이 빠르게 말을 이었다.

"흑화대가 숙영하고 있던 태량사 근처를 샅샅이 수색하고 인근 십 리 이내를 모조리 뒤졌지만 흔적도 발견하지 못했습니다."

"군사님, 무극자외다."

방문이 열리고 무극자가 들어섰다.

무극자는 무당의 삼정검신대를 이끌고 혈천의 오대세력 중 한곳인 탈혼대를 쫓아갔었다.

"없습니다. 개미새끼 한 마리 발견하지 못했습니다."

탈혼대는 당문 동북방 사십 리 지점에 있는 강류구(姜流丘)가 숙영지라고 조사되었다. 하지만 그곳을 일거에 덮쳤는데 단 한 명의 그림자도 없었다.

뒤이어 사람들이 속속 들어섰다.

그리고 하나같이 단 한 명의 혈천 무사들도 발견하지 못했다는 보고에 모용란의 표정이 굳어졌다.

찻잔을 놓고 자리에서 일어난 모용란이 굳은 표정으로 자신을 쳐다보고 있는 사람들을 주시했다. 모두가 어찌 된 영문인지 알 수 없다는 듯 자신을 쳐다보고 있었다.

모용란의 아미가 찌푸려졌다.

'어찌 된 일이지?

자신이 생각하기에도 쉽게 떠오르는 것이 없었다.

그때 무극자가 말했다.

"모두 도망친 것 아닐까요?"

"설마?"

당오종이 의혹의 표정으로 반문했다.

"어떻게 점령한 성인데 쉽게 포기할 리가 없잖소이까?"

당오종의 말에 무극자가 고개를 끄덕거렸다.

"하긴 맞는 말이오. 어떤 놈들인데 뺏은 땅을 버리고 퇴각할 리 없지요."

모용란의 눈은 예리하게 빛을 뿌렸다.

'만약 무극자 말처럼 모든 걸 버리고 도주했다면?'

모용란의 이마가 잔뜩 찌푸려졌다.

실내에는 숨소리도 들려 나오지 않았는데 모용란의 이마가 찡그려졌기 때문이다. 그녀의 이마가 찡그려졌다는 것은 중요한 생각에 빠졌다는 것을 뜻한다.

팟!

한참 동안 이마를 찡그리고 생각하던 모용란의 두 눈이 빛을 뿌렸다.

'진짜로 모든 것을 버리고 후퇴했다면?'

질근!

모용란의 입술이 물렸다.

자신의 생각이 사실이라면 일이 간단하지가 않았다. 빼앗은 땅을 그냥 버리고 떠났다는 것은 스스로 자신들의 전력이 상대가 되지 못함을 인정한 행동이다.

전쟁에서 승패를 결정하는 가장 큰 요소는 자기편의 전력을 냉정하게 분석할 줄 아는 것이다. 대부분의 패장들은 자신들의 전력을 과대평가하거나 으시댄다. 그러나 승승장구하는 장수들을 보면 혹독하리만치 자기 쪽의 전력을 인색하게 평가한다.

지난 두 달여 동안 혈천은 승승장구했다.

유일한 패배는 어젯밤이었는데 그것도 미리 기습 사실을 얻었기 때문에 가능한 일이었다. 그런데 한 번 패했다고 전쟁이 모두 끝난 것은 아니다. 지난 수백 년 동안 무림맹에 짓밟히고 무시당한 원한을 생각한다면 절대 이대로 물러날 그들이 아니다. 한데도 과감히 모든 것을 털어버리고 퇴각했다면 사태는 심각해진다.

외형상으로는 도주지만 나중에는 더욱 강대한 모습으로

나타날 것이 분명하기 때문이었다.

"각자 다시 출동해 보세요. 어떤 증거나 흔적이 발견될지 모르니 샅샅이 조사해 보세요."

모용란의 표정이 워낙 진지했으므로 누구도 이의를 달지 못하고 등을 돌려 나갔다.

모두가 떠난 텅 빈 방 안에 모용란은 여전히 굳은 얼굴로 막 떠오르는 태양을 쳐다보았다. 밤이 길어서인가 오늘 아침의 태양은 유난히 붉다.

한 시진 후 돌아온 사람들의 보고는 처음과 다르지 않았다. 어떤 증거도 없었고 어디로 숨은 흔적도 보이지 않는다는 것이다. 모두 도주한 것이 분명하다고 했다.

사람들은 무림맹의 위세에 겁을 먹고 도주했다고 좋아했지만 모용란의 얼굴은 납덩이처럼 무거워졌다. 혈천의 도주는 나중 무림맹에 섬뜩한 재앙으로 다가올 것 같은 예감이 흘렀기 때문이다.

바로 그때 비은각주 황보량이 급히 들어섰다.

"중대한 일이 생겼소."

어지간해서는 표정 하나 변하지 않는 황보량의 얼굴이 심각해졌고, 그의 손에 조그만 보따리 한 개가 들려 있었다. 모용란은 직감적으로 무슨 일이 생겼음을 알아차렸다.

황보량이 말했다.

"혈천에 커다란 지각 변동이 생긴 것 같소."

“지각 변동이라면?”

“인근 오십 리 이내를 수색하던 중 투계대에서 혈천의 장로급과 호법급 인물 세 구의 시신이 발견되었소.”

“……”

“여러 가지 분석 결과 그곳에서 회합을 갖던 도중 자신들끼리 한바탕 싸움이 벌어지지 않았나 추측되오.”

그리고 들고 있던 보따리를 탁자 위에 올리더니 풀어헤쳤다.

“뭐얏!”

“아니, 이건 손 아냐?”

보자기에서는 피에 흥건히 젖은 손 하나가 나타났다.

황보량이 보자기 안에 담긴 손을 보며 말했다.

“모두들 잘 살펴보시오.”

사람들이 눈을 빛내서 손목이 잘린 손을 살폈다. 그런데 손을 살피던 사람들의 시선이 빛을 뿌렸다. 손가락이 마치 야수의 발톱처럼 예리하고 날카롭게 다듬어져 있었기 때문이다.

“마치 늑대의 발톱 같군.”

“그러고 보니 그렇구려.”

그것은 사람의 손이라기보다는 늑대의 발목을 잘라놓은 듯했다.

모용란이 눈을 빛냈다.

“설마?”

황보량이 말했다.

"무상낭권이오. 강호제일권이라는 무상낭권을 배운 사람의 손이오."

모용란이 빠르게 말했다.

"무상낭권이라면 늑대의 주먹은 잡을 수 없이 빠르다는 마왕가 속의 한 절기로 현 혈천의 천주가 그 장본인 아닌가요?"

당오종이 놀라며 물었다.

"그럼 누군가에 의해 혈천 천주의 왼손이 잘려 나갔단 얘긴데 이거야말로 믿을 수 없는 일 아닙니까? 감히 무상낭권을 격파할 사람이 누가 있단 말이오?"

황보량이 빛나는 눈으로 말했다.

"나도 그렇게 생각하지만 이건 틀림없는 무상낭권을 익힌 사람의 손이오. 혈천 천주의 손이란 얘기오."

"천주의 손이 잘려 나갔다는 것은 곧 그가 쫓겨났다는 말로 봐야 하지 않나요?"

모용란이 묻자 황보량이 무겁게 고개를 끄덕였다.

실내 모든 사람들 얼굴에 무거운 그림자가 드리워졌다. 현 혈천의 천주도 버거운 존재였는데 그를 밀어내고 권좌에 오른 사람은 도대체 누구란 말인가. 물론 손이 잘렸다고 해서 그가 패해 쫓겨났다고 단정할 수는 없지만 어쨌든 손이 잘릴 정도면 그의 신상에 커다란 변화가 생겼음이 확실했다.

'구대마왕 중 한 사람의 손목을 잘라 버린 사람은 또 누구

란 말인가.'

모용란의 표정이 딱딱해졌다.

구대마왕 자체도 강한데 그런 인물의 손을 잘랐다는 것은 더욱 무서운 강자가 흑도에 나타났다고 봐야 했기 때문이었다.

천하 각처에 퍼져 있던 혈천의 인물들이 속속 총단으로 몰려들었다. 악소천의 명령에 의해 모든 분타를 잠정폐쇄하라는 지시를 받고 몰려든 그들의 얼굴에는 도대체 왜 갑자기 일제히 철수를 명령하는지 이유를 모르겠다는 표정이었다.

개중에는 힘들게 자리를 잡은 분타를 폐쇄하라는 명령에 노골적으로 불만을 표출하는 사람도 있었다.

"힘들게 터를 닦아놨는데 모든 것을 버리고 들어오라니. 젠장, 결국 여지껏 헛고생만 한 것 아냐."

"내 말이 그 말일세. 이렇게 쉽게 포기하고 물러날 것 같았으면 애초부터 목숨을 걸고 분타를 세우라는 명령을 내리지나 말든지."

총단으로 삼삼오오 몰려든 혈천의 무사들이 웅성거리며 상부의 지시에 불만을 쏟아내었다.

"이렇게 되면 악소천 그 자식에 대한 복수는 물 건너간 것 아닙니까?"

총단의 정문으로 통하는 도극봉을 내려가는 혈천의 무사

들 중 돌연 뾰쪽한 소리가 흘러나왔다.

십여 명의 여인을 이끌고 앞장을 선 흑의여인이었는데 그녀는 다름 아닌 낙양 분타주 설요였다. 물론 그녀가 이끌고 가는 열 명의 여인은 그녀의 수족인 십봉야령이었다.

십봉야령 중 맏이인 이화가 설요 곁으로 다가서며 말했다.

"잠정적으로 분타를 폐쇄하라고 했으니 언제 다시 낙양으로 돌아갈지도 모르잖습니까?"

그동안 악소천을 찾기 위해 온 낙양을 이 잡듯 뒤졌다. 눈을 뜨면 수하들을 풀어 골목 골목은 물론 객점과 도박장 등을 샅샅이 뒤졌지만 그의 모습을 볼 수가 없었다. 다른 분타와 연계하여 낙양 인근 지역까지 훑었지만 하늘로 솟았는지 땅으로 꺼졌는지 악소천의 행방은 묘연했다. 시간이 흐를수록 악소천에 대한 증오는 깊어만 갔고 그러던 차에 일제히 철수 명령이 떨어지자 설요의 흥분은 극에 이르러 있었다.

낙양을 떠난다는 것은 악소천에 대한 복수가 더욱 요원해진다는 의미였기 때문이었다.

"아직은 단정할 수 없다. 일단 들어가서 안의 상황을 잘 살핀 후 대책을 논의하기로 하자."

할 수만 있다면 다시 낙양으로 보내달라고 할 참이었다.

그만큼 악소천에 대한 그녀의 분노는 상상을 초월했다. 만약에 악소천에 의해 분타가 박살나지만 않았다면 지금쯤 호법급 정도로 승진해 있을 것이다. 한마디로 악소천이 자신의 앞길을 완전히 망쳐 버린 것이다.

"아니, 이게 누구요? 설요 분타주 아니십니까?"

호면을 쓴 한 인물이 다가오며 아는 체를 했다.

그는 다름 아닌 낙양에서 멀지 않은 신안 분타주인 옥면살존이었다. 다른 사람은 총단의 권역에 들어서면서 얼굴을 가리고 있던 호면이나 복면을 모두 벗었는데 그만큼은 아직까지 호면으로 얼굴을 가리고 있었다.

"그래, 그 자식은 잡았소? 악소천인지 개소천인지 하는 놈 말이오?"

설요의 인상이 더욱 우그러졌다.

"분하게도."

너무 분하여 뒷말까지 잇지를 못하고 설요는 말을 끊었다.

"그러는 분타주께서는 놈을 잡았나요?"

옥면살존 또한 이를 갈며 악소천을 찾고 있었다. 그래서 두 사람은 만약 어느 한쪽이 악소천을 잡으면 공동으로 복수를 하자고 구두로 약속까지 했었나.

옥면살존이 이를 부드득 갈았다.

"이 쥐새끼가 아무리 찾아도 그림자도 보이지 않소."

"나도 그래요. 아무래도 어디론가 꼭꼭 숨어버린 것이 분명해요. 그렇지 않고서야 이토록 오랫동안 종적이 묘연할 리 없잖아요."

"지놈이 살아 있는 한 언젠가는 만나겠지. 찾기만 해봐라.

사지를 잘근잘근 잘라 늑대 밥으로 던져 주고 말리라.”

두 사람이 악소천에 대한 잔혹한 험담을 하는 사이 어느새 총단으로 들어섰다.

총단으로 들어선 사람들은 자신이 소속된 기관으로 향했다.

설요는 낙양 분타로 파견되기 직전까지 죽은 벽안마희가 대주로 있던 흑화대 소속이었고 옥면살존은 탈혼대 소속이었다. 그래서 두 사람은 작별을 고하고 각자 전에 소속된 기관이 있는 전각을 향해 걸음을 옮겼다.

설요는 십봉야령을 데리고 부지런히 흑화대 전각이 있는 북서쪽을 향해 걸음을 옮겼다.

몇 개의 전각을 지나치고 두 개의 연못을 돌아나가자 저 멀리 노송이 우거진 숲 속 사이로 흑화대의 전각이 보였다. 실로 오랜만에 보는 흑화대 전각이어서인지 감회가 새로웠다.

그런데 일행이 흑화대 전각이 있는 노송 숲으로 들어서자마자 이십여 명의 여인들이 도열해 있더니 일제히 허리를 구부려 예를 취했다.

“어서 오소서, 대주님!”

설요가 멈칫했다.

자신을 향해 일제히 허리를 구부리고 있는 여인들을 향해 물었다.

“지… 지금 뭐라고 했느냐? 날더러 대주라니…….”

그러자 맨 좌측에 있던 여인이 한 걸음 나서며 품속에서 비
단으로 된 봉투 하나를 건네주었다.

"이게 무엇이냐?"

설요가 봉투를 받으며 묻자 여인이 다소곳하게 대답했다.

"조금 전 상부에서 떨어진 직위 이동에 관한 서찰입니다.
직접 살펴보소서."

"직위 이동."

설요의 두 눈이 반짝거렸다.

찌익!

단번에 봉투를 찢어 안에 담긴 서찰을 꺼내 펼쳤다.

촤라락!

서찰을 읽던 설요의 표정이 돌연 환해졌다.

"내… 내가 흑화대의 대주라니."

여인이 허리를 구부리며 말했다.

"감축드립니다."

"앞으로 흑화대의 대주는 설요님이십니다. 충성을 나해 모
시겠나이다."

일제히 허리를 구부려 인사를 했다.

설요는 한동안 서찰에서 눈을 떼지 못했다. 몇 번을 읽고
또 읽었다.

"하나 한 가지 조건이 있다고 했습니다."

"조건?"

"앞으로는 소녀표향대법 같은 좌도방문 따위의 기예로 사
내를 홀리거나 민심을 현혹하는 행위는 일체 금지하라는 엄
명입니다."

설요가 깜짝 놀라며 물었다.

"누구의 명령이냐?"

"천주의 명령입니다."

"처… 천주?"

설요의 눈이 부릅떠졌다.

소녀표향대법은 자신의 주특기일 뿐 아니라 흑화대의 성
격 자체가 섭혼술이나 방중술로 적을 굴복시키는 임무를 갖
고 있었다. 그런데 일체 그런 좌도의 기예를 버리라는 건 심
하게 말하면 흑화대를 해체하는 것이나 다름없었다. 더구나
자신의 무공의 기초는 소녀표향대법이다. 소녀표향대법으로
내공을 증진하고 그에 따라 외공의 위력을 발전시켜 왔던 것
이다. 이제 와서 그런 것 모두를 포기하라는 것은 커다란 충
격이었다.

잠시 환해졌던 설요의 얼굴이 검게 변했다.

쾌락도 맛보며 사내의 양기를 섭취하여 내공을 증진하는
것은 어떤 수련보다 쉽고 간편했다. 한마디로 재미도 보고 내
공도 얻는 님도 보고 뽕도 따는 꼴인데 그 좋은 것을 금지시
키다니 앞이 캄캄했다.

십봉야령은 물론 늘어서 있던 흑화대 여인들도 몹시 절망

적인 표정이었다. 한번 그런 기예에 물들었기 때문에 손을 떼기란 좀체 쉽지 않기 때문이었다.

좌도 방면의 기예는 중독성이 강하다. 그래서 한번 빠지면 시술자나 시술당하는 자 모두 빠져나오지 못한다.

문득 설요의 표정이 비장해졌다.

"이건 도저히 있을 수 없는 일이다."

"하지만 천주님의 명령입니다."

"내가 천주님을 만나 설득해 보겠다. 흑화대야말로 미인계로 적을 쓰러뜨리는 혈천의 보이지 않는 보배들이다. 그런 우리에게 그런 미인계를 사용하지 말라는 것은 너무 혹독한 처사가 아닐 수 없다."

천주가 바뀌었다는 말은 들었다.

새로 바뀌었기 때문에 뭘 아직 몰라서 이런 조처를 내렸다고 생각했다.

"천주를 만나고 올 테니 일단 대기하고 있도록."

"냉을 받습니다."

여인들이 일제히 물러나고 설요의 발걸음이 옮겨졌다.

천주가 묵고 있는 혈궁은 흑화대에서 멀지 않다. 설요는 봉투를 손에 쥐고 혈궁을 향해 빠르게 걸음을 옮겼다.

흑화대를 빠져나가 동쪽으로 이백 마장쯤 걸어가자 혈궁의 붉은 지붕이 눈에 들어왔다.

마치 핏물 속에 담갔다 꺼내놓은 듯한 혈궁은 천하 흑도의 거물들 일천여 명이 자신의 피를 적셔 지어 풍우혈에게 바친 전각이다.

"서랏!"

혈궁 가까이에 이르자 날카로운 외침이 들려오며 온몸을 붉은 혈의로 감싼 두 명의 무사가 앞을 가로막았다.

백팔혈룡대.

백여덟 명으로 이루어진 천주의 호위무사들이다. 설요는 자신의 신분을 나타내는 패를 꺼내 보여주었다. 잠시 패를 살피던 두 명의 무사가 한쪽으로 비켜나며 말했다.

"통과하십시오."

설요는 천천히 전각을 향해 들어섰다.

혈궁은 고요 속에 있었다. 불어오는 바람 소리만이 이따금 고요를 깨뜨릴 뿐 깊이 가라앉아 있었다.

스물네 개로 이뤄진 계단을 오르며 설요는 생각했다.

'누굴까?

천주가 바뀌었다는 말만 들었지 자세한 얘긴 알지 못했다. 다만 하늘같이 섬겼던 천주를 몰아낸 것으로 보아 가공할 인물임에는 분명했다.

열린 문을 통해 안으로 들어갔다.

전 천주가 있을 때 서너 번 들어와 본 경험이 있었던 혈궁이지만 항시 가슴이 두근거렸다.

복도가 뻗어 있었고 끝에 천주의 거처가 있었다. 그런데 안으로부터 두런두런 얘기를 나누는 소리가 들려왔다.

설요는 귀를 기울였다.

노쇠한 소리와 맑은 소리였는데 노쇠한 소리의 주인공은 언뜻 전 천주에 의해 쫓겨났던 귀상의 목소리 같았다. 그러나 맑은 목소리의 주인공은 아무리 생각해도 떠오르는 사람이 없었다.

자세히 들리지는 않지만 맑은 목소리가 말을 하고 귀상이 계속 듣고 있는 것 같았다.

문 앞에 서 있던 입구의 시비가 설요를 알아보고 허리를 구부렸다.

"말씀 중이십니다."

"기다리겠다."

설요는 문 앞에서 기다렸다.

혈궁은 흑도제일의 건축가 신마자가 설계했는데 한 가지의 특징을 지니고 있었다. 혈궁 안에서 얘기를 나누는 소리를 밖에서 알아듣지 못한다는 데에 있었다. 안에서 나누는 사람의 목소리는 들리지만 정확한 발음을 알아듣지 못하게 설계되어 있어서 호위무사나 밖에서 대기하고 있던 시녀들이 안에서 나누는 비밀스런 얘기를 알아듣지 못한다.

무슨 얘기를 나누는가 싶어 설요는 내력까지 끌어올려 귀에 집중했다. 하지만 말소리만 들려올 뿐 웅웅거리면서 도무지 내용을 알아들을 수가 없었다.

몇 번 계속 엿들어보기 위해 애를 썼지만 도저히 불가능하여 그만 포기하고 말았다.

얼마쯤 지났을까, 더 이상 얘기 소리는 들려오지 않았다. 그러자 기다리고 있던 시녀가 보고를 위해 안으로 들어갔다. 시녀 역시 뭐라고 말하는 소리가 그녀의 귓가에 들려왔지만 정확한 내용은 알 수가 없었다. 잠시 후 들어갔던 시녀가 나오면서 허리를 구부려 말했다.

"들어오시라고 합니다."

설요가 고개를 끄덕인 후 길게 숨을 들이켰다.

까닭없이 긴장이 되었다. 옛날 천주는 자신과 몇 번 살을 섞기도 했는데 이번 천주도 자신의 몸을 요구하면 미련없이 바쳐야겠다고 생각했다. 몸이란 자신에게 철저한 출세의 수단이었다. 남보다도 아름답게 타고났고 나이가 들었지만 주안술로 젊음을 유지한 덕에 아직도 수많은 사내들이 자신을 탐하고 있었다.

멈칫!

천주의 방에 막 들어선 설요의 발걸음이 멎었다.

저 멀리 한 사내가 뒷짐을 지고 창밖을 쳐다보고 있었다. 짙은 흑의를 걸쳤는데 왠지 낯이 익은 모습이었다. 하긴 워낙 많은 사내들과 살을 섞었기 때문에 자신과 한번 잠자리를 같이한 인물일지도 모른다고 생각했다. 만약 그런 경험이 있다면 더욱 잘된 일이라고 생각하며 앞에 서 있는 귀상을 향해 목례를 했다.

귀상이 입가에 담담한 미소를 지으며 말했다.

"설 대주 아닌가?"

설요의 입이 벌어졌다.

자신을 설 대주라고 불렀다. 그것은 흑화대의 대주로 공식 인정한다는 뜻이었으므로 가슴이 벅차올랐다.

"대주가 되어 조직을 재편하자면 바쁠 텐데 무슨 일로 왔나?"

"천주님께 감사 인사를 드리기 위해."

소녀표향대법이나 채음보양술이 흑화대의 존재 이유라고 해도 과언이 아닐 만큼 두 가지 기예는 중요하다. 그런데 사용하지 못하게 막는 이유가 뭔지 따지러 왔다고 말하려다 꾹 참았다. 아직 천주의 얼굴도 모르는데 무턱대고 따졌다가 일이 잘못되면 큰일이다.

"여전히 설 대주의 인사성은 밝아. 아직까지 승진했다고 감사 인사를 드리러 온 사람이 단 한 명도 없었는데 말이야."

귀상이 넉넉한 웃음을 지으며 등을 돌리고 있는 악소천을 향해 말했다.

"천주, 흑화대의 설요 신임대주가 감사 인사를 드리기 위해 온 모양입니다. 인사를 받으시지요."

악소천이 천천히 돌아섰다.

입가에 환한 미소를 짓고 돌아서는 악소천을 발견한 설요가 흠칫했다.

분명히 자신을 향해 환한 미소를 흘리고 서 있는 사내는 악소천이었다. 찢어 죽이기를 꿈속에서조차 바랐던 사내.

하지만 설요는 이내 고개를 내저었다.

'다른 사람일 것이다.'

강호는 넓고 세상에는 닮은 사람이 많다.

절대 아닐 것이라고 확신하고 눈을 크게 뜨고 살폈다. 어쩜 볼수록 악소천 그 쳐 죽일 놈과 이렇게도 닮았단 말인가, 하며 꼼꼼하게 보았다. 그런데 아무리 살피고 훑어도 악소천이었다.

하지만 설요는 속으로 강력히 부정하며 다시 살폈다. 몇 번을 살펴도 악소천이 틀림없었다.

그때 악소천이 입을 열어 말했다.

"누님, 이게 도대체 얼마 만이오?"

"아아!"

설요의 입에서 절망의 비명이 터져 나왔다.

목소리는 틀림없는 악소천이었다. 그는 유난히 자신을 누님 누님 하고 불렀고 쫓아다녔다.

설요의 머리는 복잡해졌다.

도대체 어떻게 악소천이 혈천의 천주가 되었단 말인가. 아무리 생각해도 앞뒤 맥락이 잡히지 않았다.

"누님 표정이 왜 그러시오? 내가 그렇게 반갑지 않으시오?"

귀상이 옆에서 웃고 있었다.

아마 악소천과 자신 사이에 있었던 얘기를 대충 들은 모양이었다.

"천첩 설요가 천주님을 뵈옵니다."

"핫핫핫! 정말 반갑구려. 우리가 그렇게 헤어지고 난 이후 처음이니까… 도대체 몇 년 만이오?"

그렇게 헤어졌다는 말에 언뜻 그날의 상황이 떠올랐다.

자신을 덮치겠다고 속옷만 입고 설치던 악소천의 모습이 눈에 선했다. 자신은 악소천과 살을 섞을 마음이 추호도 없었다. 비록 돈을 가지고 왔으므로 술을 함께 마셔줄 수는 있었지만 소녀표향대법으로 그를 장악할 가치까지는 없는 놈이었다. 자신은 이제까지 이지를 장악하여 이용할 가치가 있는 사람과만 살을 섞었다.

"정말 미안하오."

미안하기로 따지면 자신이었다.

이렇게 상관이 되었으니 무조건 미안해야 했고 잘못했다고 싹싹 빌어도 시원찮을 판이다. 그런데 악소천이 미안하다고 먼저 입을 열자 설요는 재빨리 무릎을 꿇었다.

"천첩을 용서해 주십시오."

"아니오. 오히려 내가 미안하다고 하잖소. 난 내 또래인 줄 알고 함부로 말하고 내 욕심을 채우려고 했는데 알고 봤더니 나이가 내 어머니뻘이더구려. 정말 사죄하겠소."

설요의 얼굴이 벌겋게 달아올랐다.

오늘따라 어머니뻘이라는 악소천의 말이 엄청난 치욕으로 들렸기 때문이다.

설요는 고개를 더욱 떨궜다.

"죽을죄를 졌습니다. 지금이라도."

갑자기 말을 끊었다. 지금이라도 원하신다면 얼마든지 자신을 취하라고 말하려다 어머니뻘이라고 말을 했던 것을 떠올렸다. 그것은 절대 앞으로 자신을 탐내지 않겠다는 의미였으므로 눈앞이 캄캄해졌다. 몸으로 살아온 자신에게 자신을 멀리하겠다는 것은 너무나 절망적인 소식이 아닐 수 없었다.

"예전처럼."

예전처럼 자신을 가깝게 해달라고 말을 하려다 차마 잇지 못했다.

그러나 눈치 빠르게 악소천이 뒷말을 이었다.

"옛날처럼 자주 찾아달라는 것 아니오. 그것이야 뭐 어렵겠소. 언제든지 만나 차도 마시고 얘기도 나누고 합시다."

"아무튼 천첩을 흑화대주의 위에 올려주신 천주님의 은혜에 감사드립니다."

"헛헛! 별일도 아닌데 이렇게 찾아왔구려. 바쁠 테니 그만 가보시오."

설요가 몸을 일으켰다.

"항상 건강하시옵소서. 천첩은 이만 물러나옵니다."

그녀는 다시 한 번 목례로 예를 취한 후 돌아섰다.

문을 나온 그녀는 정신을 차릴 수가 없었다. 자신도 모르게 미친 듯 복도를 달려 혈궁 밖으로 뛰어나갔다.

"학학학!"

엄청난 충격을 참느라 피가 거꾸로 솟는 것 같았다.

하늘이 노랬고 도무지 있을 수 없는 사태가 벌어지고 만 것이다.

악소천.

그토록 증오했고 눈에 띄기만 하면 살가죽을 벗겨 죽이겠다고 다짐했던 사람이 천주라니. 그녀는 한참 동안 가슴을 진정시키지 못하고 기둥에 등을 기댄 채 거칠게 숨을 몰아쉬었다.

"하학!"

푸욱!

허벅지를 꼬집어보았다.

아픈 걸 보면 꿈이 아니다. 세상에서 가장 미워하고 죽이고 싶어했던 악소천이 자신의 생사를 떡 주무르듯 하는 천주라니 도무지 현실을 받아들일 수가 없었다.

그녀가 한참 넋이 나간 상태로 서 있을 때 돌연 반가운 목소리가 들려왔다.

"아니, 설 분타주, 이곳에서 또 만나는구려."

고개를 돌리자 옥면살존이 호면을 벗고 아장아장 걸어 들어서고 있었다. 옥면살존은 주안술이 잘못되어 십대 소년으로 되었는데 자신이 봐도 무척 우스꽝스러웠다.

"안색이 왜 그렇소? 이마에 식은땀까지 흘리고, 어디 아프시오?"

옥면살존이 염려스런 표정으로 쳐다보았다.

잠시 후 정신을 차린 설요가 힘없는 음성으로 물었다.

"분타주께서 여긴 어인 일이죠?"

옥면살존의 입이 함지박만 해져 말했다.

"천주님께 감사 인사를 드리러 왔소. 아니, 글쎄 총단에 들어오자마자 노부를 탈혼대의 대주로 임명해 놨지 뭐요?"

"타… 탈혼대의 대주?"

설요가 놀라자 옥면살존이 눈을 크게 뜨고 쳐다보았다.

"예, 예. 이 얼마나 영광스럽고 기쁜 일이오. 그래서 천주님께 감사 인사를 드리기 위해 찾아가는 길이오만, 설 분타주께서는 여긴 무슨 일로 왔소이까?"

설요의 입에서 나직한 탄식이 쏟아졌다.

옥면살존 또한 자신과 마찬가지로 악소천을 죽이기 위해 혈안이 되어 있었다.

만사를 제쳐 두고 악소천을 죽이기 위해 신안 인근을 이 잡듯 수색하고 심지어 강호의 정보 상인들까지 동원해 악소천을 추적하고 있었다. 한데 그런 옥면살존이 혈궁에 들어갔다가 자신을 탈혼대의 대주로 만들어준 인물이 악소천이라는 것을 알게 되면 얼마나 충격을 받을까를 생각하니 가슴이 저려왔다.

차마 저 즐거워하는 마음을 깨뜨리고 싶지 않아 볼일이 있어 왔다고 둘러댄 설요는 곧장 혈궁을 빠져나왔다.

설요가 도망치듯 사라지자 고개를 갸웃거리던 옥면살존이 혈궁 안으로 보무도 당당하게 걸음을 옮겨갔다.

입구에 서 있는 시녀를 향해 늠름하게 말했다.

"탈혼대의 신임대주 옥면살존이 천주님을 뵙고자 하니 전해주기 바란다."

"잠시만 기다려 주세요."

시녀가 안으로 들어갔고 잠시 후 밖으로 나와 안으로 들라고 했다.

옥면살존은 혹시라도 천주에게 폐가 될까 봐 다시 한 번 옷차림을 확인하고 조심스럽게 방 안으로 들어섰다.

"핫핫핫! 어서 오시구려, 살존."

"천주님의 은혜에."

고개를 쳐들고 말을 하던 옥면살존의 입이 닫혔다.

자신 앞에서 환한 웃음을 짓고 있는 인물.

처음에는 잘못 보았나 싶어 눈까지 비볐다. 그것도 모자라 소맷자락에 침을 묻혀 눈을 싹싹 닦고 다시 쳐다봤지만 분명 눈앞에 서 있는 인물은 악소천이었다.

꿈이려니 하며 혀를 슬쩍 깨물었는데 아프다.

그래도 믿을 수가 없어 주위를 휘 둘러보았다. 틀림없는 천주의 거처였다. 이미 전 천주가 있을 때 자주 들락거렸기 때문에 방 안 구조를 훤히 알고 있는데 전혀 변함이 없었다.

그래도 옥면살존은 도저히 믿을 수가 없었기 때문에 조심스럽게 물었다.

"저… 정말 천주님이십니까?"

악소천이 고개를 끄덕였다.

"어찌하다 보니 그렇게 되었소. 왜, 내가 천주가 된 것이 마음에 들지 않소이까?"

"저… 정말로 천주님 되십니까?"

재차 물었다.

그러자 옆에 서 있던 귀상이 넉넉한 웃음을 지었다.

"살존께서 실감이 나지 않나 보구려. 내가 설명을 해드리지요. 앞으로 우리 혈천은 악소천 천주님을 중심으로 나아갈 것이오. 살존을 탈혼대의 대주로 임명하신 분도 악 천주님이시오."

옥면살존의 동안이 굳어졌다.

마치 어린아이가 충격을 받은 듯 얼굴이 새파랗게 변하더니 마른침을 꿀꺽 삼켰다.

"처… 천주."

"왜 그러시오. 하고 싶은 말씀 있으면 하구려."

쿵 소리가 나도록 무릎을 꿇었다.

"소… 속하를 죽여주십시오. 속하가 죽을죄를 지었나이
다."

악소천이 눈을 크게 뜨고 말했다.

"그게 무슨 소리오? 죽여달라니? 살존께서 언제 내게 죽을
죄를 지었단 말이오?"

옥면살존이 고개를 쳐들고 애원하듯 말했다.

"기억나지 않으십니까? 그때 그 일 말입니다."

"그때 그 일이라면?"

"속하와 싸웠던 일이 정녕 기억나지 않으십니까? 홧김에
속하가 얼마나 천주님을 욕했습니까? 입에 담지도 못할 욕설
을 퍼부었잖습니까?"

악소천이 웃었다.

"홍분하여 싸우다 보면 욕이 아니라 무엇이라도 내뱉을 수
있는 것 아니겠소. 홧김에 싸우는데 어느 미친놈이 예의 바른
소리를 한단 말이오. 너무 걱정 말고 어서 일어나시오. 늙으
면 무릎을 조심해야 하오."

악소천이 직접 손을 잡아 이끌어 세웠다.

부르르!

감동으로 옥면살존이 경련했다.

"편히 서시오."

"처… 천주."

옥면살존의 양 볼을 타고 눈물이 흘렀다.

자신은 죽었다고 생각했다. 그날 그토록 온갖 입에도 담지 못할 욕설을 했을 뿐 아니라 악소천을 잡아 죽이기 위해 얼마나 혈안이 되었던가. 그런 자신을 아무런 분노나 꾸지람 없이 따뜻하게 용서해 줄 뿐 아니라 탈혼대의 대주라는 막강한 지위로까지 격상시켜 준 악소천이 하늘보다 위대하고 고마웠다.

"천주… 충성을 다하겠나이다. 죽으라고 하면 이 자리에서 혀를 깨물고 죽겠나이다."

악소천이 눈을 크게 뜨고 말했다.

"무슨 말을 그리도 끔찍하게 하시오? 내가 왜 살존을 죽으라고 명령한단 말이오."

"천주, 잘못했습니다. 진정으로 용서를 빕니다."

"허어! 자꾸 그러시면 내 낯이 뜨거워지오이다. 이제 그런 과거지사는 그만 꺼내고 어서 돌아가 보시오."

"흑흑! 고마우신 천주님."

흐느끼며 옥면살존이 크게 절을 했다.

"나… 나쁜 속하는 이만 물러가옵니다."

허리가 휘어지도록 허리를 구부리고 옥면살존이 흐느끼며 돌아나갔다. 그 모습을 바라보던 귀상의 입가에 잔잔한 미소가 떠올랐다.

"대단하네."

"뭐가 말이오?"

"보통 사람 같았으면 저 두 사람에게 따끔한 맛을 보여줬을 텐데 오히려 승진을 시키어 칭찬을 해주는 자네의 그 지혜 말일세."

악소천이 정색했다.

"아무리 큰 둑도 조그만 구멍에서부터 무너지기 시작하오. 아무리 본 천이 튼튼하다고 해도 저런 사람들이 내게 앙심을 품고 비뚤어지기 시작하면 금세 균열이 일고 마오. 거듭 말하지만 본 천은 앞으로 당당한 흑도가 될 것이오. 사악하고 최소한의 도리에도 어긋나는 마공이나 사술은 일체 발을 붙이지 못할 것이오. 내 뜻을 아랫사람들에게 확실히 전달하시오."

"그렇게 하겠네."

그때 개삭기가 들어섰다.

개삭기는 귀상의 명을 받고 적정을 살피러 갔었다.

"무림맹의 움직임은 어떻더냐?"

"예상대로 당황해하더군요. 갑자기 종적을 감춰 버린 우리의 의도가 무엇인지 알아내기 위해 모든 정보력을 총동원하고 있습니다."

악소천의 입가에 야릇한 웃음이 지어졌다.

누구도 예상치 못한 전격적인 철수에 천하제일의 전략가라는 모용란도 무척 헷갈릴 것이다.

현재 혈천의 전력은 무림맹의 절반 수준 정도밖에 되지 않는다. 이런 힘으로 그들과 싸워 흑도천하를 꿈꾸기에는 요원하다. 힘이 약한 세력이 강한 자를 상대로 싸워 이길 수 있는 방법은 기습 전략뿐이다.

작은 전력이지만 강하게 단련시켜 순식간에 적에게 타격을 입히는 전술만이 유일한 승부수인 셈이다.

"노선배님!"

악소천의 호칭에 귀상이 인상을 찌푸렸다.

조금 못마땅한 표정으로 눈을 흘기더니 말했다.

"정말 계속 노선배님이라고 부를 텐가?"

"죄… 죄송합니다, 형님."

그제야 귀상의 입이 벌어졌다.

장마처럼 자신과도 의형제를 맺어 호칭을 형님 동생 하자는 것이 귀상의 뜻이었다. 그러나 장마와는 오랜 세월 같이 생활하면서 쉽게 불러졌지만 귀상에게는 선뜻 입이 떨어지지 않았다.

"말해보게. 뭔가, 아우?"

악소천이 정색하며 말했다.

"지금의 혈천은 예전 절반 정도의 힘밖에 되지 않습니다."

"어쩌면 절반도 되지 않을 걸세."

"당분간은 모든 것을 잊고 힘을 증진하는 데 노력해야 할 것입니다. 특히 오대세력을 강하게 키워야 합니다. 가장 짧은 시간에 그들을 예전보다 두 배로 강하게 키울 수 있는 방법을 강구해 보십시오."

"그러지."

"또 한 가지는 과거 천주에게 등을 돌리고 본 천을 떠났던 원로들을 불러주십시오. 지금이야말로 원로들의 힘이 절대적으로 필요할 때입니다."

"단단히 틀어져 떠났는데 과연 돌아올지 모르겠네."

"그래서 형님께 부탁하는 것 아닙니까?"

"최대한 노력해 보겠네."

악소천이 밖을 향해 말했다.

"밖에 절강성 분타주 있으면 들어오시오."

잠시 후 문이 열리고 오 척 단구의 사내가 들어왔는데 마치 차돌처럼 단단한 인상이었다. 그는 다름 아닌 언젠가 신마지 존대를 이끌고 뇌상산장을 공격했던 혈천의 왜수였다. 당시 사도에 패했지만 놀라운 투혼에 감동한 사도는 그를 살려 보내주었다.

九大妖魔王

九大魔王

뇌상산장이 궤멸되고 대붕보 또한 황보량에 의해 무너지면서 절강무림은 사분오열되었다. 그런 틈을 놓치지 않고 마침내 혈천은 절강성에 분타를 세웠는데 초대 분타주로 왜수가 된 것이다. 그런데 악소전은 아침 일찍 그를 불러 대기시켰고 시종 문밖에서 무슨 일일까 궁금해하던 왜수의 눈이 빛났다. 악소천과 악연만 깊을 뿐 좋은 기억은 전혀 없었기 때문이었다.

"이걸 받으시오."

한 통의 봉서를 던졌다.

쉬익!

느리게 날아오는 봉서를 낚아 잡은 왜수가 무엇이냐는 듯
악소천을 쳐다보았다.

"보시오."

잠시 긴장한 표정을 감추지 못하던 왜수가 봉서를 뜯어 안
에 적힌 내용을 살피더니 소스라치게 놀랐다.

"처… 천주님!"

"긴말 않겠소. 지금부터 무림맹의 움직임을 낱낱이 살피시
오. 특히 모용란과 황보량의 움직임에서 결코 시선을 떼서는
안 될 것이오."

악소천이 건네준 서찰에는 자신을 홍루의 루주로 임명한
다는 내용이 적혀 있었다.

홍루는 무림맹의 비은각과 더불어 혈천의 대표 정보기관
이다. 혈천의 천주와 자주 독대할 수 있으며 정보를 취급하다
보니 누구보다도 강력한 힘을 지니고 있을 수밖에 없다.

과거에 적지 않은 은원이 있었기 때문에 어떤 처벌이나 부
정적인 해가 닥칠 것을 예감했는데 생각지 못하게 홍루의 수
장이라는 막강한 권력을 안겨주자 왜수는 흥분을 금치 못했
다.

쿵!

왜수는 지체 않고 그 자리에 무릎을 꿇었다.

"천주님의 명을 목숨으로 이행하겠사옵니다."

더 이상 무슨 말이 필요하겠는가? 살아생전 오늘보다 더

행복하고 감동적인 날은 결코 없었다. 가슴속 깊은 곳에서 악소천을 위해 목숨을 바쳐도 후회없다는 비장한 열기가 활화산처럼 일어섰다.

승화(承化)는 신강성 북부의 도시로 유화의 북쪽으로 이백리가량 떨어진 곳이다. 북쪽의 도시이지만 금광이 발달해 일찍부터 상업이 발달해 있고 그로 인해 절반이 유곽과 술집이 메우고 있는 환락의 도시이기도 하다.

이른 아침 승화에 한 사내가 들어서고 있었다.

밤을 새워 길을 달려온 듯 행색이 초췌했다. 아침 일찍 금광으로 일을 나가는 사람들의 발길과 금을 사기 위해 외지에서 찾아온 상인들이 뒤섞이며 이른 아침 승화의 거리는 붐볐다.

흑의사내는 승화의 저잣거리를 지나 동북쪽으로 뻗은 관도로 들어섰다.

멀리 관도 끝으로 백설에 뒤덮인 산맥이 눈에 들어왔다.

천산이다.

흑의사내는 눈 덮인 천산을 향해 신법을 전개하기 시작했고 반 시진이 채 못 되어 천산 입구에 도착했다.

흑의사내는 천천히 걸어 올라갔다. 길은 마차 두 대가 비켜 지날 만큼 넓었고 잘 정돈되어 있었다. 흑의사내는 유람 나온 사람마냥 산길을 올라갔고 산모퉁이를 돌아서자 거대한 분지가 나타났다.

척!

흑의사내가 걸음을 세우고 분지를 내려다보았다.

한 채의 장원이 아침 안개 속에 잠겨 있었다. 잠시 장원을 내려다보던 흑의사내가 다시 걸음을 옮겼다.

정문을 지키고 있던 오망과 동태는 다가오는 흑의사내를 향해 외쳤다.

"정지하시오."

흑의사내는 적당한 거리에서 걸음을 세우더니 안개에 덮인 정문 누각을 스윽 둘러보았다.

'천산육문' 이라는 현판이 흑의사내의 시선을 끌었다.

"어디서 오셨소?"

오망이 힘차게 물었다.

악소천이 짧게 말했다.

"가서 육두손 좀 보자고 전해주게."

순간 오망은 물론 뒤에 서 있던 동태까지 화들짝 놀랐다.

육두손은 자신들에게는 하늘과 같은 문주님이다. 자신들로서는 감히 똑바로 쳐다볼 수조차 없는 문주를 친구 부르듯 말하는 악소천을 보며 물었다.

"무… 문주님과는 어떤?"

"항주 뇌상산장의 악소천이 목 따러 왔다고 전하게."

오망의 눈이 커졌다.

"지… 지금 뭐라고 했소. 무… 문주님 목 따러 왔다니 이런 미친놈이!"

동태 또한 욕을 퍼부었다.

"아침부터 웬 이상한 놈이 왔지?"

"육두손, 안에 있어 없어?"

"이런 개자식이 보자 보자 하니까?"

오망이 차고 있던 칼을 뽑아 들어 달려들었다.

슈악!

그의 칼이 채 뺃기도 전에 악소천의 쌍장이 날아갔다.

퍼억!

"컥!"

오망이 그 자리에서 숨이 끊어졌다.

당황한 동태가 잽싸게 정문 기둥에 있는 술을 잡아낭셨다.

그러자 둥둥둥 하며 문루에 걸린 북이 자동으로 울렸다.

북이 울리자마자 안으로부터 흑의노인 한 명이 십여 명의 부사를 이끌고 날아와 내렸다.

"웬 비상고냐?"

그러다 땅바닥에 죽어 있는 오망을 발견한 흑의노인이 인상을 찌푸렸다.

"항주의 뇌상산장에서 문주님의 목을 따러 왔답니다."

"이런!"

"미친놈."

늘어선 부하들이 욕설을 뱉었고 흑의노인이 악소천을 살폈는데 두 눈이 흔들렸다. 한눈에 고수라는 것을 알아본 것이다. 하지만 이곳은 천산제일가인 육씨세가이다. 아무리 고수라고 해도 혼자서 뭘 어찌해 보겠다는 것은 그저 어리석을 뿐이다.

"문주님 목을 따기 전에 노부의 목을 먼저 따게."

악소천이 히죽 웃었다.

못할 것도 없다는 듯한 표정이었는데 번쩍하는 순간 악소천의 신형이 날아갔고, 흑의노인이 위기를 느끼고 방어 태세를 갖추는 순간 목이 뜨끔했다.

카칵!

뼈가 잘리는 소리가 들리더니 흑의노인의 목이 몸통과 분리되었다.

퍼억!

땅에 떨어진 흑의노인의 목을 보며 수하들이 기겁했다.

단 일초에 자신들의 상관이 죽은 것이다.

생사십팔섬 제육식 단철섬이 펼쳐진 것이다.

"이노옴!"

선두 무사의 공격을 신호로 무사들이 떼거리로 덤벼들었다. 하지만 그들의 칼은 악소천의 옷자락도 베지 못했고, 대신 눈앞이 번쩍거릴 때마다 온몸이 뜨거운 열기에 파묻혔고 의식이 끊겼다.

삽시간에 동료들이 모두 숨을 거두자 동태가 부리나케 안으로 도망쳐 버렸다.

악소천은 천천히 육문 안으로 걸어 들어갔다.

"막앗!"

"죽여랏!"

안으로 들어서자마자 일단의 무사들이 덮쳐 왔다.

악소천의 신형이 그들을 향해 날아가며 양발이 번개처럼 움직였다.

파파파— 박!

"커억!"

"아이고!"

무사들이 나가떨어지기 시작했다.

악소천의 각법에 산산이 부서졌고 순식간에 피보라가 주위를 덮었다.

"카아악!"

"꺽!"

추풍낙엽이었다.

삼십여 명의 무사들이 시체로 변했다. 그리고 유일하게 남은 흑포중년인이 조용히 입을 열었다.

"대단하구나."

"육두손에게 날 안내하라."

"날 베어라. 그러면 문주님께 갈 수 있을 것이다."

흑포중년인이 두 걸음 앞으로 나서더니 양발을 적당한 넓이로 벌리고 섰다. 오른손은 언제든지 칼을 뽑을 수 있는 배꼽 근처에 슬며시 붙였는데 잔뜩 긴장한 표정이 역력했다.

악소천 또한 두 눈을 빛냈다.

이미 천산육문의 도법은 육동하를 통해서 경험했다.

그런데 흑포중년인에게서 그보다 훨씬 강렬한 기세가 풍겨 나오고 있었다. 어쩌면 전오 못지않은 뛰어난 도객일 것이라고 짐작했다.

스윽!

흑포중년인이 좌측으로 반보 이동했다.

그것은 틈을 찾기 위한 이동이 아니라 자신의 도법을 펼치는 기수식 같았다.

좌측 발을 반보 이동하더니 무릎을 약간 구부렸다. 양발을 꼬듯 하며 낮춰진 자세는 꼭 한 마리 설표를 보는 듯했다.

"조심해랏!"

한마디 경고를 으르렁거리듯 남기며 흑포중년인의 몸이 튕겨 날아왔다.

싸악!

그리고 어느새 칼을 뽑아 악소천의 몸을 정확히 양단했다.

깔끔하고 신속한데다 부드럽기까지 했다.

육동하의 칼은 강맹했다. 그런데 흑포중년인의 칼은 부드럽다. 똑같은 천산육문의 도법인데 한쪽은 폭풍 같고 한쪽은

바람 같다는 것은 흑포중년인의 수위가 훨씬 높다는 의미였
다.

일도를 헛친 흑포중년인이 무표정하게 말했다.

"몸놀림이 무척 깔끔하구나."

"좋은 칼이오."

"각오해라."

흑포중년인의 눈이 번들거리기 시작했다. 마치 제대로 적
수를 만나 흥에 겨워하는 그런 눈빛이었다.

씨익!

흑포중년인이 웃었다.

"간다앗!"

칼과 하나가 되어 달려왔다.

쌔앵!

바람 소리가 악소천의 귓전을 울렸고 푸악! 하는 도음이 허
공을 질타했다.

은광이 햇살을 받아 더욱 눈부시게 악소천의 전신을 향해
쏟아져 내렸다.

번쩍!

그때 악소천의 오른손이 뻗어나갔고 뇌검이 흘러나왔다.

꽈앙!

뇌검과 흑포중년인의 칼이 부딪쳤다.

투툭!

흑포중년인의 칼이 토막이 되어 바닥을 나뒹굴었고 손잡이만 쥔 그의 두 눈이 부릅떠졌다.

"그… 그 검은?"

악소천의 오른손에서 이글거리고 있는 검을 보며 기겁했다.

"뇌검이오."

촤악!

대답과 더불어 악소천의 검이 사선을 그었다.

그것은 검이라기보다는 뜨거운 불길이 떨어지고 있었다.

흑포중년인은 도식을 권으로 바꾸어 힘껏 악소천의 검을 쳐냈다.

파아악!

하지만 흑포중년인의 권이 정확히 반으로 갈라지며 뇌검이 가슴을 베었다.

"후훅!"

엄청난 열기가 온몸을 휘감았다.

"으음!"

흑포중년인이 미약한 신음을 흘렸다.

처처척!

가슴이 갈라지고 있었다. 마치 지진이 일어나듯 투툭 소리를 내며 가슴에서부터 시작된 흑포중년인의 몸이 정확히 양단되었다. 그런데 단 한 방울의 피도 흘러나오지 않았는데 뇌검의 열기에 온몸이 순간적으로 타버렸다.

쿠웅!

두 조각으로 나눠진 흑포중년인의 몸이 땅바닥을 나뒹굴었다.

흑포중년인과 악소천이 겨루고 있을 때 삼십여 명의 무사들이 안으로부터 몰려왔다. 그들은 평생 구경하기 힘든 두 사람의 대결을 지켜보았는데 흑포중년인이 숨을 거두자 안색이 굳어졌다.

예도(藝刀) 또는 환도(幻刀)라고까지 불릴 만큼 칼에 관한 한 천산육문 제이인자인 총관 조가치.

문주를 제외하고는 누구도 그의 손 아래서 삼초를 견디지 못했다. 그는 칼을 아끼지만 일단 뽑히면 반드시 숨통을 끊고 만다. 그래서 일도사라는 별호까지도 갖고 있었다.

"육두손은 안에 있겠지?"

악소천이 사내들을 향해 물었다.

"예… 예!"

자신들에게 하늘인 조가치가 맥을 못 추고 쓰러진 상대에게 대항한다는 것은 그야말로 자살행위였다. 그래서 자신들도 모르게 공손히 대답을 했다. 그것은 강자에 대한 두려움 때문이었다.

"문주님께서는 지금 백궁에 계십니다. 곧바로 올라가면 나올 것입니다."

쏴아아!

악소천이 지나가자 무사들이 길을 터주었다.

누구도 그를 공격하지 못했고 그저 경악과 두려움 가득한 시선으로 바라볼 뿐이었다.

악소천은 빠르지도 느리지도 않게 올라갔고 얼마 가지 않아 눈을 뒤집어쓴 듯한 흰 전각이 모습을 드러냈다.

악소천은 눈앞의 건물이 백궁이라고 생각하며 다가섰다.

처억!

갑자기 앞을 가로막는 자가 있었다.

천산의 봉우리를 보는 듯한 커다란 체격의 사내였는데 그는 바로 육두손의 오른팔 거봉이었다.

매서운 눈으로 악소천을 바라보던 거봉이 입을 열었다.

"그냥은 못 들어간다."

악소천은 씨익 미소를 지었다.

거봉의 인상이 우그러졌다. 자신을 모욕하는 미소로 느껴진 것이다.

"이런 씨불놈이."

거봉이 주먹을 불끈 쥐더니 악소천의 머리통을 내려쳤다.

바위가 떨어지는 듯 엄청난 파공음이 울렸다.

악소천은 가급적 시간을 오래 끌고 싶지도 않았다. 뿐만 아니라 피할 수만 있다면 애꿎은 수하들 목숨은 배려하기로 마음먹었다. 하지만 이렇게 가로막고 나서면 방법이 없다.

확!

오른손에서 이글거리는 뇌검이 거봉의 오른 주먹을 정면으로 베어갔다.

콰아아!

"헉!"

자신의 주먹이 반으로 쪼개지는 것을 보며 거봉이 경악했다.

팔꿈치까지 반으로 쪼개진 오른팔을 보며 어쩔 줄 모를 때 또다시 악소천의 검이 날아왔다.

다급히 뒤로 물러나려 했지만 전광석화와 같이 파고든 검은 어느새 거봉의 심장을 뚫고 자취를 감추어 버렸다.

거봉은 비명도 지르지 못하고 숨을 거두었다.

잠시 쓰러진 거봉의 시신을 내려다보던 악소천이 느릿하게 전각의 계단을 올라갔다.

문을 밀치고 안으로 들어서자 안쪽도 온통 흰색 천지였다.

흰 양탄자로 된 푹신한 복도를 지나 육두손의 방문 앞에 걸음을 세웠다.

잠시 닫힌 문을 바라보던 악소천이 문을 밀고 들어섰다.

육두손은 우뚝 서서 자신이 들어오길 기다리고 있었다. 오른손에 백광이 번들거리는 한 자루 칼을 들고 있었는데 악소천을 조용히 바라보았다.

두 사람은 아무 말도 하지 않았다.

"차합!"

육두손의 칼이 뻗어왔다.

비록 팽문의 칼에는 비교할 바가 못 되지만 나름대로 일가를 이룬 도문의 수장답게 그의 칼은 능숙했다. 가볍게 찌른 것 같았는데 어느새 옆구리를 파고든다.

스으!

악소천의 신형이 옆으로 이동하며 육두손의 칼이 허공을 찔렀다.

휙!

비록 목표물을 놓쳤지만 칼을 회수하지 않고 헛친 상태에서 종으로 베었다.

놀라운 이음동작, 즉 연식이다.

"으음!"

악소천의 입에서 감탄 섞인 음성이 새어 나왔다.

한 식에서 다른 식으로 변환은 쉽지 않다. 식의 변환은 내공의 흐름이 뒷받침되어야 가능한데 완만한 식도 아니고 횡에서 종으로 급격히 꺾일 때의 내공은 대부분 끊어지기 일쑤다. 한마디로 수십 년 동안 미친 듯 수련하지 않으면 조금 전 육두손이 펼쳐 보였던 도식은 감히 꿈꿀 수 없는 것이다.

악소천은 육두손의 칼을 도백무상 전오보다 위라고 생각했다.

스으으!

대부분의 도객들의 칼은 빳빳하고 직선적이다. 그에 반해 육두손의 칼은 춤을 추었다.

직선으로 가다 원으로 돌변하고 한 개의 점이 되었다가 부채처럼 펴지는 쉴 사이 없는 변도에 악소천은 연신 감탄을 금치 못했다. 그것도 끊어짐이 있는 것이 아니라 한 개의 동작처럼 부드럽고 자연스러웠기에 그 위력은 더욱 빛났다.

촤촤촤촤!

악소천은 생사십팔섬을 쉴 사이 없이 펼치며 육두손의 칼을 막아냈다.

두 사람의 싸움은 치열했고 육두손이 일방적인 공격을 퍼부었다. 하지만 조금도 우위는 점하지 못하고 있었다.

백전노장 육두손의 눈에 공격을 하면서도 자신이 우위를 점하지 못하는 이유가 무엇 때문인지 파악하기란 어렵지 않았다. 상대는 아직 자신의 진짜 실력을 내보이지도 않고 있었다. 한마디로 자신이 달리는 것이다.

꿀꺽!

육두손은 마른침을 삼켰다.

그렇다고 칼을 거둘 수는 더욱 없었다.

"십면망라!"

커다란 외침을 터뜨리며 칼이 변화했다.

거대한 강기를 가득 뿜은 칼이 악소천의 허리를 베어왔다.

지금까지 볼 수 없었던 강한 도세에 악소천의 눈이 형형히 빛났다. 숨이 턱 막힐 만큼 밀려오는 강한 도기는 금세 자신을 산산이 찢어버릴 것 같았다.

화아아!

악소천의 오른손에서 뇌검이 마침내 뻗어 나왔다.

콰앙!

검과 칼이 부딪치며 한 조각 백광이 창문을 깨고 밖으로 날아갔다. 육두손의 칼이 두 토막 난 것이었다.

"엇!"

깜짝 놀랄 때 악소천의 검이 빛살처럼 찔러 들어왔다. 피해야 한다고 마음을 먹으려는 순간 옆구리가 뜨끔했다. 이토록 빠른 검은 난생처음이었다. 어떻게 마음도 먹기 전에 옆구리를 뚫어버릴 수가 있단 말인가.

푸욱!

"끅!"

비명을 흘린 육두손의 눈이 커졌다.

그의 두 눈이 더욱 커진 것은 악소천의 손에 잡혀 있던 검이 손바닥 안으로 사라지고 있었기 때문이었다.

용이 내단을 토해 적을 공격한다는 얘길 들었고 무공이 입신의 경지에 오르면 몸속에 강력한, 그 어떤 것으로도 파괴되지 않는 내정(內晶)이 생성되어 몸 밖으로 분출시켜 적을 살상할 수 있다는 말도 들었다. 하지만 그것은 어디까지나 강호에 내려오는 한가닥 전설일 뿐이다. 그런데 오늘 그는 자신의 두 눈으로 그 광경을 똑똑히 본 것이다. 그것은 틀림없이 몸속에서 나왔고 어떤 검으로도 깨부숴지지 않는 자신의 도강이 허무하게 잘려 나간 것이다. 몸속에 뭉친 내정이 아니면 결코 일어날 수 없는 일이었다.

"지… 지금 그것?"

피가 흘러나오면서 말이 제대로 이어지지 않았다.

악소천이 대답했다.

"뇌검이오."

"뇌검이라면, 혹시 전설의 문파 뇌검문의?"

"그렇소. 뇌의 결정으로 이뤄진 검이지요. 그 무엇으로도 파괴되지 않고 뭐든지 벨 수가 있소."

악소천이 앞서 거봉과 상대할 때 뇌검을 사용하지 않았던 것은 육두손을 염두에 두었기 때문이다. 아직 십이성 완전하지 않은 뇌검은 한 번씩 펼칠 때마다 엄청난 내력을 소모시킨다.

"꾸욱!"

육두손이 고통의 신음을 흘렸다.

넘어지지 않으려고 애를 썼지만 소용이 없었다. 몇 번 좌우로 휘청거리더니 끝내 반 토막 난 칼을 떨어뜨리고 엎어져 숨을 거두었다.

퍼어억!

육두손이 쓰러진 땅바닥으로 붉은 핏물이 흘러내렸다.

잠시 죽은 육두손을 쳐다보던 악소천이 주위를 휘 둘러보았다. 나머지 부하들은 도망친 듯 보이지 않았고 주위로는 조각난 방 안의 기물들이 가득했다.

"천주님!"

악소천이 착잡한 마음으로 주위 시신들을 휘 둘러보고 있을 때 한소리 음성과 함께 작달막한 체구의 사내가 날아내렸다. 나타난 사람은 이번에 홍루의 루주로 임명된 왜수였는데 그 뒤로 두 마리의 검은 말이 있었다.

왜수는 악소천을 향해 깍듯하게 허리를 구부려 예를 취한 후 빠르게 말을 이었다.

"무림맹 비은각에 침투해 있는 본 루의 요원이 보내온 밀지에 의하면 그날 아가씨는 황보량에게 붙잡혔다 하옵니다."

악소천은 이곳으로 오기 전에 왜수에게 한 가지 명령을 내렸다. 그것은 마산홍을 찾으라는 밀령이었다. 홍루의 모든 정보를 이용해 하루라도 빨리 그녀의 생사는 물론 살아 있다면 어디에 있는지 소재를 파악할 것을 요구했다.

"그리고 부하인 무적에게 아가씨를 마음대로 처분하라고 했다는 것입니다."

"무적?"

눈앞으로 한 사내가 떠올랐다.

조금 전 자신과 싸웠던 거봉과 비슷한 덩치를 가진 사내.

무적은 감독고와 더불어 황보량의 분신이다.

"그리고 무적은 아가씨를……."

왜수가 말을 잇지 못했다.

악소천이 두 눈을 빛냈다. 빨리 말해보라는 독촉이었고 왜수의 입술이 떨리며 열렸다.

"소주의 사창가."

화악!

악소천의 눈이 찢어져라 커졌다. 온몸을 떨었고 금방이라도 피를 부를 듯 인상이 험악하게 우그러졌다.

여인은 사내가 하는 대로 몸을 맡겼다. 사내의 몸놀림은 거칠었고 변태적이었다. 하지만 여인은 죽은 시체마냥 시키는 대로 따라 움직였고 고통스러울 때마다 이를 악물며 터져 나오려는 신음을 삼켰다.

"흐흐흐!"

사내는 미친 듯이 여인의 몸을 찍어 눌렀다.

마치 인형을 가지고 놀 듯 뒤집었다 옆으로 눕혔다가 양다리를 들어 올리는 등 온갖 기괴한 자세로 여인을 괴롭혔다.

뚝!

여인을 엎드려 놓고 한참 몸을 놀리던 사내의 동작이 갑자기 멈췄다. 여인은 엎드린 채 모든 것을 포기한 사람처럼 가만히 있었다. 그러나 한참이 지나도 사내가 움직이지 않자 처음으로 입을 열었다.

"왜 그래요? 내 자세가 마음에 들지 않아요?"

와그르르!

갑자기 사내가 방바닥으로 굴러 떨어졌으므로 여인이 놀란 얼굴로 상체를 일으키고 돌아보았다. 사내는 숨이 끊어진 듯 천장을 보고 누웠는데 꼼짝도 하지 않았다.

잠시 사내를 쳐다보던 여인의 눈이 커졌다.

문 입구에 한 사내가 서 있었는데 너무도 낯이 익었다. 아니, 아직까지 단 한 번도 잊어본 적이 없는 사내의 얼굴이 문 입구에 있었다.

두 사람은 아무 말도 하지 않고 그저 서로를 바라만 볼 뿐이었다.

방 안에는 숨 막히는 침묵이 찾아들었고 두 사람은 석상처럼 서로를 보며 움직이지 않았다.

"왜수."

문 입구로 왜수가 모습을 나타냈다.

"부르셨사옵니까, 천주?"

"마차로 모시도록 하시오."

"아가씨를 마차로 모셔라."

왜수가 복도를 향해 말했고 두 사내가 들어와 마산홍에게 다가갔다. 마산홍은 대충 옷매무새를 가다듬더니 천천히 복도를 향해 걸어갔고 두 사내가 뒤를 따랐다.

이윽고 마산홍이 방을 걸어나갔고 악소천의 두 눈이 침통한 빛을 띠었다.

악소천은 텅 빈 방 안에 우뚝 서 있었다.

지저분하고 비린내가 짙게 풍기는 방 안을 가만 훑어보던 악소천이 입을 열었다.

"무적의 행방을 알아왔소?"

"물론입니다. 그동안 당문에 주둔해 있던 무림맹 무사들이 다섯 개 조직으로 분산하여 형산으로 퇴각했습니다. 일부만이 당문에 남아 있는데 본 천의 움직임을 감시할 목적의 병력이지요. 그들의 우두머리가 바로 무적이옵니다."

"무적이 당문에 있다는 얘기군."

말과 더불어 악소천의 신형이 방 안에서 사라졌다.

그 뒤를 따라 왜수의 신형도 사라졌는데 잠시 후 두 필의 말이 사천으로 향하는 관도를 무섭게 질주하기 시작했다.

문이 열리고 속살이 훤히 드러나 보이는 나삼을 걸친 모용란이 나타났다. 머리가 물기에 젖은 것이 지금 막 수욕을 끝내고 나온 듯했는데 커다란 동경 앞에 앉아 젖은 머리를 닦기 시작했다.

그동안 혈천과의 전쟁으로 제대로 씻지도 못했다. 그래서 피로도 풀 겸 무림맹으로 돌아오자마자 뜨거운 물로 몸부터 씻은 것이다.

머리를 말린 모용란은 얼굴에 화장을 하기 시작했다.

화장도 무려 두 달 만에 해본다. 눈썹을 검게 칠하고 입술을 붉게 태우듯 바르며 정성을 다해 화장을 하고 있을 때 문밖으로부터 발자국 소리가 들려왔다.

"군사님!"

문이 열리고 한 여인이 들어섰다.

이번에 모용세가에서 백수파파 대신 새로 불러들인 시위 겸 시녀인 산월이다.

"아가씨, 이걸 좀 보십시오. 육씨세가로부터 한 통의 전서구가 도착했습니다."

산월이 품에서 둘둘 말린 전서구를 내밀었다.

"육씨세가라고 하면 천산이 있는 승화에 있지 않느냐?"

모용세가뿐만 아니라 오대세가들은 독자적으로 천하 곳곳에 분타 또는 혈맹이라는 이름의 우호적인 문파를 두고 있다. 육씨세가 또한 모용세가와 혈맹의 관계를 맺고 있는 천산 인근에 있는 군소무문인데 그곳으로부터 전서구가 왔다는 소식에 화장을 하던 모용란이 돌아섰다.

모용란은 선뜻 받지 않고 잠시 산월이 내밀고 있는 전서구를 쳐다보았다. 육씨세가와 모용세가가 혈맹을 맺은 것은 십여 년 전이다. 대부분의 약소문파가 그러하듯 그들 또한 오대세가 중 한곳인 모용세가와 혈맹을 맺음으로 강문으로부터의 침입을 막으려는 계산이었다. 그래서 지금까지 일 년에 두 차례씩 적지 않은 선물을 보내온다. 그런데 그들이 갑자기 자신에게 전서구를 보냈다는 보고에 여러 가지 생각이 머리를 스쳤다. 하지만 어떤 추측이나 가능성도 읽혀지지 않았으므로 모용란은 내민 전서구를 받아 펼쳤다.

전서구를 읽던 모용란의 안색이 급변했다.

"왜… 왜 그러십니까?"

급변한 모용란의 안색을 보며 산월이 놀라 물었다.

모용란이 한참 동안 전서구에 시선을 고정하고 있더니 산월에게 내밀었다.

탁!

산월이 잽싸게 전서구를 받아 읽더니 그녀 역시 놀라는 표정을 감추지 못했다.

"처… 천산의 육문세가가 몰락하다니 이게 무슨 말입니까?"

전서구에는 무림맹의 핵심 중 한곳인 천산의 육문세가가 무너졌다는 소식이 적혀 있었다.

"어떻게 이런 일이……."

육문세가는 무림맹 소속의 문파로서 가장 북쪽에 있고 그 지역에서는 최강의 집단이다. 물론 지리적으로 멀기도 하지만 혈천도 함부로 건드리지 못할 만큼 강맹하고 더구나 등 뒤에 모용세가가 있기 때문에 그 지위는 더욱 확고했다. 그런

곳이 멸문을 당했다는 것에 모용란은 한동안 충격에서 헤어나오지를 못했다.

잠시 굳은 표정으로 앉아 있던 모용란이 벌떡 일어나 걸치고 있던 나삼을 벗고 백의로 갈아입었다. 그리고 곧바로 비은각을 향해 발걸음을 재촉했다.

비은각주 또한 오랜 타관 생활에 피곤했던 듯 수욕을 끝내고 차를 마시고 있었다.

황보량은 모용란의 예고 없는 방문에 놀란 표정으로 입을 열어 물었다.

"지금쯤 수욕을 끝내고 한숨 푹 주무시고 있을 줄 알았는데 무슨 일이오?"

모용란이 손에 든 전서구를 건넸다.

전서구를 살핀 황보량이 기겁하며 쳐다보았다.

"육씨세가는 본 가와 혈맹을 맺은 문파예요."

"흉수가 누군지에 대해서는 아무런 언급이 없구려?"

"당문에 아직 남아 있는 우리 쪽 무사들의 규모가 어느 정도 되죠?"

"만약을 대비해 남긴 용대 무사 열 명과 호대 스무 명이오."

용대와 호대는 비은각 내 최정예들이다. 적은 인원이지만 일당백이다. 만에 하나 혈천이 또다시 어떤 계략을 펼친다고 해도 그들의 능력이면 이틀은 최소한 버틸 것이다. 그사이 이쪽에서 대군을 출동하면 된다는 나름대로 계산하에 남겨

두었다.

"그들을 육문으로 보내야겠어요. 흉수가 누군지."

"보나마나 혈천의 짓 아니겠소?"

모용란이 고개를 갸웃거렸다.

"일방적으로 빼앗은 땅까지 포기하며 후퇴한 혈천이 그들을 공격할 리 있을까요?"

황보량의 눈이 빛을 뿌렸다.

듣고 보니 모용란의 말이 틀리지 않았다. 모든 것을 버리고 도주하다시피 했던 혈천이 천산육문을 공격할 아무런 이유가 없었다.

"아무튼 알겠소이다. 당장 당문으로 전서구를 보내 출동시키겠소."

황보량이 찻잔을 놓고 곧바로 자리에서 일어났다.

이윽고 붓을 쥔 황보량이 먹물을 찍어 흰 종이 위에 춤을 추듯 글을 써가기 시작했는데 그것은 누가 보아도 알아볼 수 없는 암호로 된 글들이었다.

당문에서 천산이 있는 승화로 가는 길은 모두 세 곳이었다. 그중 두 곳은 험준한 산길이고 한곳은 관도이다. 하지만 관도는 평탄하기는 해도 세 곳의 길 중 가장 거리가 멀었다.

그래서 두 사람은 험하지만 산길을 택했다.

악소천과 왜수가 사천에 거의 이르렀을 때 홍루의 요원이

나타나 무적이 무림맹의 무사들을 데리고 숭화원을 향해 출
발했다는 보고를 해왔다.

두 사람은 곧바로 당문을 들르지 않고 곧바로 무적의 뒤를
추적했다.

사천에 들어서자마자 말을 갈아탔다. 벌써 다섯 번째 말을
갈아탄 것이다.

두두두두!

지름길인 산길을 이용해 빠르게 달리던 두 사람이 갑자기
말의 속도를 누그러뜨렸다.

한 마리의 누런 황소가 달구지를 끌고 산길을 가고 있었다.

달구지에는 한 명의 늙은 농부가 등을 돌린 채 소를 몰고
있었다. 앞모습은 볼 수 없었지만 머리는 헝클어지고 흩어져
마치 까치집을 연상케 했는데 등 뒤에서 인기척을 느꼈을 텐
데도 돌아보기는커녕 느긋하게 소를 몰아갔다.

길을 달구지가 가로막고 있어 쉽게 지나칠 수가 없었다. 왜
수가 노인을 향해 말했다.

"노인장, 바빠서 그러니 잠시 길을 좀 비켜줄 수 있겠소?"

노인은 꿈쩍도 하지 않았다.

왜수의 인상이 찌푸려졌고 약간의 분노를 담아 외쳐 말했
다.

"이보시오, 노인장."

왜수의 말이 채 끝나기도 전에 엄청난 폭발음이 숲 속을 울

렸다.

콰콰쾅!

거대한 폭발이었다. 온 산이 무너질 듯 굉음이 메아리쳤고 가공할 폭풍우에 달구지는 물론 나무와 바위들이 날아가며 흙먼지가 사방을 메웠다.

"우웃!"

달구지에서 오 장 정도 떨어져 따른 덕에 악소천과 왜수는 직접적인 피해를 입지는 않았지만 타고 있는 말이 난리를 피웠다.

잠시 후 먼지가 가라앉고 드러난 장내의 모습을 보며 두 사람의 눈을 휘둥그레졌다. 전방으로 화산 폭발이 있었던 것처럼 엄청난 구덩이가 생겨나 있었고 달구지는 산산조각이 되어 형체를 알아볼 수가 없었다. 황소 또한 흔적도 없이 사라져 버렸다.

'으허헛!'

두 사람은 헛바람을 삼켰나.

그 가공할 폭발의 와중에 우마차를 끌었던 노인은 멀쩡했다. 변한 것이라고는 헝클어진 머리가 더욱 수세미가 되었고 옷자락 몇 곳이 찢어졌을 뿐 한 손에 낫을 쥔 채 길 좌측으로 멀리 떨어져 있었다.

"과연 뇌정신화탄이로다. 만년한철로 만들어진 달구지가 형체를 알아볼 수 없도록 산산조각이 나다니."

노인이 구덩이 가까이 다가와 내려다보며 중얼거렸다.

팟!

악소천의 두 눈이 예리한 광채를 발했다.

뇌정신화탄(雷精神火彈).

주먹만 한 크기의 뇌정신화탄 한 개는 방원 일 장여를 초토화시킬 만큼 강력한 폭발력을 자랑한다. 워낙 폭발력이 강하기 때문에 어떤 호신강기나 외문무공도 소용이 없고 폭발에 걸려들면 무조건 죽는 수밖에 없는 강력한 폭탄이다. 그런데 악소천이 놀란 것은 노인의 중얼거림 속에 담긴 의미였다.

노인은 뇌정신화탄이 숲 속에 매설되어 있다는 것을 알았고 그래서 자신이 만년한철로 마차를 만들어 폭발을 유도했다는 의미였다. 그것은 노인이 자신과 왜수의 생명을 살렸다는 뜻이었으므로 눈이 더욱 커졌다.

특히 만년한철로 된 마차가 폭발력의 상당 부분을 가로막아 주었다고는 하지만 옷자락 몇 곳 찢어진 것 말고는 그 놀라운 폭발 속에서 건재한 노인의 신위란 실로 경이로웠다.

"노인장."

악소천이 놀란 표정으로 불렀다.

그제야 처음으로 노인이 돌아섰다. 아무리 보아도 흔히 볼 수 있는 평범한 농부였다.

"노인장께서 우리의 목숨을 살렸군요?"

"자네 이름이 혹시 악소천인가?"

악소천이 깜짝 놀라며 물었다.

"어떻게 소생의 이름을?"

노인이 고개를 끄덕이더니 말을 이었다.

"이 늙은이는 사공기라고 하네. 남달리 농사를 짓는 솜씨가 뛰어나 농선(農仙)이라고도 불리지."

"농선!"

악소천은 물론 왜수까지 놀란 표정을 지었다.

―선인은 작은 적에도 신중하고.

마왕가 중 한 대목이다. 즉, 눈앞의 인물이 바로 당사자이자 구대마왕 중 한 명인 농선인 것이었다. 작물을 베는 낫질을 무예로 승화시킨 거목.

"후배 악소천이 농선 노선배님을 뵈옵니다."

악소천이 정중하게 포권을 하며 고개를 숙였다.

농선이 반짝이는 눈으로 악소천을 쳐나보더니 표정이 여러 차례 변했다. 그리고 고개를 끄덕이며 입을 열어 말했다.

"도대체 그들이 누굴 암살하기 위해 고금제일화탄인 뇌정신화탄을 무려 열 개나 매설하는지 궁금했는데 직접 이렇게 보니 그럴 이유가 있군. 과연 젊은 사람이 대단한 기세를 지녔네."

"그들이라 하오시면?"

"낭왕을 비롯한 혈오천존 일당일세."

낭왕은 혈천의 전 천주의 별호다.

"객점에서 우연히 그들의 대화를 엿들었지. 자네가 무림맹 일행을 뒤쫓는다는 사실이 그들의 귀에 들어갔나 보더군. 자네가 과연 어느 길을 택해 추적을 할 것인지 고심하더니 한 시진이 넘는 토론 끝에 이 길에 뇌정신화탄을 묻기로 결정했다네."

그들이 자신의 진로를 알고 있다는 것은 암중에서 자신의 일거수일투족을 놓치지 않고 지켜보고 있다는 뜻이었다.

"난 사실 혈천과 무림맹의 싸움을 예의 주시했네. 그리고 혈천이 곧 무너질 것이라고 확신했지. 그런데 자네가 나타나 낭왕을 밀어내고 혈천을 장악하기에 매우 놀랐네. 자네 말처럼 혈천은 절대 무림맹의 적수가 될 수 없네. 늦게나마 자네가 낭왕을 밀어냈기에 망정이지 그렇지 않았다면 아마 혹도 무림은 영원히 무림맹에 쫓겨 지하로 잠적했어야 할 걸세. 아무튼 내가 보기에 자네가 그들이 설치한 함정을 무사히 빠져나가긴 어려울 것 같았네. 최소한 죽지는 않는다 해도 치명상을 피하지 못할 것이라고 믿었지. 그래서 오십 년 동안 나와 농업을 함께했던 노부의 분신이자 마차인 철왕거(鐵王車)로 폭발을 유도했네. 만년한철로 만들어진 철왕거가 산산조각이 난 걸 보면 과연 대단한 폭발력일세."

농선이 아니었다면 자신은 살아나지 못했을 것이다. 고마운 마음에 앞서 등골이 서늘해졌고 이윽고 분노가 치솟기 시작했다.

악소천은 혹시나 하며 주위를 휘 둘러보았다. 숲은 조용했고 어디에서도 인기척은 느껴지지 않았다. 문득 악소천의 행동을 보며 농선이 미소를 지었다.

"그들은 이미 떠났네."

농선이 옆에 조각난 바위에 털썩 주저앉으며 말했다.

"나 또한 농사를 짓고 있는 농부지만 한 번도 혈천을 남이라고 생각해 본 적이 없었네. 특히 유일한 친구였던 장마가 실종되고 나면서부터 혈천은 극도로 어긋나기 시작했지. 그런데 다행히 자네가 나타나 일거에 흐트러진 혈천을 바로잡아 주어 얼마나 기뻐했는지 모른다네. 정말 고맙네."

고마워해야 할 사람은 자신이었다.

목숨을 구해줬으니 이보다 더 고마운 일이 어디 있겠는가.

"내가 이렇게 자네를 도운 것은 혈천의 미래가 자네에 의해 강맹해지길 원하기 때문이기도 하지만 사실 장마 그 친구에 대한 얘길 좀 듣고 싶어서일세. 자세한 얘기 좀 부탁하네."

농선의 두 눈이 빛났다.

잃어버린 유일한 지기의 소식을 듣는다는 흥분에 가볍게 상기된 얼굴로 악소천을 쳐다보았다. 악소천은 망설이지 않고 자신이 소림에 잠입했던 것에서부터 장마를 만난 전 과정을 말해주었다.

농선의 얼굴이 무거워졌다. 그것은 아마 빙한철로 된 암자에 갇혀 있다는 얘기 때문인 듯했다. 빙한철은 어떤 보검으로도 잘려지지 않는다. 오직 가둔 사람만이 열 수 있는 비밀을 쥐고 있을 뿐이다.

문득 농선이 혼잣말처럼 중얼거렸다.

"자네도 빙한철로 된 암자에 장마를 가둔 장본인을 소림의 장문인 무오 선사라고 생각하는가?"

악소천의 두 눈이 빛을 뿌렸다.

"무슨 뜻입니까? 아니란 말입니까?"

"무림맹에서 장마를 초대했을 당시의 맹주는 분명히 현 소림 장문인 무오였네. 하지만 그때나 지금이나 무림맹에서 한 곳의 자리를 변치 않고 지켜온 인물이 있네. 그가 누군 줄 아나?"

악소천의 눈이 예리한 빛을 뿌렸다.

"혹시 비은각을 맡고 있는……."

"그렇네, 바로 황보량이지."

"하면 장마 형님을 가둔 사람이 황보량이란 말입니까?"

"당시 맹주는 분명히 무오였지만 황보량이 무오 선사를 비롯한 구대문파의 수장들을 설득하여 장마를 생일이란 덫으로 끌어들여 사로잡았다는 것을 알 만한 사람은 다 알고 있네. 한데 황보량이 왜 장마를 죽여 없애지 않고 가두어놨는지 생각해 보았는가?"

악소천은 아무런 대꾸도 하지 않았다.

짚이는 바가 전혀 없지는 않았지만 농선의 입을 통해 직접 듣고 싶었기 때문이다.

"장마는 흑도를 하루아침에 혈천이라는 단체로 규합해 버린 풍우혈의 대제자일세. 다시 말해 장마를 묶으면 혈천의 단결과 봉기를 막을 수 있다고 생각했기 때문이지."

"하지만 혈천은 그에 아랑곳하지 않고 일어났습니다."

"황보량은 장마의 목숨으로 위협하면 혈천의 움직임을 제약할 수 있다고 자신했지. 모르긴 해도 필시 풍우혈의 둘째 제자이자 얼마 전까지 혈천을 이끌었던 낭왕은 무림맹으로부터 협박을 받았을 걸세. 혈천을 해체하지 않거나 가만있지 않으면 장마의 목숨이 위태로워질 것이라고 말이야. 하지만 이미 사제 백마자까지 암살하여 가짜 풍우혈패로 혈천을 장악한 그가 그따위 협박에 넘어갈 리가 없지. 사형의 목숨 따위는 사신에게 아무런 관심이 없으니까."

악소천의 고개가 끄덕여졌다. 모든 상황의 전모가 눈앞에 그려졌다.

"그런 일이 있었군요. 그러나 장마 형님은 여전히 모든 원흉을 무오 선사로 알고 있더군요."

"그래서 황보량이 무섭다는 것이지. 자네는 모르겠지만 무림맹의 구 할이 어쩌면 이미 황보량 수중에 떨어져 있는지 모른다는 것이 노부의 생각이네."

악소천의 눈이 날카롭게 빛났다.

알게 모르게 어느 정도 장악되어 있을 것이라고 눈치는 읽었지만 설마 거의 전부를 손아귀에 쥐고 있다는 건 충격이었다.

"어쨌든 더 이상 장마 형님을 이용한 협박이 먹히지 않으니 그만 풀어줄 만도 하잖습니까?"

"그건 아니지. 놔두면 반드시 한 번은 이용 가치가 있다고 판단하고 있겠지. 그런데 벌써 그 계산이 들어맞고 있지 않은가?"

"계산이라 하면?"

"이제 혈천의 주인은 자네로 바뀌었네. 황보량이 장마를 죽이겠다고 협박하면 자넨 어찌하겠는가?"

악소천이 깜짝 놀랐다.

전혀 예상하지 못한 질문이었고 상황이었다. 농선의 질문처럼 황보량이 장마의 목숨을 갖고 자신을 위협하면 어쩔 수 없이 그들의 요구 조건을 들어줘야 할 것이다. 자신은 절대 장마를 버릴 수 없고 버려서도 안 된다.

"그래서 자네가 지금 혈천을 정비하는 것도 중요하지만 그보다 앞서 더욱 필요한 일은 서둘러 장마를 구출하는 것이네."

"하지만 방법이, 무슨 수로 빙한철로 된 암자에 갇힌 장마 형님을 구할 수 있단 말입니까?"

"자네 뇌검문의 후예라고 했지?"

“예!”

“내가 알기로 뇌검문에는 세상이 모르는 두 가지 놀라운 비밀이 있다고 들었네. 하나는 벼락의 결정으로 만들어진 뇌검이고 또 하나는 혈금호면이라더군.”

악소천의 눈이 빛났다.

뇌검은 자신도 알지만 혈금호면에는 어떤 비밀이 담겨 있는지 아직 모른다. 다만 사부는 놀라운 한 가지 비밀이 있으며 문의 신물이라고만 했다.

농선의 말은 계속되었다.

“그런데 자네의 표정을 보니 혈금호면에 담긴 비밀을 잘 알지 못하는 모양이군?”

“사실입니다. 사부님이 불의의 사고로 작고하는 바람에 혈금호면에 대한 깊은 지식은 알지 못합니다.”

“혈금호면에는 뇌검문을 세운 뇌검선인의 뇌정(雷晶)이 담겨 있다네. 그래서 뇌검문의 내공심법인 뇌검심정술을 운용하면 혈금호년에 담긴 뇌검선인의 뇌정이 흡수가 된다네. 자네 혹시 뇌검을 완성했는가?”

악소천 고개를 가로저었다.

“거의 완성 단계에 있습니다.”

사실 그동안 틈만 나면 뇌검심정술을 운용해 몸속의 뇌기를 녹이기 위해 애썼고 효과는 조금씩 드러났다. 그리고 이제 거의 완벽에 가까운 뇌검을 만들어낼 수 있었다.

"뇌검이야말로 천하에 그 어떤 것도 부수고 베지 못할 것이 없다는 것을 알겠지. 그러는 뇌검도 빙한철을 베기에는 약간의 모자람이 있네. 그 모자람의 원인은 바로 힘에 있지."

"그 부족한 뇌기를 혈금호면을 통해 얻는다면 가능하다는 애깁니까?"

"그렇네. 혈금호면에 담긴 뇌검선인의 뇌정을 흡수만 한다면 얼마든지 장마를 구출할 수 있을 걸세. 어떤가? 쇠뿔도 단김에 뽑으라고 했는데 곧바로 시작하는 것이 말일세."

악소천의 눈이 커졌다.

"여기서 말입니까?"

"이곳이 어때서 그런가? 노부가 지키고 있는 한 자네가 운기를 할 때 누구도 위협하지 못할 걸세."

자신에 찬 음성이었다.

악소천 또한 농선의 말에 신뢰를 보냈다. 혈금호면에 담긴 뇌정을 흡수하기 위해서는 운기조식을 해야 하는데 그렇게 될 경우 사방에 적을 깔아두고 있는 악소천으로서는 몹시 위험한 행동이었다. 하지만 농선이 호위를 해준다면 전혀 문제될 것이 없었다. 어떤 은신처보다 오히려 드러난 곳이긴 하지만 안전했다.

大妖魔王

第六章
혈금호면

九大魔王

　악소천은 지체하지 않고 평평한 지면에 자리를 깔고 앉았다.

　그리고 혈천의 천주로부터 빼앗은 혈금호면을 품에서 꺼내 얼굴에 썼다. 순식간에 한 마리의 호랑이가 앉아 있는 듯한 착각을 불러일으켰는데 농선과 왜수는 본능적으로 삼 장여쯤 물러나 사방을 경계하기 시작했다.

　악소천은 곧바로 결가부좌한 상태에서 뇌검심정술을 운용하기 시작했다. 이미 몸속의 뇌기를 완벽하게 흡수한 악소천이 뇌검심정술을 운용하자 단전의 진기가 거세게 일어났다.

　악소천은 진기를 끌어내어 서서히 경락을 따라 이동시키

기 시작했다.

진기는 무리없이 이끄는 대로 흘러갔다. 반 각이 채 되지 않아 일주천이 끝나자 몸은 한결 더 가벼워졌고 진기는 다시 단전으로 몰려들었다.

'으후훗!'

악소천이 심호흡을 했다.

이어서 한줄기 구절을 떠올렸다.

'유출서호제가뇌 뇌두불사재산시.'

'뇌여자손청백제 뇌수하옥태거거.'

뇌검심정술에서 흡(吸) 자 구결이었다.

운기조식을 하고 내공을 닦는 데 전혀 필요치 않는 내용이지만 사부가 일단 외워두라고 하여 덮어놓고 외웠다. 궁금하여 자꾸 물었지만 그때마다 사부는 외워두면 언젠가 절실하게 사용될 것이라고 했는데 결국 혈금호면을 대비한 구결임이 분명했다.

'뇌서호처심사흡 일뇌심시도이전.'

'묘요능생각본체 근심도처자여연.'

꿈틀!

갑자기 악소천의 허리가 꼿꼿하게 펴졌다. 혈금호면을 쓰고 있어 표정을 알 수는 없었지만 뭔가 변화가 일어난 듯했는데 악소천의 두 눈은 부릅떠져 있었다.

흡 자 구결을 외우자 혈금호면으로부터 엄청난 열기가 콧구멍을 통해 밀려들기 시작한 것이다. 너무나 뜨거워 콧구멍이 타버릴 듯했지만 악소천은 느껴지는 바가 있어 더욱 구결을 외우며 참아냈다.

뇌검선인이 자신이 평생 쌓은 내공을 뭉친 뇌정이 녹아 자신의 몸속으로 들어오고 있는 것이었다.

엄청난 화기로 얼굴이 타버릴 것 같았지만 악소천은 이를 악물고 흡 자 구결을 외워갔다.

'신죽고어구죽뇌 뇌빙노간위부지.'
'뇌년재유흡생자 십장뇌손요봉지.'

쉬이이이!

갈수록 화기는 뜨거워졌고 도저히 참을 수 없는 지경에 이르렀다. 하지만 악소천은 이를 악물며 더욱 빠르게 흡자결을 외우며 혈금호면에서 뿜어져 나온 뇌정을 코로 받아들였다.

파르르르!

악소천의 전신에서 아지랑이처럼 뿜어 나온 열기를 보며

농선과 왜수는 서너 발자국씩 뒤로 더 물러났다. 삼 장이나 떨어져 있는데도 열기를 감당할 수가 없었기 때문이었다. 보통 사람 같으면 이미 한 줌의 재가 되고도 남았을 터인데 악소천은 이따금 몸을 떨 뿐 악착같이 버티고 있었다.

퍼어엉!

한순간 악소천이 쓰고 있던 혈금호면이 퉁기듯 떨어져 나갔다.

치지직!

십여 장 앞에 떨어진 혈금호면은 흰 연기와 더불어 재가 되어 사라졌고 악소천은 여전히 결가부좌한 채 눈을 감고 있었다.

스으으!

악소천의 신형이 허공으로 붕 떠올랐다. 결가부좌 그대로 일 장쯤 떠올랐는데 농선이 기겁했다. 몸속의 내공이 폭발할 듯 증가하면서 육신을 허공으로 떠올리고 있는 이른바 부운신공 현상이었다.

"아아!"

농선은 자신도 모르게 신음을 터뜨렸다.

평생을 부운신공의 경지에 오르고자 했지만 끝내 문을 열 수 없었던 그 꿈의 경지가 눈앞에 벌어지고 있는 것이었다.

악소천은 한동안 허공에 뜬 채 계속 운기조식을 했다. 마치 석가모니불이 깨달음을 얻고 등선하는 듯한 장엄한 광경에 두 사람은 한동안 넋을 잃었다.

한동안 허공에 떠 있던 악소천이 서서히 땅으로 내려앉아 처음의 자리에 안착했다.

악소천이 조용히 눈을 떴다.

어린아이처럼 맑고 투명한 눈빛이었다.

악소천은 자리에 일어나자마자 농선을 향해 허리를 숙였다.

"덕분에 무사히 혈금호면 속의 뇌정을 흡수할 수 있었습니다. 감사드립니다."

농선이 웃음을 지었다.

"모든 것은 하늘의 뜻일세. 내가 한 일이라고는 우두커니 서 있었던 것뿐이야."

왜수의 눈은 화등잔만 해진 상태에서 정지되었다. 악소천의 신위가 엄청나게 바뀌었음을 알 수 있었는데 마주 보기조차 어려울 만큼 강렬한 기세가 사방을 압도했다.

"장마 형님을 찾기 전에 한 가시 먼저 처리할 일이 있습니다."

"자네가 쫓던 자들부터 정리하겠다는 것인가?"

"끝을 봐야죠."

말을 하는 악소천의 눈에서 살기가 피어났다. 마산홍을 사창가에 팔아 넘긴 무적을 생각하자 피가 끓어오른 것이다. 물론 원흉은 황보량이지만 무적 또한 그 책임을 피할 수는 없다.

"그럼 먼저 처리해야지. 어서 가세."

세 사람은 곧바로 몸을 날렸다. 타고 가던 말은 풀어주었다. 누군가 운 좋은 사람이 만나면 거두어 키울 것이다.

삼십여 명의 무사들이 산길을 날아가고 있었다. 그들의 신법은 상상을 초월할 만큼 빨랐고 순식간에 서너 개의 봉우리를 건넜다. 일행의 맨 선두에는 거대한 체격의 흑의사내가 날아가고 있었는데 두 눈에서 이글거리는 불빛이 뿜어지는 것을 보아 상당한 고수라는 것을 짐작할 수 있었다.

앞서 가던 흑의사내가 오른손을 쳐들었다. 그러자 뒤를 따르던 삼십여 명의 사내들이 일제히 걸음을 멈추었다.

"잠시 휴식한다."

흑의사내의 명령에 사내들은 일제히 평평한 풀밭에 주저앉아 흐르는 땀을 식혔다. 당문에서 이곳까지 삼백 리 길을 단 한 번도 쉬지 않고 날아왔다. 보통 무사들이라면 꿈도 꾸지 못할 일이었지만 이들에게는 그렇게 어려운 일이 아니었다.

스윽!

소매춤으로 이마에 흐르는 땀을 닦고 있던 흑의사내가 고개를 돌렸다. 그와 거의 같은 시기에 휴식을 취하고 있던 모든 사내들 시선 또한 한곳을 향했다.

자신들이 왔던 방향으로부터 세 사람이 날아오고 있었다.

흑의사내의 눈이 커졌다. 날아오는 세 사람의 신법이 범상치 않았기 때문이었다. 눈앞으로 번쩍하는가 싶더니 어느새 자신들이 휴식을 취하고 있는 조그만 공터 앞으로 날아내렸다.

흠칫!

흑의사내가 눈을 크게 떴다.

맨 선두에 서 있는 흑의사내가 눈에 익었기 때문이었다. 기억을 되살리려는 듯 눈을 깜빡거리던 흑의사내가 자리를 박차고 일어나며 외쳤다.

"너… 넌 악소천!"

악소천이 놀라는 무적에게서 시선을 거두어 주위 사내들을 휘 둘러보았다. 악소천은 한눈에 용대와 호대의 무사들이라는 것을 알아보았다. 이미 오래전에 양쪽의 무사들과 호된 싸움을 치른 경험이 있다. 특히 용대 무사들 같은 경우에는 비록 적이지만 훌륭한 무사들이었다.

"흐흐흐! 이게 웬 떡이란 말이냐? 네놈이 스스로 내 앞에 나타나다니 아주 기뻐 환장하겠구나."

무적이 입을 벌리고 웃었다.

악소천이 농선을 돌아보며 말했다.

"어르신, 잠시 이자가 도망치지 못하도록 감시해 주시겠습니까?"

악소천이 눈짓으로 무적을 가리키자 농선이 흔쾌히 고개를 끄덕였다.

"알겠네. 염려 말고 마음 놓고 싸우게나."

악소천은 우선 용대와 호대 무사들부터 제거하기로 마음먹었다. 무적은 홀가분하게 처리하고 싶었다.

악소천의 몸에서 심상치 않은 기세를 읽은 용대와 호대 무사들이 자리에서 일어났다.

악소천은 망설이지 않고 그들 속으로 뛰어들었다. 이어서 곧바로 그들을 공격하기 시작했다.

무예에 워낙 자신이 넘친 무사들인지라 그들은 악소천이 뛰어들었지만 그다지 당황하거나 놀라지 않았다. 악소천의 손에서 한 자루 검이 뻗어 나오는 것을 보며 무표정하던 그들의 얼굴이 급변했다.

수많은 실전을 거쳤지만 아직까지 사람 몸에서 검이 나온다는 사실은 금시초문이었기 때문이다. 그런데 놀라움은 그것으로 끝나지 않았다. 검에서 상상을 초월하는 열기가 쏟아지면서 피하지 않으면 금방이라도 온몸이 불탈 듯했다.

신속히 호신강기를 끌어올려 쏘아오는 열기를 차단했다.

그러는 바람에 악소천이 펼치는 공격에 전력을 다해 맞설 수가 없었다. 더구나 호신강기로 열기를 막느라 힘이 분산되면서 가진 실력의 전부를 악소천에게 쏟아 붓지를 못했다.

콰아아앙!

거대한 폭발음이 공터를 울렸다.

주위 초목들이 생겨나는 폭풍우에 뿌리째 뽑히고 휩쓸려 한바탕 아수라장을 만드는 가운데 비명들이 터져 나오기 시작했다.

"으아악!"

"크악! 커커컥!"

두 명의 용대 무사와 네 명의 호대 무사가 그 자리에서 숨을 거두었다.

그제야 사내들의 얼굴이 굳어졌다. 스스로 강하다고 자부할 뿐 아니라 용대와 호대 무사 여섯이면 천하에 죽이지 못할 인물이 없다고 해도 과언이 아니었다. 그런데 악소천은 단 일 초에 여섯을 땅바닥에 나뒹굴도록 만들어 버린 것이다.

슈아악!

악소천의 검이 또다시 날아왔다.

살인적인 열기가 검에서 풍겨 나왔다. 모든 진기를 검에 쏟아 부어도 보자랄 판이었시만 열기를 막기 위해서는 호신강기를 펼칠 수밖에 없었다.

꾸르르릉!

또다시 뇌성벽력이 터지며 비명이 메아리를 만들었다.

"악!"

"켁! 끄웨애액!"

이번에는 일곱 명의 무사들이 쓰러졌다. 단 이 초 만에 절반 가까운 수하들이 숨을 거두자 지켜보던 무적이 황소 눈을 하여 쳐다보았다.

두 눈으로 보고서도 도저히 믿어지지 않는 일이었다.

이미 예전에 악소천과 부딪친 경험이 있기 때문에 그의 무공에 대해서 어느 정도 알고 있었다. 강하긴 했지만 이 정도는 아니었던 것이다.

자신도 모르게 주먹을 불끈 쥐고 싸움터로 뛰어들기 위해 한 발자국 움직였다.

그러자 앞을 막고 있던 농선이 담담한 표정으로 말했다.

"아이야, 넌 꼼짝하지 말거라."

무적의 인상이 찌푸려졌다.

자신을 어린아이 취급하는 농선의 말투가 마음에 들지 않았다. 그뿐만 아니라 천하의 무적을 가로막겠다고 앞에 버티고 서 있는 모습이 불쾌했고 어처구니가 없었다.

"나… 나한테 아이라고 했소?"

"헛헛! 그럼 아이지, 네가 어른이더냐?"

"이 쒸부르."

욕설과 더불어 무적의 주먹이 농선의 면상을 향해 날아갔다. 맞았다 하면 얼굴 정도는 형체를 찾아볼 수 없을 만큼 파괴될 힘이 실려 있었다.

농선의 손에 쥐어져 있던 낫이 무적의 권기를 베었다.

"흥! 어리석은 늙은이, 어디 베어지나 봐라."

무쇠보다 강한 주먹이다. 낫 따위로 베어지는 주먹은 아니었다. 하지만 뛰는 놈 위에 나는 놈 있다는 평범한 진리를 무적은 무시했다.

싸악!

낫은 어이없게도 너무도 손쉽게 자신의 권기를 베며 오른 주먹을 잘라 버렸다.

"흑!"

무적이 헛바람을 삼켰다.

엄청난 고통이 밀려왔고 오른손 주먹은 이미 땅바닥에 떨어져 붉은 피를 토해내며 꿈틀거리고 있었다.

무적은 그저 망연자실한 얼굴로 서 있기만 했다. 일 초에 자신의 주먹을 베는 고수가 있다니 아무리 생각해도 믿어지지가 않았다.

"쯧쯧! 잘 지키고 있으라고 했는데 상처를 입혀서 악 공자가 화나 내지 않을지 모르겠구나."

콰가가상!

그때 또다시 산을 뒤흔드는 굉음이 울렸고 농선이 고개를 돌렸다가 깜짝 놀란 표정을 지었다.

조금 전까지 좁지 않은 공터를 메우고 있던 무사들이 모두 주검이 되어 나뒹굴고 있었다.

그 광경에 무적은 벙어리가 된 듯했다. 그리고 처음으로 공포를 느꼈다. 아직까지 살아오면서 공포와는 담을 쌓은 자신이었는데 지금은 제대로 서 있기조차 힘들 만큼 아랫도리가 떨려왔다.

"으허헉!"

악소천의 손에 쥐어져 있던 뇌검이 몸 안으로 사라지는 것을 보며 무적은 소스라쳤다.

'저… 저럴 수가!'

악소천이 다가오자 농선이 자리를 비키며 미안한 얼굴로 말했다.

"면목이 없네. 녀석이 움직이려 들기에 어쩔 수 없이 징계 좀 내렸네."

악소천이 잘려진 무적의 오른 손목을 보며 웃었다.

"잘하셨습니다."

악소천이 무적과 마주 섰다.

"오랜만이군."

"네… 네놈이 분명 그때 그 악가 놈 맞느냐?"

악소천이 고개를 끄덕였다.

그리고 나직이 입을 열었다.

"무인에게 있어 은원은 어찌 보면 운명이랄 수가 있다. 너와 내가 적이 되어 싸운 것 또한 무인으로서 벗어날 수 없는 운명이지. 그래서 난 널 한 번도 미워하거나 증오해 본 적이 없다. 하지만 내 여자를 그렇게 만든 것에 대해서는 도저히 견딜 수가 없다."

“네… 네놈 여자라면?”

무적이 눈을 깜박거렸다. 워낙 오래된 일이어서인지 기억이 선뜻 나지 않는 듯했다.

팟!

무적의 눈이 빛을 뿌렸는데 생각이 난 듯했다.

“아아! 그 뭐냐? 마… 마가 계집 말하는구…….”

말을 채 뱉기도 전에 눈앞에 뭔가 번쩍하더니 자신의 사타구니에 뜨거운 불덩이가 꽂혔다. 너무 고통스러워 입은 벌렸지만 비명을 지를 수가 없었다.

부르르!

온몸을 떨며 엉거주춤 서 있는 무적의 사타구니에 악소천의 발길이 재차 꽂혔다.

퍼어억!

“우우우!”

무적이 고개를 쳐든 채 핏대를 올리며 신음을 흘렸다. 너무 고통스러운 듯 입술만 바르르 떨며 웅크리고 있었다.

빽!

세 번째 발길질이 가해졌다.

“헉!”

호흡이 순간적으로 끊어졌다. 온몸이 불구덩이 속에 빠진 것 같았고 아무것도 보이지 않았다.

쿵!

급기야 양 무릎을 땅바닥에 꿇고 말았다.

그런데 갑자기 자신도 모르게 몸이 일으켜 세워졌다. 악소천이 무형의 강기를 날려 자신을 강제로 세운 것이다. 그러더니 또다시 오른발을 날려왔다.

빡!

맞은 데를 또 맞았다.

이제는 비명을 지를 힘도 없었고 악소천의 발길질은 계속되었다.

콱!

뻑— 버버벅!

양발차기로 맞았다. 쓰러지려고 하면 무형의 강기로 몸을 부축한 다음 걷어차기를 반복했다.

무적의 아랫도리가 벌겋게 젖었고 빗물처럼 의복을 타고 핏물이 지면으로 떨어졌다.

무적의 눈동자가 흰자위로 바뀌었고 입가에 흰 거품이 잔뜩 묻어 있었다. 고통이 한계를 넘어서자 입에서 거품이 저절로 토해지는 것이었다.

비명도 지르지 못했고 숨도 쉬지 못했다. 벌게진 얼굴이 점점 파랗게 젖어드는 것이 죽음이 찾아들고 있음을 알려주었다. 하지만 악소천의 손길은 그것으로 끝나지 않았다.

"놈!"

차가운 음성과 함께 다섯 손가락이 곧게 퍼지더니 지력을 무적을 향해 지력을 날렸다.

파파파팟!

무적의 상하반신 다섯 곳에 지력이 격중되었다.

그런데 놀라운 일이 벌어졌다. 지력을 맞은 무적이 갑작스럽게 웃기 시작한 것이다.

"우핫핫핫!"

느닷없는 무적의 광소에 지켜보던 농선과 왜수가 기겁했다. 무적의 웃음은 억지가 아니라 정말로 재미가 있을 때 짓는 웃음이었다. 표정이 환했고 무엇보다도 웃음소리가 맑다는 것이 그 증거였다.

"크핫하하하!"

무적은 미친 듯이 고개를 쳐들고 웃었다.

마치 우스워 죽을 일이 있기라도 한 듯이…… 몸을 비틀면서까지 웃었다.

"커커커커커!"

농선이 악소천에게 물었다.

"도대체?"

무슨 일이냐는 듯 쳐다보았다.

악소천이 깔깔거리며 웃는 무적을 보며 말했다.

"소학살이라는 것입니다. 한번 제압당하면 평생 죽을 때까지 저렇게 웃습니다."

농선이 흠칫 놀랐다.

웃음처럼 잔인한 고문은 없다. 처음 한두 번 정도는 즐겁지만 계속 웃게 되면 온몸에 엄청난 고통이 따른다. 발바닥을 간지럽히는 것도 한두 번이지 쉴 사이 없이 간지럼을 태우면 고문이듯 웃음 또한 그랬다. 그래서 웃음보다 더 잔인한 고문은 없다고도 했다.

"으케케케!"

무적은 웃고 또 웃었다. 얼마나 웃음이 나오는지 볼을 타고 눈물이 흘러내리고 있었다.

매서운 눈길로 웃고 있는 무적을 쳐다보던 악소천이 돌아섰다.

"그만 가시죠."

"저… 저대로 놔두고 갈 생각이란 말인가?"

악소천은 아무런 대꾸 없이 걸어갔다.

농선의 표정이 굳었다. 자신의 정혼녀를 사창가에 팔았다고 들었다. 그래서 상상할 수 없는 분노를 가슴에 담고 있는 줄 알고는 있었다. 그래도 자신 같았으면 그 자리에서 죽이고 말았을 것이다. 그런데 저렇게 평생 동안 웃고 살도록 만든다는 것은 그 어떤 징계보다 무서운 재앙이었다.

무적의 신나는 웃음소리를 뒤로하고 악소천 일행이 공터를 벗어나 관도를 들어서다 말고 걸음을 세웠다.

관도와 산길이 인접한 개활지에 스무 명가량의 무사들이 서 있었다. 그런데 무사들은 모두 한결같이 검은 철갑옷을 입고 있었다.

농선이 무엇 하는 자들이냐고 묻듯 악소천을 돌아보았다.

악소천이 말했다.

"철우대입니다. 황보량이 엄선하여 키운 자들로 구대마왕만을 쫓는 자들입니다."

"그럼 내게 볼일이 있어 기다리고 있다는 말 아닌가?"

"걸치고 있는 것은 갑옷이 아니라 사철(絲鐵)이란 아주 질긴 명주로 만들어진 의복이지요. 어지간한 병기로는 흠집도 내지 못한다고 들었습니다."

농선이 가벼운 미소를 지었다.

"평생 농사만 짓고 살았는데 과연 내가 저들을 상대로 옛날의 실력을 보일 수 있을지 모르겠군."

콱!

농선이 낫을 힘주어 들더니 천천히 사내들을 향해 다가갔다. 다가오는 농선을 보며 사내들 또한 반달 모양의 포위 형태를 +축했다.

'기계들이로군!'

사내들에게서는 생기가 없었다. 음산한 죽음의 냄새만이 개활지를 뒤덮고 있었다. 악소천은 저들 모두 황보량에 의해 어떤 가혹한 대법으로 조련된 이성이 상실된 자들이라는 것을 직감했다.

촤아아!

농선이 날아갔다.

어찌나 빠른지 한줄기 빛이었다.

콰가가강!

까마귀 떼처럼 철우대 무사들이 일제히 농선을 향해 몸을 날렸고 서로의 병기가 부딪치며 불꽃이 허공을 덮었다.

화악!

악소천의 눈이 커졌다. 단 한 번 충돌 같았지만 농선의 낫은 스무 명 모두와 한 번씩 부딪친 것이다. 그러나 너무 빨랐기 때문에 한 번밖에 부딪치지 않은 것처럼 보였다.

쉬이익!

농선의 신형이 철우대 사이를 파고들었다. 마치 농부가 낫을 들고 곡식을 베듯 철우대 무사들의 허리와 팔을 닥치는 대로 베어갔다.

사사사— 삭!

철우대 무사들도 범상치 않았다. 전혀 피하거나 수세적인 모습을 보이지 않고 악귀처럼 앞 다투어 농선을 향해 달려들었다. 오로지 공격 말고는 그들을 지배하고 있는 것은 없는 듯했다.

카카카캉!

싸움은 격렬했다. 순식간에 삼십 초를 경과했지만 어느 한쪽도 밀리지 않는 팽팽한 상태였다.

"손을 보태야 하지 않을까요?"

지켜보던 왜수가 염려스런 얼굴로 말했다.

농선은 늙은 노인이다. 더구나 강호를 떠나 농사에만 열중하며 살아왔기 때문에 젊은 시절보다 오히려 실력이 하향곡선을 그리고 있다 해도 무방했다. 게다가 상대는 오로지 구대마왕을 노리고 조련된 전사들이다.

"아니오. 좀 더 지켜봅시다."

비록 강호를 떠나 있었다고는 해도 구대마왕 중 한 사람이다. 그의 명예와 자존심을 존중해 줘야 했다.

"컥!"

첫 비명이 울렸다. 농선의 낫에 철우대 무사 한 명이 허리가 베어 쓰러졌다.

차차차착!

불꽃은 끊임없이 피어났고, 양쪽은 결코 물러서지 않고 서로를 향해 공격일변도의 모습을 보였다.

"크악!"

"학!"

연이어 비명이 터져 나왔다. 땅바닥에 철우대 무사들 시신이 쌓이기 시작했다. 하지만 농선의 단아한 옷자락도 여기저기 찢어졌고 붉은색의 피가 베어 나오기 시작했다. 그러나 그의 몸놀림은 조금도 변화되거나 지쳐 보이지는 않았다. 오히려 시간이 갈수록 더욱 공격은 날카로워졌고 폭풍과 같았다. 싸움이 지속되면서 잠시 잃었던 감각이 되살아났고 호승심이 폭발한 것이다. 그동안 잠자고 있던 승부사의 기질이 제 모습을 드러낸 것이다.

쐐애애애!

농선의 낫이 허공을 찍었다.

철우대 무사 한 명이 검을 들어 막았다지만 퍽! 하는 소리와 더불어 검이 두 조각 나며 낫이 무사의 백회혈에 박혔다.

푹!

"끄윽!"

힘없이 고꾸라지는 무사를 보며 옆에서 날아오는 철우대 무사를 향해 농선의 낫이 수평으로 그어졌다. 마치 풀을 베는 것과 흡사한 동작이었다.

싸악!

"커헉!"

목이 몸통에서 떨어져 나갔다.

한번 무너지기 시작한 진세는 순식간에 초토화되었다. 스무 명의 철우대 무사 중 온전히 서 있는 자는 겨우 세 명밖에 되지 않았다. 물론 농선의 옷자락도 피가 범벅이 되어 있었지만 오연한 자세는 변함이 없었다.

'과연!'

악소천의 두 눈이 반짝였다.

철우대는 어떤 조직보다 황보량이 심혈을 쏟아 키운 무사들이다. 하나같이 용대급 무사들인데다 사철로 된 옷을 입고 있어서 더욱 강하다고 할 수 있었다.

파아아!

세 명의 무사들이 달려들었다. 일검필살의 검세였다.

화라락!

농선이 옷자락을 펄럭이며 마주 날아갔다.

사사사삭!

그것은 곡식을 베는 낫질이었다. 낫에서 오색광채가 뿜어 나왔다. 마침내 농선의 최대 절기인 오겸살기광이 폭발한 것이었다. 너무 빨라 낫에서 뿜어 나오는 광채가 각기 다르게 보인다는 오겸살기광.

푹― 푹푹!

다섯 개 중 세 개가 세 무사의 가슴속으로 자취를 감추었고 벼락을 맞은 듯 그들의 움직임이 멈췄다.

어느새 농선은 처음 섰던 자리에 우뚝 서 있었고 잠시 석상처럼 서 있던 무사들이 통나무처럼 앞으로 쓰러졌다.

퍼퍼퍽!

농선이 힐끔 자신의 낫을 내려다보았다. 손에 들린 낫에서 핏방울이 떨어지고 있었다. 흐르는 개울물에 낫을 씻어낸 농선이 돌아섰는데 앞가슴과 옆구리 등지에서 피가 흘렀지만 표정은 밝았다.

"워낙 오랜만에 벌여보는 싸움이라 쉽지 않군."

악소천과 왜수는 눈을 크게 뜨고 쳐다보았다.

구대마왕 중 한 사람다운 손색없는 완벽한 솜씨였다.

이른 아침의 소림은 고요 속에 잠겨 있었다. 들려오는 것이
라고는 아침 예불을 올리는 불호 소리와 목탁 소리만이 차가
운 공기를 뚫고 있었다.

"이곳인가?"

조사전 뒤뜰 담벼락 아래 악소천과 농선이 나타났다.

악소천은 감회가 새로운 듯 담벼락 주위를 휘 둘러보았다.
이곳을 이용해 소림을 출입했던 시절이 엊그제 같았는데 벌
써 수년이 지났다.

이미 외곽에 쳐진 진법이 닫히고 열리는 시간을 소상하게
알고 있는 악소천에게 몰래 들어가는 일은 어렵지 않았다.

힐끔!

나무 사이로 모습을 드러낸 해를 살피던 악소천이 나직이
말했다.

"반 각 정도만 지나면 진이 열릴 것입니다."

두 사람은 소나무 그늘 아래 나란히 앉았다. 신선한 바람이
불어왔고 이름 모를 새들이 이곳저곳에서 노래하며 푸드덕거
렸다. 담 안쪽으로부터 흘러나오는 조사전의 불향은 두 사람
의 마음을 더욱 편안케 만들어주었다.

왜수는 모종의 밀령을 받고 혈천으로 돌아갔다.

진이 열리기를 제대로 기다리지 못하고 농선은 자꾸 주위

를 서성거렸다. 오랜 친구인 장마를 만난다는 설레임에 가만
히 있을 수가 없는 것 같았다.

기이이!

돌연 미세한 소리가 들려왔다. 마치 거대한 나무가 조금씩
쓰러지며 내는 소리와 같았는데 담벼락 주위가 조금씩 바뀌
고 있었다. 조금 전에 보았던 나무와 잡목이 사라지고 아름드
리 고송이 나타났다.

진이 열린 것이다.

두 사람은 지체 않고 담을 넘어 안으로 들어갔다.

아침 예불이 시작되는 시간인지라 소림 승려들의 모습은 보
이지 않았다. 최소한의 경비를 서는 승려들을 제외하고는 모두
각자가 소속된 법당에서 지금쯤 예불을 올리고 있을 것이다.

악소천은 옛날의 기억을 되살려 빠르게 앞으로 나아갔다.
마주치는 승려들도 없었고 앞으로 나아가는 두 사람의 걸음
은 더욱 빨라졌다.

삽시간에 소림의 중심부를 관통한 두 사람은 거대한 절벽
이 하늘을 떠받치듯 솟구쳐 있는 곳에 이르렀다.

끝없이 이어지는 계단을 따라 시선을 옮기던 농선의 고개
가 하늘을 향해 쳐들릴 즈음 두 눈에서 기광이 뿜어졌다. 절
벽 끝에 한 채의 조그만 암자가 보인 것이다.

"저곳인가?"

"오르시죠."

두 사람은 빠르게 계단을 올라갔다. 삽시간에 절벽 끝에 이른 두 사람은 호흡을 조절하며 을씨년스럽게 서 있는 암자를 쳐다보았다.

악소천은 빙한철암을 쳐다보았는데 감개가 무량한 듯 두 눈이 흔들리고 있었다.

끓어오르는 감정을 가까스로 억제하며 조용히 입을 열었다.

"형님!"

안으로부터 반응이 없자 악소천이 조금 더 목소리를 키웠다.

"형님, 제가 왔습니다. 소제 악소천입니다."

그러자 안으로부터 희미한 목소리가 들려왔다.

"지… 지금 악소천이라고 했느냐? 저… 정말 내 아우 소천이가 왔단 말이냐?"

안으로부터 반가움에 가득 찬 음성이 흘러나왔다. 하지만 악소천의 눈은 커졌다. 장마의 목소리가 예전과는 비교도 안 될 만큼 힘이 없었기 때문이었다.

"어디 편찮으십니까? 왜 그렇게 힘이 하나도 없습니까?"

"아… 아무래도 내가 죽을 것 같네, 아우. 요즘은 하루가 다르게 기력이 빠지고 있어. 내 운명도 여기서 막을 내릴 것 같네. 그나저나 옆에 누가 있는 것 같은데… 누군가?"

그 와중에도 장마는 악소천 말고 또 다른 사람이 있다는 것을 느낀 듯했다.

한편 장마의 목소리를 들은 농선의 두 눈이 심하게 떨렸다. 무려 삼십 년 만에 듣는 친구의 목소리였다.

"아우 옆에 있는 사람은 누군가?"

"한번 맞혀보십시오."

악소천이 웃으며 말했다.

장마가 약간 언성을 높였다.

"보이지도 않는 내가 누군지 어찌 안단 말인가? 그래도 예전 자네가 있을 때만 해도 총기가 제법 있었는데 지금은 완전히 오감이 무뎌져 아무것도 모르겠네."

장마는 확실히 약해진 것 같았다. 목소리에 힘이 완전히 빠져 있었고 생기를 잃고 있었다.

더 이상 기다릴 수 없다는 듯 농선이 한발 나서며 말했다.

"나… 날세. 내가 누군지 알아보겠는가?"

"……."

안으로부터 아무런 대꾸가 없자 농선이 목소리를 더욱 높였다.

"날 모른단 말인가? 나란 말일세. 자네 친구."

하지만 안으로부터 여전히 대답이 없었다.

"이놈아, 나 피박을 잊었단 말이냐?"

"서… 설마했는데 네가 진정 내 친구 피박이란 말이냐?"

"치… 친구야."

“피… 피박아.”

두 사람의 목소리가 심하게 떨리고 있었다.

“저… 정녕 내 친구 피박이란 말이냐? 요즘 한참 농사철이라 바쁠 텐데 어떻게 여기까지 왔느냐?”

“개자식아, 그 안에 삼십 년 동안 갇혀 있었다는데 얼마나 답답하냐?”

“말도 마라. 처음에는 미치고 펄쩍 뛰겠더니만 이제 적응이 되어 아무렇지도 않다. 그나저나 반갑다, 친구야.”

“흑흑! 나쁜 자식, 술 한 병 사 들고 우리 집에 놀러 온다고 해놓고서 사라져 얼마나 걱정했는데 여기에 갇혀 있었다니……”

농선의 눈가에 물기가 맺혔다.

하나뿐인 친구의 고통이 자신의 것인 양 온몸을 떨며 괴로워했다.

“피박아.”

“말해라.”

“살아온 얘기 좀 해다오. 너 혼인은 했느냐? 옛날에 마음에 두고 있던 여자 있었잖느냐?”

“틀어졌다.”

“왜 틀어졌단 말이냐? 서로 무척 좋아했잖느냐?”

“요즘 누가 농부에게 시집오려고 하느냐? 며칠 와서 일 좀 해보더니 도저히 못살겠다고 야반도주해 버렸다.”

"하긴 내가 여자라고 해도 농사꾼에게는 시집가기 싫지."

두 사람의 정겨운 대화는 시간 가는 줄 모르고 계속되었다. 악소천은 방해하지 않고 한쪽에서 가만 지켜보고 있었다. 두 사람의 우정은 관포지교에 비교될 만큼 한때 강호를 울렸었다. 그런 사이였기 때문에 끊임없이 얘기꽃을 피웠다.

"형님!"

적당한 기회를 틈타 악소천이 입을 열었다. 가만히 내버려 뒀다가는 한도 끝도 없을 것 같았기 때문이었다.

"내 정신 좀 봐. 아우가 곁에 있다는 것을 깜박하고 우리들 얘기만 했구먼. 미안하네."

"형님, 그 안의 공간이 어느 정도 됩니까?"

"방원 이 장쯤 되네. 한데 그건 왜 묻나?"

"가급적 뒷벽 쪽으로 붙어 앉으십시오."

"왜 갑자기?"

"시키는 대로 하게. 어서 뒤쪽으로 물러나 앉게."

"그… 그러지."

장마는 뭔지 모르겠다는 듯 더듬거리며 대답했다.

"완전히 물러앉으셨습니까?"

"등에 벽이 닿았네."

"그대로 움직이지 말고 계십시오."

"도대체 뭘 하려고?"

악소천은 대답 대신 서서히 내력을 끌어올렸다.

흑의가 풍선처럼 부풀어 오르고 몸 주위로 가공할 호신강기가 벽을 만들었다.

"우웃!"

엄청난 기세에 농선이 멀찍이 물러섰다.

스으으!

마침내 악소천의 손에서 뇌검이 나오기 시작했다. 그것은 검이라기보다는 거대한 불덩이였다. 혈금호면의 뇌정까지 흡수한 상태라 뇌검에서 뿜어 나오는 열기는 상상을 초월했다.

"아니, 왜 이렇게 뜨거운 건가?"

장마가 놀라는 목소리로 물었다.

농선이 대답했다.

"가만있게. 그대로."

악소천의 신형이 솟구쳤다.

뒤이어 암자를 향해 바람처럼 날아가더니 검을 들어 힘껏 내려 베었다.

끄극!

섬뜩한 소리가 들리더니 치지직 하며 불꽃이 일어나기 시작했다. 그리고 암자가 반으로 갈라지기 시작했다. 엄청난 연기가 암자를 태우면서 피어났고, 뇌검이 암자를 두부 자르듯 빠르게 베어갔다.

"우웃!"

안으로부터 장마가 신음을 흘렸다. 엄청난 열기에 당황한 듯했다.

쿠쿠쿵!

마침내 암자가 두 조각이 되어 좌우로 쓰러졌다.

암자가 쓰러지며 안의 모습이 드러났다.

"마… 맙소사!"

"이런!"

한 명의 괴인이 양팔과 발목에 쇠사슬을 차고 앉아 있었다. 머리는 땅을 덮었고 그 사이로 두 가닥 광채가 서늘하게 빛을 발산했는데 비쩍 말라 귀신과 같았다.

"네… 네가 진정 내 친구란 말이더냐?"

"피… 피박아."

농선과 장마가 서로를 부르며 다가갈 때 악소천이 말했다.

"아직 안 됩니다. 대라보쇄마저 끊어야 합니다."

악소천의 손에서 다시 뇌검이 빠져나왔다. 그 모습을 발견한 장마가 놀라 부르짖었다.

"저… 전설의 뇌검."

슈아악!

뇌검이 섬광을 일으켰다.

타타탁!

순식간에 장마의 발과 쇄골을 관통해 있던 대라보쇄가 새끼줄처럼 토막이 되어 끊어졌다.

장마는 대라보쇄가 끊어졌는데도 일어설 줄 몰랐다. 워낙 오랫동안 묶여 있었기 때문에 마치 일어서는 것을 잊어버린 사람 같았다.

"뭐 하느냐, 어서 일어나지 않고?"

장마는 여전히 꼼짝도 않고 있었다.

연신 자신의 팔과 발목을 바라보았다. 대라보쇄가 묶인 자리가 움푹 패어 있었다.

한참을 주위를 두리번거리고 신체를 살피던 장마가 조심스럽게 몸을 일으켰다.

휘청!

무려 삼십 년 만에 두 다리로 서보는 것이었다. 하지만 삼십 년이란 시간은 그의 두 다리를 거의 무용지물로 만들기에 충분한 시간이었다. 겨우 몸을 일으켰지만 제대로 중심을 잡지 못하고 휘청거렸다.

탁!

농선이 벼락같이 달려와 장마를 부축했다.

장마가 고개를 돌려 자신을 부축한 농선을 쳐다보았다.

주르륵!

갑자기 장마의 눈에서 눈물이 흘러내렸다.

"고… 고맙다."

"이… 인마, 우린 친구잖아. 그런데 왜 울어."

"너… 너무 기뻐서. 영원히 두 번 다시 햇빛을 보지 못할 줄 알았는데.”

장마는 막 떠오르고 있는 동녘의 태양을 제대로 보지 못하고 눈을 감아버렸다. 삼십 년 동안을 어둠 속에 있다가 갑자기 빛을 쬐자 눈이 아픈 것이었다.

한동안 눈을 감고 있던 장마가 가늘게 떴다. 조금씩 빛에 익숙해지는 듯 눈동자가 커졌고 조금씩 좌우를 돌아보기까지 했다.

스윽!

장마가 자신을 부축하고 있는 농선의 팔을 뿌리쳤다.

“괜찮겠느냐?”

휘청!

쓰러질 듯 비틀거렸지만 몸의 중심을 잡고 천천히 걸음을 떼었다.

너무나 가슴이 벅찬 듯 장마는 어쩔 줄 몰라 했다.

“아아! 내가 세상 밖으로 나오다니…….”

장마는 계속 뜨거운 눈물을 흘렸다. 주름살 가득한 노인의 눈에서 흘러나오는 눈물은 붉은 피보다 진했다.

휙!

그때 악소천의 고개가 절벽 쪽으로 향했고 농선도 거의 같은 시기에 고개를 돌렸다.

“누군가 오고 있군.”

악소천은 법상이 아침을 가지고 오고 있다는 것을 알아차렸다.

피식!

악소천이 갑자기 웃음을 지었다. 장마가 밖에 나와 있는 모습을 발견하고 놀랄 법상의 표정을 떠올리자 웃음이 나왔다.

아닌 게 아니라 암자 앞으로 들어서던 법상이 석상이 되어 버렸다. 눈을 깜박이다 못해 열심히 비비고 또 봐도 암자가 절반으로 쪼개져 있고 장마가 우뚝 서 있었기 때문이었다.

꿀꺽!

믿을 수 없는 광경에 법상이 마른침을 삼켰다.

"이… 이게 어찌 된 일이오?"

장마가 버럭 소릴 질렀다.

"개자식아, 배고파 죽겠다. 어서 밥이나 가져오너라."

법상이 주춤거리며 들고 있던 주먹밥을 장마에게 내밀었다.

탁!

장마가 주먹밥을 가로채어 정신없이 먹기 시작했다. 걸신들린 사람처럼 먹어대는 장마를 보며 농선이 이를 부드득 갈았다.

"내 친구를 여기에 가두는 데 관련된 놈은 절대 살려두지 않겠다."

농선의 몸에서 가공할 기세가 뿜어져 나왔고 법상이 뒤로 한 걸음 물러섰다.

법상은 농선과 악소천이 평범하지 않다는 것을 느꼈다.

어찌 되었든 법상은 이 놀라운 사실을 빨리 상부에 보고해야 했으므로 뒤로 슬금슬금 물러났다. 그때 농선이 벼락같은 호통을 쳤다.

"네 이놈, 어딜 가느냐? 서랏!"

척!

법상이 말뚝처럼 꼿꼿하게 섰다.

"우릴 무오에게 안내해라."

그러면서 장마를 부축했다.

법상이 사시나무 떨 듯하며 말했다.

"소… 소승을 따라오십시오."

법상이 천천히 절벽의 계단을 내려갔고 그 뒤를 악소천이 따르고 맨 마지막에 장마를 부축한 농선이 섰었다.

大妖魔王

九大魔王

아침 예불이 끝난 소림은 하루 일과가 시작되었다. 무예 수련을 위해 연무장으로 가는 승려들과 공부를 위해 책을 끼고 걷는 승려들로 붐볐다.

세 사람이 나타나자 그들 모두 발걸음을 멈추고 쳐다보았다. 하지만 법상이 동행하고 있었으므로 별다른 동요나 이상한 행동은 보이지 않았다.

"아직 멀었느냐?"

뒤에서 농선이 꾸짖듯 말했다.

법상이 화들짝 놀라며 말했다.

"다… 다 왔습니다."

저만치 방장실이란 현판을 단 전각 한 채가 눈에 들어왔다.

방장실 앞으로 다가서자 눈앞으로 여러 개의 그림자가 번뜩이는 것 같더니 열 명의 승려들이 앞을 가로막았다. 방장실을 지키는 항마십승이었다.

"장문인을 만나러 오신 분들일세."

법상의 말에 세 사람을 날카로운 눈으로 쳐다보던 항마십승이 다시 제자리로 사라졌다.

법상이 일행을 전각 안으로 데리고 들어갔다.

소림 장문인 무오 선사는 아침을 먹고 잠시 차를 마시며 휴식을 취하고 있다가 법상의 방문을 받고 눈을 치켜떴다.

"그래, 무슨 일로 네가 여길 왔느냐?"

"소… 손님이 오셨사옵니다."

평소와 달리 법상의 목소리가 떨리고 있음에 무오 선사가 놀란 표정을 지었다. 그리고 손님들이 누구냐고 막 물으려 할 때 차가운 음성이 들려왔다.

"오랜만이구나, 무오."

법상을 밀치고 장마를 부축한 농선이 들어섰다.

무오가 소스라치듯 놀라며 자리에서 일어났다.

"자… 자넨 농선 아닌가?"

장마가 음산하게 웃었다.

"반갑구나, 이놈."

도무지 무엇이 어떻게 된 일인지 모르겠다는 듯 무오가 눈을 휘둥그레 뜨고 있을 때 마지막으로 악소천이 들어섰다.

무오는 말을 잇지 못했다.

뒤이어 어찌 된 일이냐고 묻듯 법상을 돌아보았다. 법상은 자신이 아침을 갖고 갔을 때는 이미 빙한철암이 부숴져 있었다고 했다. 잠시 법상을 쳐다보던 무오의 시선은 자연스럽게 입구에 선 악소천에게 멎었다.

농선이 들고 있는 낮으로 빙한철암을 부수기란 불가능하다. 결국 악소천 말고는 이곳에서 빙한철암을 부술 가능성이 있는 인물이 없었다.

악소천이 포권지례를 했다.

"소생은 악소천이라고 하옵니다."

악소천이라는 말에 무오가 깜짝 놀랐다.

이미 황보량을 통해 얘기를 들었기 때문이었다. 한때는 악소천을 잡기 위해 십팔복호호법까지 출문시켰지 않았던가.

무오는 악소천을 살폈다. 온몸에서 극양의 기세가 폭발할 듯 타오르고 있었다. 빙한철암은 극양의 기운과 상극이다. 더구나 극양의 기운을 품은 병기라면 충분히 빙한철암을 부술 수가 있었다.

그때 장마가 입을 열었다.

"이미 내 아우로부터 삼십 년 전 노부를 유인해 빙한철암에 가둔 것 모두가 황보량이란 그 아이가 세운 계획이었다는 것을 들었다. 하지만 당시 맹주는 네놈 아니었더냐?"

그것은 비록 직접 모든 계획을 세우고 실행하지는 않았지만 당시 무림맹을 이끌었던 수뇌로서 책임은 피할 수 없다는 말이었다.

"아미타불! 책임을 회피할 생각은 없네. 노납 또한 황보량에게 철저히 이용당했다는 것을 오늘에 와서야 알게 되었으니까."

이어 무오는 황보량에 대해 모든 것을 말했다. 비록 얼마 전에서야 알게 된 사실이었지만 황보량은 이미 삼십 년 전부터 천하 패권을 향한 음모와 계획을 세우고 있었다는 사실을.

"그럼 당장 그놈을 잡아야 할 것 아니냐?"

무오가 씁쓸하게 웃었다.

"이미 너무 커버렸네. 우리의 힘으로 그를 어떻게 하기에는 너무 강맹해져 버렸다는 얘길세."

길게 한숨을 내쉬더니 조용히 말했다.

"그나저나 일단 자리에 좀 앉게. 넌 가서 차를 좀 내오거라."

법상이 빠르게 밖으로 나갔고 일행은 무오를 중심으로 빙 둘러앉았다.

자리에 앉아도 무오의 시선은 악소천에게서 떠날 줄을 몰랐다. 볼수록 그의 기세가 범상치 않았고 언뜻 거대한 바다를 보는 것 같은 착각이 일어났기 때문이었다.

"뇌검문의 후예라고 들었는데 사문의 모든 걸 얻은 모양이군?”

“그러하옵니다.”

무오가 고개를 끄덕였다.

비록 오래전 일이지만 뇌검문만이 유일하게 천하를 거머쥐었다. 그것은 곧 뇌검문의 무예가 그만큼 강하다는 뜻이기도 했다.

무오는 고개를 미약하게 끄덕였다. 자신들로서도 어쩔 수 없는 황보량을 오직 악소천만이 상대할 수 있다는 것을 읽었다.

차가 들어오고 일행은 김이 피어나는 차를 마셨다. 그러면서 무오가 입을 열었다. 그런데 놀라운 말이 그에게서 흘러나왔다. 바로 장마에 대한 사과였다. 뿐만 아니라 자리에서 일어나 무릎을 꿇고 장마를 향해 큰 사죄의 절을 올리려고 했다. 만약 농선이 막지 않았다면 소림 역사상 장문인이 외인에게 무릎을 꿇고 큰절을 하는 초유의 사태가 벌어지고 말았을 것이다. 그것은 이미 신심으로 사신의 잘못과 무책임을 반성하고 사죄한다는 뜻이었다.

“이유야 어찌 되었든 당시 무림맹을 이끌었던 수장으로서 정말 면목없네.”

만나기만 하면 찢어 죽이겠다고 수백 수천 번 맹세하고 다짐했다. 하지만 이렇게 진심으로 용서를 구하자 모든 미움이 눈 녹듯 사라졌다. 하지만 가슴 한구석이 무거웠다. 여전히 한가닥 분노는 지워지지 않고 있었다. 그만큼 삼십 년이란 세월은 너무도 길었고 빙한철암에서의 생활은 장마에게 지옥이었다.

그때까지 침묵을 지키고 있던 악소천이 입을 열었다.

"장문인께 청이 있습니다."

"말해보시게. 어려워 말고."

"소림을 비롯한 구파일방의 수장 모임을 비밀리에 가져주십시오."

이어 악소천은 자신의 계획을 설명했다.

악소천의 얘기를 듣고 있던 무오 선사의 눈이 화등잔만 해졌다. 악소천의 설명은 계속되었고 모든 얘기가 끝났을 때 무오 선사의 얼굴에는 감탄의 빛이 떠올랐다.

"빠를수록 좋습니다."

"당장 그렇게 하겠네. 당장."

무오 선사의 얼굴에 비장한 기운이 감돌았다.

악소천의 청을 기꺼이 수용하는 것만이 장마에 대한 사죄와 황보량의 음모를 분쇄하는 길이었다.

대붕보에 사람의 그림자가 보였다. 언젠가 악소천을 도피시키는 데 일조했다는 이유로 황보량의 수하들로부터 공격을 받아 완전히 궤멸되었다. 그런데 며칠 전부터 검을 휴대한 무사들의 그림자가 보이기 시작한 것이었다.

보고를 받은 단목천의 눈이 커졌다.

벽오각은 절강성의 신임 강자로 군림하고 있었다. 누구도 그들의 적수가 되지 못했고, 특히 대붕보가 무너지면서 완전히 절강제일문으로 올라섰다. 그런데 대붕보에 사람의 그림자가 보이기 시작하고 있다는 말은 마음 편한 소식이 아니었다.

"어디 내가 직접 가서 확인하겠다."

단목천은 아들 단목관을 데리고 대붕보를 향해 몸을 날렸다.

한편 대붕보 후원을 거닐고 있는 한 명의 백의여인이 있었다. 여인은 바로 마산홍이었는데 얼굴은 딱딱하게 굳어 있었다. 대붕보에 있는 무사들은 모두 혈천에서 보내진 무사들이었다. 모두 악소천의 지시를 받고 자신을 호위하고 있는 것이었다. 크게 찢기고 다친 자신의 마음과 영혼을 쉬게 할 수 있는 곳은 대붕보뿐이라고 여긴 듯 악소천이 이곳으로 보내준 것이다. 아닌 게 아니라 집으로 돌아오자 비록 반폐허가 되긴 했지만 마음이 조금 가라앉았다. 하지만 지난 세월의 끔찍한 악몽은 쉽게 머리를 떠나지 않았다.

인기척에 고개를 돌린 마산홍이 흠칫했다.

악소천이 다가와 있었기 때문이었다. 그녀의 표정은 더욱 굳어졌고 그 자리에서 꼼짝도 하지 않았다. 이미 만신창이가 된 몸으로 악소천을 마주 볼 용기와 자신감이 없었다.

마산홍이 침을 삼켰다. 용기를 낸 듯 눈을 크게 뜨더니 굳은 얼굴로 말했다.

"부… 부탁이 있어요."

"뭐요? 말해보시오. 뭐든지 들어주겠소."

"어… 없었던 일로 해요."

"……."

"우리의 과거."

그것은 파혼 선언이었다.

악소천은 아무 말도 하지 않았다. 마산홍의 심정을 조금은 이해할 것 같았기 때문이었다. 그래서 그녀가 하고 싶은 대로 말을 하도록 막지 않았다.

"난 이제 당신의 여자가 될 자격을 잃었어요. 더 이상 말하지 않아도 내 말뜻을 알 거예요."

그리고는 곧장 몸을 돌려 자신의 거처를 향해 걸어가 버렸다. 악소천은 잠시 사라지는 마산홍을 쳐다본 후 천천히 뒤를 따라 그녀의 거처로 향했다.

문을 열고 들어서자 마산홍은 창밖을 보고 서 있었다.

"파혼하겠다는 이유가 뭐요?"

마산홍이 휙 돌아서더니 쏘아붙이듯 말했다.

"몰라서 물어요?"

"몰라서 묻는 것이오."

마산홍이 말을 않고 매서운 눈초리로 쏘아보았다. 그러더니 느닷없이 입고 있던 옷을 벗고 순식간에 알몸이 되었다.

흠칫!

마산홍의 알몸을 본 악소천은 깜짝 놀랐다. 여기저기 수많은 흉터가 있었다.

"이게 뭔 줄 아세요? 날 데리고 놀던 사내들이 남긴 자국이에요. 술과 아편에 취해 들어온 그들은 온갖 못된 짓을 내게 서슴지 않았어요. 이런 몸이 된 나인데 파혼을 않겠다구요?"

"허험!"

느닷없이 악소천이 헛기침을 했다.

"내가 아는 어느 스님이 그랬는데 인간의 육신이란 한낱 고기 조각일 뿐이라고 했소. 나는 마산홍을 좋아한 것이지 그 따위 고기 조각을 좋아한 것이 아니오."

악소천의 엉뚱한 말에 마산홍이 눈살을 찌푸렸다.

"아무튼 앞으로 한 번만 더 파혼을 하자거나 내 귀에 거슬린 애길 할 때마다 눈물이 쏙 빠지도록 혼을 낼 테니 그리 아시오."

"다, 당신 제정신이에요?"

"꼿꼿하오."

"장난으로 하는 말 아니에요!"

"누가 장난을 한단 말이오? 몇 년 못 봤더니 더욱 요염해졌구려. 대낮만 아니라면 가만두고 싶지 않소이다."

마산홍이 어이가 없다는 듯 눈을 크게 떴다.

악소천이 가까이 다가왔다. 굳어진 마산홍을 똑바로 쳐다보며 또렷한 목소리로 말했다.

"난 당신을 한시도 잊어본 적이 없었소. 또한 당신의 과거 따위에 사랑이 흔들릴 만큼 어리석은 사람은 더욱 아니오. 예전에도 그랬고 앞으로도 당신은 계속 내 여자가 되어야 하오. 당신이 아닌 누구도 나 악소천의 여인이 될 자격이 없소."

와락!

마산홍이 바람처럼 악소천에게 달려들었다.

악소천은 그녀를 힘껏 끌어안아 주었다.

"흐흐흑!"

마산홍은 가슴에 안긴 채 흐느꼈다. 악소천의 앞가슴이 그녀의 눈물로 흠뻑 젖었지만 눈물은 멈추지 않았다.

악소천이 마산홍을 슬며시 밀어냈다.

마산홍의 얼굴은 눈물로 범벅이 되어 있었다.

"무서웠어요. 도망치고 싶었어요. 문을 열고 들어서는 남자들을 보면 소름이 끼쳤어요."

악소천의 표정이 숙연해졌고 마산홍은 울먹이며 말을 이었다.

"무려 열다섯 번이나 도망치다 붙잡혀 죽도록 얻어맞았어요. 그러면서 한가닥 꿈은 잃지 않았어요. 언젠가 당신이 꼭 날 찾으러 오리란 신념은 버리지 않았어요. 하지만 하루가 지나고 한 달이 지나고 일 년이 지나도 당신은 오지 않았어요."

그녀의 목소리는 통곡에 가까워졌다.

"자살을 시도했어요. 무려 세 번이나 했지만 번번이 눈에 띄어 오히려 죽도록 두들겨 맞기만 했지요. 결국 당신을 잊었고 모든 것을 포기했어요. 그런데 이렇게 당신이 날 찾아오다니 아마 꿈은 아니겠지요."

스윽!

악소천이 다시 마산홍을 끌어안았다.

그녀는 어깨를 들썩이며 악소천의 품에 안겨 하염없이 흐느꼈다.

마산홍은 그동안 겪었던 서러움과 여인으로서는 견딜 수 없는 치욕이 떠오른 듯 목 놓아 울었다.

그녀의 울음은 쉽게 끝나지 않았다. 그만큼 그녀가 받은 상처가 깊고 크다는 반증일 것이다.

악소천은 그녀를 슬며시 밀어내고 눈물을 닦아주었다.

"할 말이 없소."

"흐흐흑!"

마산홍의 울음소리는 더욱 커졌다.

악소천은 내버려 두었다. 눈물은 때로 가슴에 쌓인 상처를 씻어낸다고 했다. 마산홍은 그동안 자신이 겪은 고통과 수모를 눈물로 씻어내고 있는 중이었다.

눈물도 마른다고 했는데 마산홍의 눈물은 그치지 않았다. 이미 악소천의 앞가슴이 그녀의 눈물로 흠뻑 젖었다.

강한 여인이었다. 부친을 대신해 가문의 위기를 타개하고
자 비무대회를 열 만큼 단호한 철혈의 여장부였다. 그런 그녀
가 어린아이처럼 흐느끼고 있었다.

들썩이는 어깨가 조용해졌으므로 악소천은 그녀를 슬며시
밀어냈다. 그녀의 눈은 퉁퉁 부어 있었다. 그러면서도 악소천
앞에 자신이 있다는 것이 믿어지지 않는 듯 자꾸 눈을 깜박거
렸다.

악소천은 눈가에 묻은 눈물 몇 방울을 손으로 닦으며 말했
다.

"이제 모든 것은 끝났소. 앞으로 절대 나와 떨어질 일이 없
을 것이오. 이제 마음 푹 놓아도 괜찮소."

마산홍이 물었다.

"한참 바쁠 텐데 내가 너무 오래 붙잡았군요."

자신의 소매춤으로 얼굴에 묻은 눈물을 닦아내며 말했다.

"수하들 말을 들어보니 황보량과의 일전이 불가피하다더
군요."

"그렇소."

"더 이상 당신과 떨어지기 싫어요. 꼭 돌아오셔야 해요."

악소천이 자신감 넘치는 미소를 지었다.

"돌아올 것이오. 그리고 이곳에서 평생 당신을 받들며 살
것이오."

받든다는 말에 마산홍이 피식 웃음을 지었다.

"기다릴게요."

악소천이 그녀의 뺨을 어루만졌다.

그리고 그녀의 볼에 가볍게 입을 맞추며 돌아섰다.

문을 나가는 악소천을 향해 마산홍이 말했다.

"다… 당신을 믿어요."

"믿으시오."

돌아서서 웃음으로 한마디 남긴 악소천이 문을 닫고 밖으로 나갔다.

한편 대붕보 지붕 한쪽에서 단목관과 단목천이 마당을 가로질러 정문을 향해 걸어가는 악소천을 보고 있었다.

"트… 틀림없는 악소천입니다."

단목관이 놀란 표정으로 말했다.

단목천의 얼굴 또한 바위덩이처럼 굳어졌다.

사실 벽오각이 절강의 패자가 된 것은 순전히 운이었다. 금응방이 봉문하고 대붕보가 몰락하면서 자연스럽게 벽오각 천하가 된 것이었다.

절강제일문.

이 얼마나 차지하고 싶었던 자리이며 명예였던가.

비록 한때 악소천을 따르겠다고 맹세를 하고 무림맹과 싸울 때 부하들까지 보내긴 했지만 그것은 대세를 거스를 수 없어서 한 어쩔 수 없는 행동이었다.

그런데 대붕보가 몰락하고 악소천이 사라지면서 자신을

가로막을 장애물은 없었다. 그런데 다시 마산홍과 악소천이
돌아온 것이다. 더구나 악소천에 대한 소문은 이미 들었다.
예전보다 수배 강해졌을 뿐만 아니라 이제는 완전한 거물이
되어버렸다.

"관아!"

"예, 아버지."

"당분간 수하들의 활동을 자제시켜라. 별도의 지시가 떨어
지기 전까지는 일체 문밖 출입을 금지토록 하란 얘기다."

수하들의 기세는 하늘을 찌를 듯했다.

절강제일문이라는 자부심에 왕왕 행패도 부리고 사고도
일으켰다. 한데 만약 악소천의 귀에 수하들의 그런 못된 행동
이 들어가기라도 하면 하루아침에 요절날 것이 뻔했다.

눈치 빠른 단목관이 힘차게 대답했다.

"당장 문을 걸어 잠그겠습니다."

단목천은 악소천을 보며 결심했다.

당분간 자숙하는 뜻에서 일체 활동을 중지하고 집 안에 틀
어박혀 있기로.

악소천이 길을 달려 대붕보를 떠난 지 사흘 만에 호남에 있
는 무릉에 접어들었다. 무릉은 호남서 서부에 있는 도시로 인
근에 동정호가 있고 교통과 군사상의 요지로 예로부터 제국
들이 앞 다투어 차지하기 위한 많은 싸움을 벌여 수많은 전적

지가 즐비했다.

악소천이 무릉제일루에 들어서서 점심을 시켜 한참 식사를 하고 있을 때 왜수가 나타났다.

"식사는 했소? 안 했으면 같이합시다."

왜수는 가볍게 고개를 숙이며 대답했다.

"속하는 별로 생각이 없습니다."

"그래, 지시 내린 일은 어찌 되었소?"

"이미 은밀하게 이동을 시키고 있습니다."

"소림을 위시한 구파일방의 무사들도 합류하게 될 것이오."

"네엣?"

왜수의 눈이 커졌다.

"그들은 우리와……."

혈천과 적이 아니냐고 말을 하려다 악소천의 태도가 이상하다는 것을 느낀 왜수가 입을 다물었다.

악소천이 식사를 하며 말했다.

"과거의 모든 은원이 풀렸소. 그들 또한 한 사람에게 이용당했다는 것이 밝혀져 우리와 같이 행동을 하기로 했소."

왜수가 눈을 깜빡거렸다.

악소천의 말이 좀체 이해가 되지 않았기 때문이었다. 불과 며칠 전까지 엄청난 희생을 치르며 치열한 전쟁을 벌였던 물과 불 같은 양측이 어느새 화친을 이루었다는 것이 그저 어안이 벙벙할 뿐이었다.

"물론 모든 병력의 통제권은 우리에게 있소. 좀 더 정확히 말한다면 루주에게 있는 것이오."

화악!

왜수의 눈이 더 커졌다.

"구파일방의 모든 병력까지 당신이 통제한다는 얘기오. 그러니 그렇게 알고 준비하시오."

꿀꺽!

왜수가 침을 삼켰다. 도무지 믿을 수 없는 일이 연이어 벌어지고 있었다.

구파일방이 어떤 곳인가? 강호의 중심이라는 사실은 차치하고서라도 자존심과 콧대 높기가 하늘을 찌른다. 그런 그들이 자신의 통제를 받는다니 꿈을 꾸고 있는 것 같았다.

식사를 하는 악소천을 쳐다보는 왜수의 눈이 뜨겁게 타올랐다. 도대체 무슨 손을 어떻게 썼기에 천하의 구파일방을 혈천의 발아래 둬버렸단 말인가.

"물론 임시이오. 전쟁이 끝나면 다시 예전으로 돌아갈 것이오."

아무리 잠깐이라고는 하지만 경악할 일이었다.

자신이 구파일방을 비롯한 혈천의 모든 병력을 직접 이끌고 명령을 내린다고 생각하자 갑자기 가슴이 뜨거워졌다. 마치 자신이 천하제일고수가 된 기분이었고 당금 강호의 패자가 된 듯했다.

또한 악소천의 능력을 다시 보게 되었다. 식사를 하는 악소천이 태산처럼 보였고 태양처럼 눈부셨다.

"하… 한 가지 더 말씀드릴 것이 있습니다."

"말해보시오."

왜수가 얼른 대꾸가 없었으므로 악소천이 고개를 들어 쳐다보았다.

왜수의 표정이 굳어졌다.

악소천이 눈을 빛내며 물었다.

"왜 그러시오?"

"잠시 속하와 다녀올 곳이 있습니다."

악소천이 무엇이냐는 듯 쳐다보았고 왜수는 목례를 하며 말했다.

"여기서 멀지 않습니다. 우선 식사부터 하시지요."

잠시 왜수의 표정을 살피던 악소천은 다시 식사를 하기 시작했고 왜수는 한쪽에 시립하듯 섰다.

이윽고 악소천이 식사를 끝내고 점소이가 가져다준 물로 입 안을 헹군 후 자리에서 일어났다.

왜수가 앞장을 섰고 악소천은 말없이 뒤를 따랐다. 어딜 가느냐고 묻고 싶었지만 왜수가 말을 하지 않았기 때문에 캐묻지 않았다. 아무리 아랫사람이라고 해도 입을 열지 않으려는 데는 나름대로 계산이 있기 때문일 것이다.

밖으로 나온 왜수는 악소천을 데리고 동정호가 있는 곳을 향해 몸을 날렸고 악소천은 곧장 뒤를 따랐다.

무릉을 벗어나자마자 왜수는 원강을 따라 거슬러 올라갔다. 강가에는 많은 갈대들이 바람에 흐느적거리며 서로의 몸을 비벼대고 있었고 인기척에 철새들이 날갯짓을 하며 건너편 갈대숲으로 몸을 감추었다.

척!

강을 따라 십여 리 올라가던 왜수의 몸이 내려섰다.

갈대 대신 흰 자갈돌들이 깔린 강가에 일단의 무사들이 도열해 있었는데 악소천은 한눈에 홍루의 무사들이라는 것을 알아보았다. 악소천이 다가가자 일제히 허리를 구부렸다.

멈칫!

왜수를 따라가던 악소천의 걸음이 갑자기 멈추었다.

홍루의 무사들이 두 구의 시신을 지키고 있었다. 그런데 그중 한 구의 시신이 무척 낯이 익었다.

왜수는 이미 길을 터주고 한쪽으로 물러나 있었고 악소천이 천천히 다가갔다.

시신 가까이 다가간 악소천의 눈이 커졌다.

'가복태!'

커다란 수라도를 쥐고 쓰러져 있는 사람은 다름 아닌 가복태였다.

왜수가 말했다.

"천주님께 결과를 보고하기 위해 강을 따라 내려오다 발견했사옵니다."

가복태의 시신은 깨끗했다. 일체 외상도 없었고 마치 잠을 자는 듯 반듯이 누워 있었다. 가복태의 시신을 살피던 악소천의 시선이 어느 한곳에 멈추었다.

바람에 옷이 나부끼고 있어 미처 발견하지 못했는데 바람이 잠잠해지며 앞가슴이 드러났고 그곳에 한 개의 검은 손바닥이 도장처럼 찍혀 있었다.

'흑마인!'

흑마인은 황보량의 독문무공이다.

그건 곧 가복태가 황보량에 의해 죽었다는 의미이기도 했다.

"여기."

한 명의 무사가 악소천에게 조그만 서찰 한 개를 꺼내주었다.

"시신을 조사하던 중 품속에서 찾아냈습니다."

악소천은 서찰을 받아 펼쳤다.

악 형, 나 가복태이오. 아마 악 형이 이 편지를 볼 때쯤이면 난 죽었거나 위기에 빠져 있을 것이오. 거두절미하고 본론만 말하겠소이다. 강남십오절에게 본 가에 달마의 무공이 있다고 소문을 퍼뜨린 원흉을 알아냈소. 그는 다름 아닌 무림맹의 비은각

각주 황보량이었소. 그는 본 가뿐만 아니라 자신의 야망에 걸림 돌이 되는 많은 명문과 무인들을 달마의 무공이 있다고 소문을 퍼뜨려 궤멸시켰더구려. 그래서 난 지금 황보량을 찾아가는 길이오. 만에 하나 내가 죽으면 내 시신을 본 가가 있던 자리에 묻어달라고 부탁 좀 하기 위해 이 편지를 쓰오이다. 그리고 한 가지 더 부탁이 있소. 희산을 부탁하오. 희산은 사부의 혈육인데 나와 정혼한 사이오. 악 형, 그럼 저승에서 봅시다.

악소천의 시선이 가복태 곁에 엎드려 숨겨 있는 백의여인을 쳐다보았다. 가복태가 말한 희산이란 여인이 분명했다. 그때 홍루의 무사가 말했다.

"혀를 깨물어 자살했더군요."

가복태가 죽자 스스로 목숨을 끊었으리라.

악소천의 시선은 다시 가복태를 향했다. 아마 황보량을 찾아가다 이곳에서 그와 조우했고 싸움이 벌어졌으며 당한 것 같았다. 그것을 증명이라도 하듯 강가의 자갈밭이 마구 파헤쳐져 있었다.

악소천의 표정이 굳어졌다.

자리가 없어 동석을 한 계기로 두 사람의 인연은 시작되었다. 사실 가복태는 대붕보 비무대회를 참석하기 위해서가 아니라 자신의 가문을 멸문시킨 강남십오절 중 한 명인 마산홍의 조부를 죽이기 위해 참가한 것이었다. 그러다 악소천을 만

났고 그에게 양보를 하여 마산홍과 맺어지도록 만들어주었
다. 더구나 악소천이 마산홍과 맺어지자 가복태는 곽감히 복
수를 포기하는 우정을 보여주었다. 비록 후손이지만 가문의
원흉 중 한 사람을 용서하고 살려주는 결단은 아무나 내릴 수
있는 것이 아니었다. 그 모두가 자신 때문이었다. 그만큼 가
복태는 자리를 양보하고 하룻밤을 재워준 자신의 배려를 쉽
게 생각하지 않았다.

"황보량!"

악소천이 나직이 중얼거렸다.

가복태야말로 악소천이 자신있게 말할 수 있는 유일한 벗
이었다. 그는 자신이 있는 곳은 피해갔다. 강남십오절 중 한
사람인 풍운자와 있을 때, 가복태는 그를 죽이기 위해 다가왔
지만 자신이 같이 있다는 것을 알고 조용히 물러갔다. 그것은
자신에 대한 배려이자 예의였다. 자신이 만나고 있는 사람을
죽이는 것은 친구에 대한 예의가 아니라고 여겼기 때문이었
다.

쏴아아!

강바람이 불어왔고 가복태의 옷자락이 펄럭거렸다.

악소천은 한동안 말없이 서 있었고 왜수를 비롯한 홍루의
무사들도 숨을 죽이며 있었다.

"왜수!"

"말씀하십시오."

"두 사람의 시신을 과거 가씨세가가 있던 곳에 묻어주시오."

왜수가 흠칫 놀라며 말했다.

"가 대협께서 강남십오절에 의해 멸문한 가씨세가의 후손이란 말씀입니까?"

한때 천하에 그 명성이 자자했던 가씨세가.

비록 하룻밤 사이에 강호에서 사라졌고 수많은 의혹과 소문을 낳았던 가씨세가의 후손이 구대마왕 중 한 명인 가복태라는 말에 왜수는 무척 놀란 듯했다.

"예!"

"그리고 곧바로 공격을 개시하시오."

"존명!"

홍루의 무사들이 두 사람의 시신을 어깨에 들쳐 메고 강을 떠났다.

혼자 남은 악소천은 다시 한 번 가복태가 자신에게 남긴 서찰을 읽어보았다.

금방이라도 가복태가 악 형, 하며 등 뒤에서 나타날 것만 같았다.

와직!

악소천이 서찰을 움켜쥐었다.

얼굴이 시뻘겋게 달아올랐고 두 눈에서 형형한 광채가 쏟아져 나왔다.

‘황보량, 당신에 대한 빚이 하늘을 덮는구려.’

씹어뱉듯 중얼거리며 몸을 날려 사라졌다.

구름이 낀 밤은 더욱 어두웠다. 그믐이긴 하지만 구름이 끼어 별빛까지 사라지자 세상은 더욱 먹물 속에 던져진 것 같았다.

캄캄한 어둠 속에 수많은 불빛이 깜박거리는 장원을 내려다보는 눈들이 있었다.

장원을 쳐다보는 눈들은 먹이를 노리는 야수와 같았고 금방이라도 달려들 것 같은 잔혹한 살기를 내뿜고 있었다.

이글거리는 푸른 눈빛들 선두에 왜수와 낫을 든 농선이 있었다.

그 뒤로 혈천의 중요 인물들이 나란히 서 있었다.

농선이 힐끔 어두운 하늘을 보며 말했다.

“날씨까지 우리 편일세.”

왜수가 나직이 말했다.

“그런 것 같습니다.”

“그나저나 소림으로부터는 왜 이렇게 연락이 오지 않는 건가?”

“시간이 아직 조금 남았습니다. 곧 오겠지요.”

모두가 침묵 속에 불빛이 명멸하고 있는 어둠 속 장원만을 쏘아보고 있었다.

바로 그때였다. 인기척이 들리더니 어둠 속에서 한 명의 승려가 날아내렸다.

내려선 승려는 농선을 향해 합장하며 불호를 외웠다.

"아미타불! 농선 어르신을 뵈옵니다."

"자넨 관오 아닌가? 그래, 어찌 되었는가?"

날아내린 승려는 소림의 사대금강 중 수석인 관오 선사였다.

관오가 왜수를 보며 말했다.

"지시한 대로 본사를 위시한 구파일방의 무사들은 황보세가의 남동쪽을 포위했소이다."

왜수가 무거운 얼굴로 말했다.

"수고하셨소이다. 그럼 예정대로 해시에 공격을 개시하기로 합시다."

관오가 조용히 대답했다.

"그렇게 전하리다. 그럼 소승은 이만."

농선을 향해 다시 합장을 한 후 관오의 그림자가 사라졌다.

관오가 사라지고 황보세가를 내려다보는 혈천 무사들의 눈빛은 더욱 불타올랐다.

황보세가.

오대세가 중 한곳이자 기관과 진식의 명문이자 황보량의 본가이다.

혈천과 구파일방이 황보세가를 포위한 것은 악소천의 명

령 때문이었다.

황보량의 다리와 머리가 되는 황보세가를 먼저 제거하는 것만이 그를 꺾을 수 있는 최선이라고 악소천은 생각했다. 그래서 은밀하게 지시를 내린 것이었다.

왜수가 뒤를 돌아보았다.

옥면살존과 설요가 수하들을 이끌고 독 오른 눈빛을 하고 있었다. 특히 두 사람은 악소천과 깊은 감정을 갖고 있었는데도 발탁되어 직위까지 높아지자 은혜에 보답하기 위해 누구보다도 앞장을 섰고 일에 솔선수범이었다.

"얘길 들었겠지만 남동쪽은 소림을 위시한 구파일방이 포위하고 있다. 잠시 후 해시가 되면 우린 이곳 서북쪽을 공격한다. 아무리 늦어도 한 시진 이내에 전쟁은 끝내야 한다. 개미새끼 한 마리 남겨두지 마라."

그때 혈천의 무사가 말했다.

"황보세가는 대대로 기관 진식에 전문인 집단이옵니다. 필시 기관과 진식이 곳곳에 설치되어 있을 텐데 그에 대한 대책은 세워졌습니까?"

"염려 마라. 포화문은 앞으로 나오시오."

왜수의 명령에 뒤쪽으로부터 삼십여 명의 흑의무사들이 날아내렸다. 그런데 그들의 등에는 커다란 보따리 한 개씩이 짊어 메져 있었다.

그들의 몸에서는 엄청난 열기가 쏟아져 나오고 있었는데

왜수가 혈천의 무사들을 향해 말했다.

"포화문에 대해 알고들 있는가?"

"포화문이라고 하면 불의 명문으로 불리는 전설 속의 화가(火家) 아닙니까?"

"그렇다. 바로 불의 후예들이지. 저들의 등에는 분화천폭탄이라는 화탄이 있다. 분화천폭탄 한 개면 방원 오십여 장이 잿더미로 변한다. 저들이 앞장서서 기관과 진식을 일거에 파괴할 것이니 걱정하지 않아도 된다."

혈천의 무사들 눈빛이 달라졌다.

사실 말은 않고 있었지만 그들 뇌리 속에는 기관 진식이라는 네 글자가 떠나지 않고 있었다. 자신들은 기관과 진식에 문외한이기 때문에 한번 빠지면 죽는 것이나 마찬가지였기 때문이었다. 그런데 이제 염려했던 문제가 해결이 되자 화색이 돈 것이다.

둥!

그때 어디선가 북소리가 울렸다.

해시를 알리는 북소리였는데 왜수의 눈이 빛났다.

"해시다. 여러분께서 앞장서 주셔야겠소이다."

포화문의 무사들이 당연하다는 듯 고개를 끄덕였다.

"여부가 있겠소이까? 우리가 길을 만들 터이니 뒤따라오십시오. 가자."

포화문의 문주가 수하들을 이끌고 황보세가를 향해 날아

갔다.

황보세가는 지나가는 바람결에도 진식이 펼쳐져 있다고 소문날 만큼 사방이 죽음의 함정이다.

포화문 무사들 앞으로 높은 담장이 나타났다.

불의 후예들은 기관과 진식을 보는 눈이 남다르다. 그들의 눈이 빛났다. 평범한 담장이 아니라는 것을 간파한 것이다. 선두에 섰던 문주가 명령했다.

"투척!"

그러자 뒤에 서 있던 두 명의 무사가 등에 짊어지고 있던 보따리에서 주먹만 한 화탄 두 개를 꺼내 집어 던졌다.

휙!

휘이익!

담장을 향해 두 개의 포탄이 날아갔고 엄청난 굉음을 내며 폭발했다.

꽈가가강!

불길과 더불어 화상암으로 쌓아신 담벼락이 산산조각이 되면서 갑자기 전방의 모습이 바뀌었다.

화탄에 의해 진식이 깨지면서 정상적인 모습이 드러난 것이다.

포화문의 무사들 뒤를 따라 혈천의 무사들이 뛰어들었다.

그와 같은 시간에 남동쪽에서도 거대한 폭발음이 일어나며 소림을 비롯한 구파일방의 무사들이 벌 떼처럼 황보세가 안으로 날아들었다.

"적이닷!"

"웬 놈들이냐?"

황보세가의 경비무사들이 날아오는 소림의 승려들과 맞섰지만 단 한 방에 즉사했다.

황보룡은 애검 마곽(魔郭)을 닦고 있었다. 장수는 언제든지 전쟁에 출진할 채비를 완벽하게 갖추어둬야 한다는 부친의 지론에 따라 그는 잠을 자기 직전 항상 검을 닦았다.

그것은 어려서부터 시작된 습관이었고 이제는 버릇이 되어 단 하루도 검을 닦지 않고서는 잠을 이루지 못했다. 잘 닦여진 검을 머리맡에 두고 잠자리에 들면 숙면을 취하며 깊은 잠에 빠진다.

슥슥!

헝겊이 지나갈 때마다 흰 광채가 번뜩였고 금방이라도 피를 머금을 듯 예리했다.

뚝!

문득 검을 닦던 황보룡의 동작이 멈추었다. 그리고 입가에 야릇한 웃음이 차올랐다.

어젯밤 부친이 자신에게 해주었던 말이 떠올랐기 때문이었다.

부친은 어젯밤 잠깐 집에 들러 자신과 오랜만에 술을 한잔 나누며 말했다. 강호제패는 이제 시간문제라면서 머잖아 천하는 우리 황보세가의 수중에 떨어질 것이라고 했다.

천하패업이란 생각을 떠올리자 자신도 모르게 자꾸 웃음이 나왔다.

그렇게 되면 부친의 뒤를 이어 자신은 천하제이인자가 되는 것이다. 일인지하 만인지상.

말만 들어도 흥분이 되고 가슴 떨리는 얘기다.

"훗훗!"

만족스런 미소를 지으며 다시 검을 닦을 때 갑자기 복도를 달려오는 발자국 소리가 들려왔다.

다다다다!

멈칫!

검신을 닦던 동작을 멈추고 문 쪽을 보았다.

이 시간이면 누구도 찾아오지 않는다. 아무리 급한 일이 있어도 내일 아침에 보고하는 것이 관례다.

벌컥!

문이 떨어질 듯 열리고 염소수염을 한 노인이 들어섰다.

총관 감자기다. 냉철하기로 소문난 그의 얼굴이 시퍼렇게 질려 있었다.

"고… 공자님, 큰일 났습니다. 적이 습격해 왔습니다."

"적이라뇨?"

황보룡의 눈썹이 모아졌다.

감히 황보세가에 적이 침입하다니 말도 안 되는 소리였기 때문이었다. 외부에 수겹으로 설치된 함정과 진식은 바람도 침투할 수 없도록 되어 있었다.

"적은 포화문도들을 앞세워 우리가 설치한 기관과 진식을 산산이 부수며 밀려들고 있습니다."

"지… 지금 포화문이라고 했소?"

"그렇습니다. 그들에 의해 본 가에 설치된 모든 진과 기관은 거의 파괴되었습니다."

"적들의 정체는 뭐요?"

"혈천과 구파일방의 연합 세력입니다."

황보룡의 눈이 튀어나올 듯 불거졌다. 혈천과 구파일방은 서로 상극이다. 그런데 어떻게 손을 잡을 수가 있단 말인가. 더구나 구파일방은 무림맹의 일원으로 자신들 편 아니던가.

"크아악!"

"아이고! 꺼어억!"

멀리서 비명 소리가 들려오기 시작했다.

또다시 발자국 소리가 들리더니 또 한 명의 사내가 뛰어들었는데 온몸이 피로 범벅이 되어 있었다.

형당 당주 오세상이었다.

"어서 피하십시오. 도저히 상대가 되지 않사옵니다. 무너지는 것은 시간문제이옵니다."

황보룡은 도무지 이해가 되지 않았다.

분명 어제 부친은 천하가 곧 황보세가의 발아래 짓밟힐 것
이라면서 미리 축하주를 마셨지 않았던가. 그런데 단 하루 사
이에 아군으로 믿었던 구파일방과 혈천이 손을 잡고 공격을
해오다니 머리가 어지러웠다.

"아아아악!"

"큭! 끄아아악!"

비명은 더욱 가까이 들려왔다.

그때 또다시 발자국 소리가 들려왔다. 그런데 이번 발자국
소리는 다급하게 뛰어오는 것이 아니라 천천히 걸어왔다.

불리한 전황을 보고하기 위해 오는 부하라면 이토록 느릴
이유가 없었으므로 셋은 누가 먼저랄 것도 없이 입구를 쳐다
보았다.

저벅저벅!

걸음은 무척 규칙적이었다.

그것은 상대의 무공이 이미 반박귀진의 경지에 올랐다는
뜻이었으므로 황보룡은 눈살을 씨푸렸다.

이윽고 문 앞에 한 사람이 나타났다.

허름한 농부 복장에 낫 한 자루를 들고 서 있는 노인을 보
며 황보룡은 눈살을 찌푸렸다. 도무지 누구인지 본 적도 없었
고 생각도 나지 않았기 때문이었다.

"감히 여기가 어디라고, 죽엇!"

오세상이 그대로 들고 있던 검을 휘둘렀다.

하지만 농선은 옆으로 한 걸음 움직여 오세상의 검을 피하고 낫을 휘둘렀다.

싹!

"컥!"

단 한 번의 낫질에 오세상의 몸이 두 토막이 되어 쓰러졌다.

두 사람의 눈이 커졌다.

하지만 놀람도 잠시뿐 이번에는 총관 감자기가 쌍장을 날리며 날아왔다.

사사사삭!

농선의 낫이 허공에 그림자를 만들었다. 순간 농선을 향해 날아가던 감자기의 장력이 산산조각이 되어 흩어졌다. 뒤이어 농선의 낫이 긴 포물선을 그리며 밑으로 떨어졌다.

콰악!

파육음이 들리더니 감자기의 몸이 정확히 두 조각으로 분리되었다.

황보룡은 정신을 차릴 수가 없었다. 황보세가의 특급고수 두 명이 일 초를 견디지 못하고 쓰러진다는 것이 도무지 믿겨지지가 않았다.

어느새 자리에서 일어난 황보룡이 애검 마곽을 들고 물었다.

"노… 노인장은 누구시오?"

농선이 자상한 음성으로 말했다.

"농선이라고 하네."

"노… 농선, 구대마왕."

구대마왕이란 이름은 누구를 막론하고 주눅 들기에 부족함이 없었다.

황보룡 또한 그 범주를 벗어나지 못했고 농선이 조용한 음성으로 말했다.

"너희 아비의 죄가 너무 크다. 너 또한 아비의 뒤를 이어 간악하기가 이를 데 없다고 들었다."

농선이 낫을 거머쥐었다.

"젊은 나이지만 어쩔 수 없구나. 어차피 악이 될 것이라면 미리 죽이는 것만이 강호 평화의 지름길 아니겠느냐?"

황보룡의 표정이 굳었다. 하지만 이내 정신을 차린 듯 조금씩 화색이 돌더니 음산한 목소리로 말했다.

"구대마왕 구대마왕 하는데 어디 어느 정도인지 봅시다."

말과 함께 마곽을 들어 농선의 앞가슴을 찔러 들어갔다.

쉭!

명치를 찔러왔다.

농선은 옆으로 비켜서며 낫으로 검을 쳐냈다.

카앙!

불꽃이 작렬했고 욱! 하는 신음을 흘리며 황보룡이 뒷걸음을 쳤다. 힘껏 검을 쥐었는데도 검의 손잡이가 반쯤 손아귀를 벗어나 있었다. 검을 놓치지 않은 것만 해도 다행이었고 황보룡은 가슴이 서늘해졌다.

직감적으로 자신의 능력으로는 벅찬 상대임을 예감했다.

가복태의 죽음은 확실히 큰 충격이었다. 친한 벗의 죽음이기 때문이기도 했지만 천하의 수라도가 황보량에게 꺾일 줄은 몰랐다. 비록 가복태 본인의 말로는 아직 완성되지 않은 수라도라고 했지만 수라도는 고금제일도이다. 그런 칼이 꺾였다는 것은 확실히 충격이자 황보량의 무위를 다시 평가하는 계기가 되었다.

멀리서 불빛 하나가 깜빡거렸다. 그렇잖아도 밤이 너무 늦어 잠시 쉴 곳을 찾고 있는 마당이었으므로 악소천은 빠르게 불빛을 향해 다가갔다.

불빛은 예상대로 주루에서 흘러나오고 있었다. 관도 한쪽에 세워진 주루에는 밤늦은 시간임에도 불구하고 적지 않은 사람들이 술을 마시며 떠들고 있었다.

주루의 손님들 대부분은 장사꾼이었다.

악소천은 마중 나온 점소이에게 방 하나를 미리 예약하고 식사를 시켰다. 식사를 마친 악소천은 예약된 삼층 방을 찾아 올라갔다. 손에는 점소이로부터 건네받은 열쇠가 들려 있었는데 복도를 따라 정해진 방을 찾던 악소천이 멈칫했다.

자신을 방을 찾아 막 열쇠를 꽂으려는데 옆 방문이 조금 열려 있었고 그 틈으로 사람들의 목소리가 흘러나왔다.

"대붕보?"

대붕보란 말에 악소천의 두 눈이 빛을 뿌렸다.

악소천은 숨을 죽이고 몸속의 모든 기척과 체온까지 죽여 문 틈 사이로 방 안을 엿보았다.

방 안에는 모두 다섯 사람이 앉아 있었다.

멈칫!

악소천의 눈에서 기광이 뿌려졌다.

방 안에는 혈천의 천주를 비롯해 혈오천존과 쌍노를 비롯해 두 명의 호법이 빙 둘러앉아 술을 마시며 회의를 하고 있었다.

"틀림없나? 그곳에 놈과 정혼한 계집이 있단 말이지?"

혈천의 천주가 눈을 빛내며 묻자 혈오천존이 대답했다.

"속하의 두 눈으로 직접 확인했습니다. 자세한 내용은 모르지만 황보량에게 잡혀갔다가 돌아온 지 얼마 되지 않았더군요. 아무튼 그 계집을 우리 손에 장악하면 놈을 우리 마음대로 주무를 수가 있을 것입니다."

"그 계집을 이용해 놈의 발을 묶자는 얘긴데?"

천주의 눈에서 사악한 광채가 뿌려졌다.

"흐흐흐! 하늘은 아직 날 버리지 않았구나. 좋다, 그 계집을 당장 잡아오너라. 놈과 그 계집을 놓고 협상을 벌여야겠다."

"옛!"

두 명의 호법이 자리에서 일어나 곧바로 문 쪽으로 다가왔다.

탁!

그때 문이 닫히며 입구를 악소천이 막아섰다.

"엇!"

"너… 너는?"

두 명의 호법뿐만이 아니라 방 안에 있던 모든 사람들이 소
스라치게 놀랐다.

"아… 악소천 네놈이 여길 어떻게?" ·

천주가 이를 부드득 갈며 앞으로 나섰다.

악소천이 웃으며 말했다.

"고작 생각해 낸다는 것이 내 정혼녀를 인질 삼아 나와 협
상을 하려는 생각이라니…… 쯧쯧!"

"뭣들 하느냐? 쳐랏!"

천주의 명령이 떨어지자마자 가장 먼저 두 명의 호법이 좌
우에서 장력을 쏟아내었다.

악소천은 지체 않고 오른손을 뻗어내었다.

어느새 손에 뇌검이 잡혔고 두 사람의 장력을 가차없이 베
었다.

싹뚝!

두 사람의 장력이 싱겁게 잘려 나가고 악소천의 검이 좌우
로 춤을 추듯 꿈틀거렸다.

파팟!

좁은 방이다. 피할 공간이란 극히 제한적인데다 악소천의

뇌검이 찔러가는 공격의 폭은 넓었다. 두 명의 호법이 벽 쪽으로 바짝 붙다시피 하며 피했지만 공격의 폭을 벗어날 수는 없었다.

파팍!

두 사람의 허리가 그대로 절단되었다.

쿠쿵!

비명도 없는 죽음에 천주의 안색이 돌변했다.

"건방진!"

쌍노가 외치며 두 개의 검을 좌우로 뿌리쳤다.

두 가닥 검기가 파고들자 악소천이 뒤로 한 걸음 물러나 공격을 피한 다음 그대로 수평으로 뇌검을 쓸어갔다.

횎!

쌍노가 위기를 느끼고 뒤로 물러섰지만 뇌검은 그럴 틈을 주지 않았다.

콱!

쌍노의 허리 역시 절단되었고 두 눈을 부릅뜬 채 숨을 거두었다.

단시간에 세 명의 수하가 사라지자 천주의 눈이 커졌다. 그것도 평범한 수하들이 아니라 혈천에서도 정상급의 고수들이었기 때문에 더욱 놀란 듯했다.

"죽일 놈!"

혈오천존이 날아왔다.

어느새 그의 양손은 시뻘겋게 달아올라 있었다.

쾌아!

뇌검이 비상했다. 뇌검에서 엄청난 열기가 폭사되었고 좁은 방 안은 불구덩이로 돌변했다.

쾌앙!

쌍장과 뇌검이 충돌하며 방 안의 기물이 태풍에 휘말린 듯 휘날렸고 큭! 하는 비명과 더불어 혈오천존이 뒷걸음을 쳤다.

슈우!

악소천의 신형이 바람처럼 다가들며 뇌검을 내려쳤다.

직검항룡.

쫙!

혈오천존의 몸이 정확히 두 조각으로 갈라졌다.

창가 쪽으로 붙어선 천주의 안색은 굳어 있었다. 눈앞에서 죽은 수하들 모두가 합공을 하면 자신 또한 승리를 장담 못한다. 그런데 악소천은 너무도 간단히 그들을 제거해 버렸다.

천주가 경악의 눈으로 악소천의 오른손을 쳐다보았다.

이글이글!

악소천의 손에 쥐어 있는 뇌검에서 가공할 화기가 쏟아졌고 방 안 곳곳의 기물에 불이 붙기 시작했다.

화르르!

자신 또한 호신강기를 일으켜 방어하고 있지만 갈수록 견딜 수 없을 만큼 달아올랐다.

천주의 표정이 굳어졌다.

왜 구대마왕 중 뇌검문의 후예를 가장 높이 평가하는지 그 이유를 지금 느낀 것이다.

촤악!

천주는 선제공격에 나섰다. 시간을 끌수록 뇌검에서 뻗어나온 화기를 견딜 수가 없었다.

강력한 주먹이 뻗어왔다. 낭왕이란 얘길 듣기에 부족하지 않은 돌덩이 같은 주먹을 보며 악소천의 뇌검이 일어섰다.

퍼억!

"으컥!"

검과 주먹이 충돌하자 한줄기 엄청난 열기가 주먹을 통해 몸속을 파고들었다. 금방이라도 온몸을 태울 것 같은 연기에 자신도 모르게 신음을 내뱉었고 악소천이 다가들며 뇌검을 뻗었다.

휘익!

그린데 뇌김이 활처럼 휘어지더니 격렬하게 뻗어갔다.

쉬이이!

한줄기 불꽃이 날아왔다. 그것은 손톱 크기였는데 언뜻 아름답기조차 했다. 천주는 있는 진력을 모두 끌어올려 쏘아오는 불꽃을 두들겨 패듯 찍었다.

콱!

"끄아악!"

주먹과 불꽃이 충돌하는 순간 한 개의 뜨거운 송곳이 파고 드는 것 같았다. 이윽고 몸속으로 들어온 화기가 전신으로 퍼져 나가며 몸에 불이 붙은 듯 뜨거웠다.

치지지직!

몸이 녹아들고 있었다. 전신에 시뻘건 불길이 이글거리면서 천주의 우람한 체격이 순식간에 불길에 휩싸였다.

천마검법 제사식 절대검지가 펼쳐진 것이다.

모든 뇌기가 한 개의 불꽃으로 응축되어 날아가 몸속에서 폭발한다. 그렇게 되면 상대의 몸이 무쇠라고 해도 뇌기에 녹아버리는 것이었다.

"크와아아!"

푸른 불꽃에 휩싸인 천주가 비명을 지르며 나뒹굴었고 실내는 삽시간에 불바다로 변했다.

미친 듯 바닥을 뒹굴던 천주가 잠잠해졌다. 그런데 그의 몸은 사라지고 한 줌 재만이 그 자리에 남아 있었다. 천하에서 가장 뜨거운 불이기 때문에 순식간에 사람의 몸을 재로 만들어 버린 것이다.

악소천은 실내를 태우고 있는 불길을 잡기 위해 왼손을 휘둘렀다. 강력한 장력이 회오리치듯 뻗어나갔고 타오르던 불길이 일시에 소멸되었다. 비명과 불길에 놀라 쫓아온 점소이들이 악소천의 기예에 눈을 휘둥그레 뜨며 경악했다.

九大魔王

싸움은 막바지에 이르렀다. 천 년을 이어온 황보세가의 웅장한 전각들이 불길에 무너지기 시작했고 일천 명에 가까운 무사들이 혈천과 구파일방의 무사들에게 도륙을 당하고 있었다.

시체 타는 냄새와 단말마의 비명이 뒤섞인 장내는 참혹하기 이를 데 없었다.

"죽어랏!"

"이노옴!"

피아를 구별할 수 없을 만큼 싸움은 치열해졌고 전세는 갈수록 황보세가에 어려워졌다.

“크하학!”

황보룡이 비명을 지르며 뒤로 물러났다.

앞가슴의 살점이 손바닥만 한 크기로 잘려 나갔고 갈비뼈가 훤히 들여다보였다.

이미 온몸은 피투성이가 되어 있었는데 농선이 감탄하며 말했다.

“역시 용의 새끼는 다르구나. 감히 나 농선의 손에서 오십 초를 버티다니.”

농선의 감탄에는 진심이 담겨 있었다.

수십 곳이 베이고 찔려 황보룡의 몸은 만신창이였다. 하지만 그는 오연히 버티고 서서 농선을 노려보았다. 죽는 그 순간까지도 결코 약한 모습을 보이지 않겠다는 자존심이다.

“하앗!”

기합을 지르며 찔러 들어왔다.

좋은 검이다. 어지간한 검은 자신의 낫에 부딪치면 모두 잘라진다. 겉으로 보기에는 평범한 낫이지만 적령모라는 쇠로 만들어져 무척 강하다.

카캉!

불꽃이 일며 뒤로 주춤 물러나는 황보룡을 따라붙으며 농선의 낫이 대각선을 그었다.

화악!

황보룡이 비틀거리며 검을 들어 막았다.

쿵!

또다시 부딪치며 황보룡의 상체가 뒤로 젖혀졌다. 연이은 충격에 허리가 뒤로 꺾인 것이다.

콰아아!

눈앞으로 농선의 낫이 떨어지고 있었다. 그대로 떨어지면 자신의 심장에 낫이 박힐 것이다. 하지만 어찌해 볼 방법이 없었다. 몸의 중심을 놓친 상태에서 전력이 담긴 농선의 낫을 피하기란 불가능했다.

퍼억!

농선의 낫이 예상대로 정확히 심장을 파고들었다.

"음!"

죽을 때 결코 비명을 지른다거나 추한 모습을 보이지 않겠다고 마음먹었다. 하지만 막상 낫이 박히자 엄청난 고통이 밀려왔고 자신도 모르게 신음을 뱉고 말았다. 하지만 황보룡은 추한 모습을 보이지 않기 위해 애썼다.

밀려오는 통증을 이를 물어 참아내며 자세를 꼿꼿하게 세웠다.

주르륵!

피가 물처럼 가슴을 타고 흘러내렸지만 표정 하나 변하지 않았다.

"다… 다행이군. 그래도 구대마왕 중 한 사람의 손에 최후를 맞게 되어서 말… 이야."

비록 패배를 했지만 자신을 죽인 인물이 구대마왕이라는 사실에 자존심이 세워졌다는 듯 입가에 한줄기 미소를 머금고 쓰러졌다.

황보룡이 쓰러지는 것과 동시에 붉은 그림자가 번쩍하더니 한 명의 승려가 들어섰다.

사대금강 중 수석인 관오 선사였다.

관오는 곧바로 합장을 하며 말했다.

"거의 궤멸된 듯싶습니다. 지금 남은 잔당을 척살하고 있습니다."

농선이 조용히 말했다.

"도망치는 자는 내버려 두시게. 굳이 살려는 자들까지 목숨을 빼앗을 것까지는 없지 않겠나?"

"당장 그렇게 전달하겠습니다."

관오가 실내를 빠져나갔다.

잠시 죽은 황보룡을 내려다보던 농선이 천천히 실내를 빠져나갔다.

전각 밖으로 나가자 비명과 아우성이 콩 볶듯 사방을 메아리쳤고 대낮처럼 불길이 사방을 가득 메우고 있었다.

우으르!

쿠과가강!

불길에 전각들이 무너지면서 불꽃이 하늘 높이 치솟아올라 갔다.

불길 사이로 쫓고 쫓기는 생사의 추격전이 벌어지고 있었고 부상자들을 치료하는 손길들이 분주히 움직이고 있었다.

주로 쫓기는 쪽은 황보세가의 무사들이었고 뒤를 쫓는 사람들은 혈천을 비롯한 연합 세력이었다.

농선이 주위를 휘 둘러보며 이곳의 싸움은 일단락되었다고 생각했다. 이제 남은 것은 남악 형산이었다.

형산은 중원오악 중 남악의 원 이름이기도 했다. 형산이 유명한 것은 남악이라는 것 때문이기도 했지만 이곳에 하나의 거대한 세력이 자리 잡고 있기 때문이었다.

무림맹.

아주 오래전부터 백도무림은 하나의 단일세력으로 뭉쳐 있었는데 바로 무림맹이었다. 맹주는 천하인들로부터 가장 존경받는 사람이 되었고 그렇게 뭉친 무림맹은 강호의 질서와 평화를 유지하는 데 앞장섰다.

특히 무림맹이 만들어지면서 흑노무림은 더욱 근서시가 좁아졌고 그들의 활동은 위축되었다. 결국 그들도 무림맹에 대항하기 위해 여러 번 단결을 시도했지만 번번이 무산되었다.

아무튼 무림맹으로 인해 강호는 오랫동안 평안했고 흑도를 비롯한 악의 무리들은 그 설 자리를 잃고 있었다.

아직 해가 떠오르지 않은 새벽녘에 무림맹으로 들어가는

길에 한 사람이 나타났다. 검은 흑의를 걸친 사내는 산길을 천천히 걸어 올라갔다.

어둠이 완전히 걷히지 않아 숲 속은 조용했고 흑의사내의 발자국 소리만이 울려 퍼졌다. 빠르지도 느리지도 않는 걸음으로 산모퉁이를 돌아가자 저만치 거대한 장원이 눈에 보였다.

소림을 비롯한 일천오백 백도문파를 다스리는 총본산 무림맹이었다.

악소천은 잠시 새벽 속에 묻혀 있는 무림맹을 내려다보았다. 한때는 무림맹과 멀어지기를 소원한 적이 있었다. 그것은 살기 위한 몸부림이었다. 황보량의 추적을 피하기 위해 더욱 깊이 숨기를 갈망했고 결국 소림이라는 거대한 우산 속에 뛰어듦으로 안전을 보장받을 수 있었다.

한참을 내려다보고 있던 악소천의 몸이 떠올랐다.

부웅!

십여 장 높이의 허공으로 떠오르더니 쉭 하는 소리를 내며 직선으로 날아갔다.

실로 놀라운 신법이 아닐 수 없었다.

어김없이 눈을 떴다. 무림맹의 군사가 된 이후로 정확히 묘시에 일어났다. 그것은 단 한 번도 변치 않는 그녀의 몸에 밴 습관이었다.

자리에서 일어나면 가장 먼저 시녀가 차 한 잔을 끓여온다. 오늘도 그녀의 기척을 느낀 시녀가 어느 틈에 물을 끓이고 차를 넣은 주전자와 잔을 쟁반에 받쳐 들고 들어왔다.

칼칼한 목을 한 잔의 차로 적시면 목도 마음도 상쾌해진다.

소리없이 차를 한 모금 마셨다. 천산육문의 사태를 조사하러 간 무적을 비롯한 용대 무사들로부터 연락을 기다리느라 어젯밤 늦게 잠자리에 들었다. 그래서 약간 피곤함이 몰려왔지만 뜨거운 차가 뱃속을 채우자 피로가 눈 녹듯 가셨다.

저벅저벅!

발자국 소리가 밖으로부터 들려왔다.

보나마나 비은각 무사의 발걸음 소리일 것이다. 밤새 강호의 움직임과 중요 인물들의 동태를 파악한 비은각에서는 날마다 무림맹의 군사인 자신에게 보고를 한다. 물론 먼저 비은각주인 황보량에게 보고가 올라가고 자신에게도 보고가 이뤄지는 것이다.

아마 오늘 아침의 보고는 무적을 비롯해 천산육문을 찾아간 비은각 무사들에 대한 동향이 보고의 주류를 이룰 것이다.

예상대로 걸음은 문밖에서 멈추었고 음성이 들려왔다.

"군사님! 왕재수이옵니다."

아침마다 자신에게 보고를 하는 비은각 무사였다.

모용란은 찻잔을 내려놓으며 말했다.

"들어오너라."

문이 열리고 삼십대 초반쯤 되어 보이는 흑의무사가 들어섰다. 아침마다 자신을 찾아와 비은각이 수집한 그날 그날의 정보를 보고하는 왕재수였다.

"좋은 소식 있느냐?"

물론 좋은 소식이라는 것은 천산육문으로 떠난 무사들에 관한 내용이었다. 흉수는 누구인지, 그리고 흉수를 밝혔다면 잡았거나 추적에 들어갔는지가 궁금했다.

"아직……."

모용란의 고개가 왕재수를 향해 돌아갔다.

"아직 소식이 없단 말이냐?"

"예."

모용란의 눈살이 찌푸려졌다.

시간상으로는 이미 천산육문에 도착하여 모든 진상을 조사하여 내용을 보고하고도 남을 시간이었다.

모용란의 마음을 읽은 듯 왕재수가 말을 이었다.

"본 각에서도 이상하게 여기고 이틀 정도 더 기다려 본 뒤 그래도 소식이 없을 땐 조사대를 다시 파견하기로 마음먹고 있습니다."

무적은 고수다. 거기다 용대와 호대 무사들은 최고라 할 수 있었다. 그런 인물들이 화를 당할 리는 없고 보나마나 지나친 여유를 갖고 이동하다 보니 늦어지고 있을 것이라고 생각했다.

그러자 은근히 짜증이 일어났다.

기다리는 사람 생각해서 빠르고 신속히 움직여야 하는데 그렇지 못하는 그들의 행동이 불쾌했다.

"다른 소식은 없느냐?"

"예!"

실로 오랜만에 아침 보고치고는 간단했다.

모용란은 알았다는 듯 고개를 끄덕였고 왕재수는 허리를 숙여 인사한 후 물러갔다.

모용란은 다시 찻잔을 들어 올렸다.

이상하게 불안했다. 천산육문으로 떠난 사람들의 보고가 늦어진 것 때문이 아니었다. 가슴이 서늘해지며 까닭없이 두근거렸다. 그래서 차를 한 잔 더 마셨지만 마음은 진정되지 않았다.

근래에 보기 드문 별일이라고 생각하여 세 번째 잔을 들어 마실 때 밖으로부터 시녀의 목소리가 들려왔다.

"군시님!"

모용란이 홱 고개를 돌렸다. 자기도 모르게 빠르게 고개가 돌아간 사실에 스스로도 놀랐다.

"천궁으로부터 연락이옵니다. 잠시 올라오시라는."

천궁은 무림맹주의 거처이다.

갑자기 이른 아침부터 무슨 일일까 하는 생각이 가장 먼저 떠올랐다. 천궁 또한 아침이 되면 비은각으로부터 간밤에 있었던 강호 동태에 대한 보고가 올라간다. 물론 그곳은 황보량이 직접 보고를 한다.

"무슨 이유라더냐?"

"아무 말씀 없이 그냥 올라오라는 맹주님의 말씀이 계셨다 하옵니다."

"알겠느니라."

모용란은 마저 남은 차를 마시고 자리에서 일어났다.

옷매무새를 가다듬고 처소를 나섰다. 아직 해가 떠오르지 않은 무림맹은 무척 조용했다.

어젯밤 구름이 끼더니 무척 많은 이슬이 내렸고 정원 곳곳에 비를 맞은 듯 나무 잎사귀에 물방울이 맺혀 있었다.

천궁은 무림맹 제일 안쪽에 위치해 있었고 자신의 거처에서 보통 걸음으로 일각쯤 소요된다.

축축이 젖은 땅을 밟으며 모용란은 천궁을 향해 걸어갔다. 이따금 근무를 교대하고 돌아오는 무사들이 모용란을 발견하고 각듯한 예의를 차렸다.

상쾌한 아침 공기를 마시며 모용란은 천궁을 향해 걸어갔고 천궁에 도착했을 즈음 동녘 하늘로부터 붉은 해가 떠오르기 시작했다.

멈칫!

천궁 앞에 이른 모용란의 발걸음이 잠시 멈추었다.

항상 입구에 도착하면 천궁을 지키는 무상대의 대주 고독만이 먼저 맞이했다. 환영을 하는 것이 아니라 나타나 인사를 하는 것이었는데 오늘 아침은 그렇지 않았다.

주위를 휘 둘러봤는데 그저 고요하기만 할 뿐 헛기침을 두어 번 했어도 고독만은 나타나지 않았다.

잠시 서 있던 모용란은 고독만이 볼일이 있어 자릴 비웠으려니 하며 천궁 안으로 들어갔다. 그러면서 고독만이 아니면 다른 호위무사들이라도 나타나 영접을 해야 정상인데 그렇지 않은 것에 약간은 불쾌한 감정이 들기까지 했다.

천궁의 육중한 문을 밀고 안으로 들어섰다.

복도는 아직까지 좌우로 촛불이 켜져 있었다. 천궁 복도의 촛불은 하루 종일 켜놓는다. 유난히 어두운 것을 싫어하는 맹주의 취향 때문이었다.

이윽고 맹주의 방문 앞에 걸음을 세운 모용란은 잠시 심호흡을 한 뒤 문을 밀고 들어섰다.

끼이익!

동목으로 된 분이 열리고 안으로 들어서자 맹주가 방바닥에 결가부좌한 채 차를 마시고 있었다.

"어서 오시오."

맹주가 담담한 표정으로 모용란을 쳐다보았다.

천제(千帝) 독고천(獨孤天).

검의 본가라고 불리는 남해세가의 가주이다. 올해 일흔다섯으로 그의 검은 이미 적수를 찾아볼 수 없을 뿐 아니라 일설에 의하면 무검의 경지에 올랐다고 전해진다.

모용란도 아직까지 맹주가 검을 든 모습을 단 한 번도 구경한 적이 없었다. 다만 상상을 초월하는 고수일 것이라는 추측만 하고 있었다.

"뭘 그렇게 서 있소? 앉으시오."

우뚝 서 있는 모용란을 보며 독고천이 앉길 권했다.

"무슨 일이시온지?"

"원, 성질 급하긴. 일단 앉구려."

모용란은 하는 수 없이 독고천 맞은편에 앉았다.

독고천이 빈 잔 한 개를 앞으로 내밀더니 주전자에 든 차를 따라주었다. 이미 처소에서 차를 마시고 왔기 때문에 생각이 없었지만 맹주가 따라주었으므로 잔을 들어 올렸다.

모용란이 찻잔을 내려놓자 독고천이 기다렸다는 듯 물었다.

"차 맛이 어떠시오? 죽이지 않소이까?"

모용란의 눈이 커졌다.

독고천의 말투가 바뀌었다. 한마디로 경박한 표현을 서슴없이 쓴 것이다.

'차 맛이 죽이지 않다니.'

혼잣말을 흘릴 때 독고천이 다시 말했다.

"어서 마시구려. 실컷 마셔도 괜찮소이다."

모용란이 독고천을 빤히 쳐다보았다.

그러자 독고천이 눈을 빛내며 물었다.

"내 얼굴에 뭐가 묻었소? 뭘 그렇게 뚫어져라 쳐다보시오?"

"아… 아닙니다."

모용란은 고개를 내저으며 찻잔을 들어 올려 마셨다. 그러면서 고개를 갸웃거렸다. 뭔가 기분이 좋은 일이 있는 듯싶었다. 평소 맹주는 말이 없었다. 자신이 열 마디쯤 해야 겨우 한 마디 뱉을 정도로 말이 없는데 오늘 아침은 오자마자 기다렸다는 듯 마구 말을 쏟아냈다. 더구나 표현 또한 아주 경박하다.

"자, 한잔 더 하구려."

아직 바닥에 찻물이 조금 남았는데 독고천은 모용란의 대답도 듣지 않고 콸콸 술 따르듯 차를 채웠다.

탁!

찻주전자를 바닥에 놓은 독고천이 모용란을 쳐다보았다. 그런데 그 눈빛이 묘했다. 마치 자신의 전신을 음심을 담고 살피듯 쳐다보는 것이 아닌가.

마치 한 마리 지렁이가 몸을 기어가는 듯한 불쾌감에 모용란의 눈살이 대번에 찌푸려졌다. 하지만 맹주이기 때문에 뭐라고 할 수는 없었다.

독고천의 눈빛은 쉽게 거두어지지 않았다. 심지어 여인의 비밀스런 신체 부위에 시선을 아예 고정해 버렸다. 모용란은

자신도 모르게 얼굴이 화끈 달아올랐고 더 이상 보고만 있을
수가 없어서 입을 열었다.

"맹주님!"

모용란의 목소리에 한기가 실렸다.

하지만 독고천은 시선을 거두지 않고 말했다.

"듣자 하니 군사께서 아직까지 혼인을 하지 않고 있는 것
은 한 남자 때문이라던데… 사실이오?"

흠칫!

느닷없는 독고천의 질문에 모용란이 깜짝 놀라는 표정을
지었다.

"내가 아는 바에 의하면 그 남자가 군사의 목숨을 살렸다
더구려. 혈천의 무리들에게 쫓기고 있을 때 그 남자가 나타나
군사를 동굴 속으로 데리고 들어가 옷을 벗기고."

"맹주님!"

모용란의 목소리가 냉랭해졌다. 표정은 굳어졌고 매섭게
맹주를 쏘아보았다.

"아… 아니란 말이오? 내가 보고받은 바에 의하면 그 사내
의 손길이 군사의 온몸 구석구석을 매만지고 주물렀다던데?"

벌떡!

모용란이 자리에서 일어났다.

"겨우 그 말씀을 하고자 날 불렀나요? 다른 말씀 없으시면
이만 돌아가겠어요."

"내가 없는 얘길 한 것도 아닌데 뭘 그렇게 화를 내시오?"

"이만 가보겠어요."

모용란이 막 돌아설 때 우드득 하는 소리가 들렸다. 그녀는 자신도 모르게 고개를 돌렸는데 갑자기 소스라치듯 놀라고 말았다.

독고천의 얼굴이 변하고 있었다.

얼굴이 반죽해 놓은 진흙처럼 마구 뒤틀리고 섞이더니 전혀 다른 얼굴이 나타났다.

"허헛! 다… 당신은?"

그 자리에는 어느새 악소천이 앉아 빙그레 웃고 있었다.

너무 돌발적인 사태에 모용란은 말을 잇지 못했고 악소천은 야릇한 웃음을 지었다.

"간다면서?"

모용란이 굳은 표정으로 쳐다보더니 다시 자리에 주저앉았다.

"도대체 당신이 어떻게 여기에 주인처럼 앉아 있죠?"

악소천은 대답 대신 차를 마셨다.

그런 악소천을 바라보는 모용란의 얼굴은 흥분과 충격이 짙게 공존하고 있었다.

악소천이 안쪽 침대를 가리켰다.

모용란이 고개를 돌렸고 기겁할 듯 놀랐다. 그곳에는 진짜 맹주가 누워 있었는데 마혈이 제압된 것 같았다.

"도대체!"

악소천이 자리에서 일어나더니 침대로 다가갔다. 그리고 이마와 머리카락이 난 경계 부위를 손가락으로 잡고 거칠게 잡아당겼다.

찌이익!

피부가 찢어지듯 얼굴이 갈라지며 전혀 다른 얼굴이 나타났다.

"으허헉!"

모용란은 거듭 놀랐다. 인피면구가 찢어지면서 전혀 엉뚱한 얼굴이 나타난 것이다.

"이… 이자는?"

"아는 사람이오?"

"비은각주 측근 중 한 사람인 광동일기예요. 그럼 맹주님은?"

악소천이 광동일기를 쳐다보았다. 네 입으로 말해보라는 시선이었다.

"맹주님은 이미 돌아가셨습니다."

"누구 손에 죽었단 말인가요?"

"가… 각주님 손에."

모용란이 믿을 수 없다는 듯 눈을 부릅떴다. 너무 충격적인 소식이었다.

악소천이 말했다.

“황보량의 밀명을 받고 이자는 지금까지 맹주 노릇을 해온 것이오.”

무림맹주 천제 독고천은 사실 구대마왕 중 한 사람인 천승(千勝)이었다. 구대마왕의 뒤를 추적하던 황보량은 그 사실을 알게 되었고 마침내 그를 죽이고 부하를 가짜 맹주로 앉힌 것이었다.

“그럼 여태 무림맹이 황보량의 손에 놀아났단 말인가요?”

“황보량의 손에 놀아난 것은 어제오늘 일이 아니오. 이미 삼십 년 전부터 놀아난 것이오.”

그러면서 장마를 유인한 것에서부터 황보량이 세운 모든 음모와 계략을 말해주었다.

그때 발자국 소리가 들려왔으므로 모용란은 고개를 돌렸다.

잠시 후 방 안으로 두 사람이 들어섰다.

한 사람은 소림 장문인 무오 선사였고 다른 사람은 장마였다. 하지만 모용란은 무오 선사만 알아볼 뿐 장마를 보고서는 눈을 멀뚱거렸다.

무오 선사가 웃으며 말했다.

“풍우혈의 뒤를 이어 실질적으로 혈천의 천주 자리를 잇게 되어 있었던 장마라오.”

모용란이 소스라치게 놀랐다.

한 번도 본 적은 없지만 이름은 귀가 아프게 들었다.

흑도인이면서도 어떤 백도고수보다 인물의 됨됨이가 크고 호탕하다고 했다.

"무엇 하시오, 군사. 어서 인사 올리시오."

모용란이 주춤거리며 고개를 숙였다.

"후배 모용란이라 하옵니다."

장마가 고개를 끄덕였다.

"눈 속에 총기가 가득 찬 것이 마음만 먹으면 천하를 능히 요리하고도 남을 아이로구나."

"벼… 별말씀을."

무오 선사가 입을 열었다.

"이미 악 공자로부터 모든 전모를 들었을 테니 우린 더 이상 군사에게 해줄 얘기가 없소. 이제 남은 것은."

장마가 가로채 말했다.

"황보량 그 어린놈을 잡으러 가야지."

장마의 두 눈에서 가혹한 한기가 뿜어져 나왔다. 자신을 삼십 년 동안 빙한철암에 가둔 장본인인 것이다.

그때 문 입구로부터 웃음소리가 들려왔다.

"나보다 먼저 도착했구려."

농선이 낫을 들고 들어서고 있었다.

모용란은 직감적으로 상대가 구대마왕 중 한 명인 농선이라는 것을 알아차렸다.

"후배 모용란이 농선 선배님을 뵈옵니다."

"그대가 바로 모용란이란 아이로구나. 너의 똑똑함을 이미 들었느니라."

연이은 칭찬에 모용란의 표정이 환해졌다.

다른 사람도 아닌 구대마왕 중 두 사람으로부터 듣는 칭찬이란 결코 가벼운 것이 아니었다.

그때 악소천이 농선을 향해 물었다.

"어찌 되었습니까?"

농선이 웃으며 말했다.

"잘되었네. 황보세가는 완전히 사라졌네."

모용란이 깜짝 놀라며 물었다.

"지금 황보세가가 완전히 사라졌다고 했습니까?"

농선을 대신해 악소천이 자세한 설명을 해주었다. 혈천과 구파일방이 손을 잡고 황보량의 손과 발을 자르기 위해 어젯밤 황보세가를 기습했고, 재기 불능의 치명타를 입혔다는 말에 모용란이 입을 쩌억 벌렸다.

그렇잖아도 모는 원흉이 황보량으로 밝혀지는 순간 가장 먼저 그녀의 뇌리 속으로 떠오른 것이 황보세가였다. 황보세가가 건재하는 한 황보량을 제거하기란 쉬운 일이 아니었기 때문이었다. 황보세가는 어쩌면 오대세가를 모두 합친 것보다 더 강하다는 것이 그녀의 판단이었다.

그만큼 황보량은 지난 세월 황보세가의 힘을 비밀리에 키웠었다.

"화룡점정이라고 마지막은 자네가 찍어야지?"

모든 사람들의 시선이 악소천을 바라보았다.

악소천이 가벼운 미소를 지으며 고개를 끄덕였다.

"가시지요."

악소천을 필두로 일행은 맹주의 처소를 벗어났다.

밖은 이미 해가 떠올라 있었고 하루를 시작하는 무사들의 발걸음이 바빠지고 있었다. 하지만 누구도 일행을 보며 의심하거나 이상한 시선을 보내지 않았다. 군사 모용란이 그들과 함께 있었기 때문이었다.

맹주의 처소를 떠난 지 얼마 되지 않아 일행은 비은각 입구에 도착했다.

"멈추시오."

비은각만큼은 황보량의 제국이다.

더구나 패업이란 야망의 초석이 된 곳이 비은각이었기 때문에 다른 곳과 달리 모용란이 있는데도 경비무사들은 그들을 제지시켰다.

"안에 각주 있느냐?"

모용란의 질문에 경비무사가 되물었다.

"무슨 용건이옵니까?"

"일개 경비무사 주제에 감히 군사가 묻는데 반문을 하다니 아주 버르장머리가 없구나."

농선이 호통을 치자 경비무사가 놀라기는커녕 고개를 빳

빳하게 쳐들고 쳐다보았다.

"노… 노인장은 뉘신지?"

악소천이 한발 앞으로 나섰다.

"황보 각주 있느냐?"

자신보다 어려 보인 악소천이 대번에 하대를 하자 경비무사의 표정이 우그러졌다.

"다… 당신 정체부터 밝히는 것이 먼저 아니오?"

슈육!

악소천의 주먹이 지체없이 뻗어갔다.

빠악!

관자놀이에 정면으로 주먹이 박혔고 경비무사는 비명도 지르지 못하고 기절하고 말았다.

"헛헛! 그놈!"

사람들이 그래도 용기 하나는 가상하다는 듯 쓰러진 경비무사를 보며 웃었다.

입구를 통과하자 누구도 더 이상 막아서지는 않았다. 이미 입구에서 통과되었다면 신원이 확실하다고 느낀 때문인 것 같았다.

일행이 비은각 전각 계단을 막 오를 때 위로부터 한 사내가 내려왔다. 그는 바로 감독고였고 가장 선두에서 올라오는 악소천을 발견하고서는 눈을 비볐다.

도저히 믿을 수 없다고 여기는 듯 재차 비비고 보더니 악소천이 자신을 보고 웃자 기겁했다.

"네… 네놈은 악가?"

그러면서 잽싸게 뒤를 따르는 사람들을 쳐다보았다. 정보를 담당하는 비은각 소속의 인물답게 그는 무오 선사와 농선을 금방 알아보았다.

"황보 각주 있죠?"

모용란의 물음에 감독고가 더듬거리며 말했다.

"어… 어떻게 군사가 적을 심장부로 안내한단 말이오?"

"누가 진짜 무림맹의 적인지는 잠시 후면 밝혀질 테니 어서 우릴 안내하기나 해요."

감독고는 확실히 노련했다. 조금 전까지 당황한 표정을 짓던 감독고의 얼굴은 차가워졌다. 그리고 상황을 파악하는 데는 그렇게 많은 시간을 필요로 하지 않았다.

휘익!

휘파람을 불었다. 그것은 전각 안에 있는 무사들을 불러내는 신호였다. 전각 안에는 외부인의 출입이나 침입을 철저히 가로막는 황보량의 친위대 망월십객이 은신해 있었다.

광검인이라고도 부르는 검의 미치광이들로 그들의 무위는 용대 무사들을 능가한다. 황보량이 직접 조련하였고 그들의 수장은 감독고이기도 했다.

스스슷!

검은 연기가 전각 안으로부터 밀려 나오더니 사람의 형상으로 바뀌기 시작했다.

십 인.

먹물 같은 흑포를 머리에서부터 발끝까지 뒤집어썼고 옆구리에 청강검 한 자루만 달랑 매고 있었다. 나이도 분간할 수 없었고 오직 투명한 두 눈만이 사람들을 당혹스럽게 만들었다.

"아미타불! 사악한 마공에 물든 아이들이로다."

무오 선사가 대번에 십 인의 몸에서 풍기는 가혹한 죽음의 냄새의 진원지를 알아차리고 말했다.

"한 놈도 살려두지 마라."

감독고의 명령이 떨어지자 망월십객이 유령처럼 일행을 향해 달려들었다. 그러자 가장 먼저 농선이 그들을 향해 맞서 나가며 말했다.

"이들은 노부에게 맡기고 자네는 황보량을 잡게."

구대마왕 중 한 사람인 농선과 무오 선사라면 상대가 아무리 사악한 마공으로 단련되었다고 해도 안심힐 수 있었다.

"조심들 하십시오."

악소천이 계단을 오르자 감독고가 살기를 뿌리며 막아섰다.

"어딜 가려느냐? 가려거든 목을 놓고 가라."

어느새 감독고 손에는 한 자루 검이 쥐어져 있었다.

히죽!

악소천이 웃었다. 그리고 어느새 그의 오른손에는 이글거리는 뇌검이 들려 있었다. 살을 태울 듯한 열기에 감독고가 흠칫할 때 악소천의 신형은 감독고를 파고들고 있었다.

"어딜!"

감독고가 들고 있던 검으로 악소천의 뇌검을 막았다.

싸악!

그러나 뇌검은 감독고의 검을 그대로 자르고 그의 앞자락을 베어버렸다. 감독고의 옷자락이 베어지고 앞가슴 가득한 검은 털이 드러났다. 감독고의 얼굴이 사색이 되어 있었다. 지금까지 황보량 말고 단 일 초에 자신의 옷자락을 자른 인물은 없었기 때문이었다.

감독고가 토막난 검을 쥐고 마른침을 삼켰다.

몸 안에서 검이 나오는 것도 경천동지할 일이었다. 황보량을 제외하고는 누구도 두렵지 않다고 자부했는데 등골에 식은땀이 자신도 모르게 흘러내렸다.

쉭!

악소천이 찔러 들어왔다.

잽싸게 반 토막 난 검을 버리고 장력으로 맞섰다. 하지만 자신의 주특기인 검으로도 안 되는데 장력은 더욱 악소천의 검에 맞설 힘을 갖고 있지 못했다.

쫙!

장력이 허망하게 잘려지고 뜨거운 불길이 정수리에 틀어

박혔다.

푸욱!

악소천의 손에 있던 검은 어느새 사라졌고 그의 입가에 가느다란 미소가 걸려 있는 모습이 눈에 들어왔다. 뜨겁던 정수리의 열기는 급속히 전신으로 퍼져 나갔고 몸속의 내장이 순식간에 잿더미가 되면서 감독고의 신형은 계단으로 굴러 떨어졌다.

퍼퍼퍼!

농선과 무오 선사는 이미 망월십객과 치열한 싸움을 벌이고 있었는데 이미 두 구의 시신이 바닥에 나뒹굴고 있었다.

"같이 가요!"

어느새 들어서는 악소천 곁으로 모용란이 붙어 섰다.

코끝으로 향기가 맡아졌는데 과거 동굴 속에서 맡았던 그 냄새다.

악소천이 돌아보자 모용란이 계면쩍은 표정을 지었다. 그러면서 슬며시 바짝 다가섰다.

생사의 갈림길이 목전에 있는데도 악소천과 나란히 걷는다는 것이 그녀에게는 무척 즐거운 일인 듯 웃음이 입가에서 떠나지 않았다.

무림맹을 지휘하는 냉철한 군사이기 이전에 한낱 여인임은 어쩔 수 없는 모습이었다.

"그것 알아요? 내가 당신 때문에 얼마나 애를 태웠는지 말이에요.”

악소천은 아무 말 하지 않았다.

그녀는 혹시라도 걸음에서 떨어질세라 바짝 붙어 따르며 말을 이었다.

“당신의 모습이 소림이 있는 등봉현 일대에 나타났다는 소식에 황보 각주 몰래 구조대를 보내기도 했어요.”

척!

악소천이 걸음을 세웠다.

악소천이 처음 듣는다는 듯한 시선을 던지자 모용란이 눈을 크게 뜨고 말했다.

“정말이에요. 만에 하나 당신이 비은각 무사들에게 포위되어 위기에 처하면 무슨 수를 써서라도 구출하라고 명령까지 내렸어요. 믿어지지 않으면 증인을 댈 수도 있어요.”

사실 악소천은 알고 있었다. 하지만 그녀가 자랑스럽게 말하자 일부러 놀란 표정을 지어준 것이다.

그런 모습에 더욱 신이 난 듯 그녀는 말을 이었다.

“당신이 잡히지 않기를 얼마나 바랐는데요.”

“고맙소. 그 은혜 절대 잊지 않을 거요.”

“맞아요. 잊어서는 안 돼요.”

당연하다는 듯 활짝 웃으며 모용란은 부지런히 악소천을 따랐다.

복도 끝에 있는 방문 앞에 두 사람의 발걸음이 멈췄다.

붉은 송화목으로 된 방문을 악소천은 말없이 지켜보았다.
잠시 굳게 닫힌 문을 향해 악소천의 왼손이 뻗어갔다.

끼이익!

문고리를 잡아당기자 육중한 방문이 열렸다.

악소천이 먼저 들어섰고 모용란이 뒤를 이었는데 그토록
자주 드나들던 방이 오늘따라 너무 낯설다는 생각이 들었다.

황보량은 책상에 앉아 책을 보고 있었다. 그는 항상 틈만
나면 독서를 즐겼다. 독서에 관한 한 누구에게 뒤지지 않는다
고 자부하는 모용란이었지만 황보량의 독서량은 알아줘야 했
다.

어쩌면 그의 영특한 두뇌와 계교는 저 많은 독서에서 나올
지 모른다고 언젠가 생각했었다.

기척이 들리자 책에 고정된 시선을 들어 올렸다.

멈칫!

황보량의 눈이 커졌다.

모용란 곁에 악소천이 서 있는 것을 보고 뭔가 잘못되었나
는 것을 곧바로 알아차린 것이다.

한편 모용란의 눈도 커졌다. 지금까지 황보량이 저렇게 놀
라는 모습은 처음 봤기 때문이었다. 자신의 능력을 과신하는
사람들일수록 허점이 생겼을 때의 충격은 보통 사람보다 훨씬
크다고 하지만 황보량의 눈은 금방이라도 찢어질 듯 커졌다.

더구나 밖이 조용하다는 것은 이미 망월십객이 제 역할을

제대로 하지 못하고 있다는 뜻이었고, 감독고가 보이지 않는다는 것은 이미 저 세상 사람이 되었다는 의미이기도 했으므로 황보량의 커진 눈은 한동안 줄어들 줄을 모르고 있었다.

그런데 황보량의 눈을 더욱 커지게 만드는 일이 발생했다.

거친 발자국 소리가 들리고 꽈당 하며 누군가 문턱에 넘어지는 소리에 악소천이 고개를 돌렸다. 피투성이가 된 칠십가량의 흑의노인이 바닥을 기며 들어서고 있었다.

"아… 아니, 사 호법."

피를 흘리며 기어오는 노인은 황보세가의 호법 중 한 명인 사이천이었다.

"가… 가주님!"

황보량 앞에까지 가까스로 기어간 사이천이 더듬거리며 말을 이었다.

"가… 가문이 무너졌사옵니다. 구파일방과 혈천의 연합 세력의 기습을 받고 잿더… 미… 로."

채 말을 다 잇지 못하고 바닥에 얼굴을 처박고 숨졌다.

"사… 사 호법!"

황보량이 다급히 불렀지만 이미 숨이 끊어진 노인은 요지부동이었다.

돌덩이처럼 굳은 시선으로 책상 너머 바닥에 숨이 끊어진 노인을 쳐다보던 황보량의 고개가 돌려졌다.

모든 상황을 파악한 듯했는데 조금씩 표정이 평온을 되찾아가고 있었다.

"결국 우려했던 일이 현실로 나타났구나."

황보량의 두 눈이 악소천에게 멎었다.

처음 만나는 순간부터 숙명 같은 기세를 느꼈다. 자신의 꿈이 어쩌면 악소천으로 하여금 가로막히게 될지도 모른다는 막연한 불안감.

그래서 더욱 악착같이 악소천을 죽이려 했고 노력했다. 그런데 끝내 죽이지 못했고 마침내 기우는 무서운 현실이 되어 자신의 목을 죄어오고 있었다.

자신이 가진 힘의 팔 할은 황보세가에 있다. 무림맹에 있는 힘은 그다지 굳건할 만큼은 되지 않았다. 진짜는 가내에 남겨 두고 때가 되면 일거에 천하를 밀어버릴 계획을 세웠는데, 오히려 역습을 받아 모든 것이 사라져 버렸다면 이제 선택의 여지란 없었다.

문득 창밖을 쳐다보았다.

무림맹은 평소와 다를 바 없이 무척 평온했다. 아마 이미 모용란이 완벽하게 장악해 버렸을 것이다.

황보량은 조용히 눈을 감았다.

오늘을 위해 청년 시절부터 치밀한 계획을 세웠고 비밀리에 모든 것을 조직하고 일궜다. 단 하루도 쉬지 않고 노력했으며 아군이 되지 못할 상대는 철저히 죽였다. 강남십오절을 이용해 가씨세가를 비롯한 명문가들을 궤멸시킨 것 또한 패권의 일환이었다.

구대마왕 중 적지 않은 수가 자신의 손에 소리없이 죽었다.

한마디로 천하를 거의 손아귀에 넣기 직전까지 와 있는데 갑자기 날벼락이 떨어진 현실을 믿을 수가 없다.

감긴 황보량의 눈이 떠졌다.

그리고 두 눈이 칼처럼 일어서기 시작했다. 이윽고 일어선 시선이 붉게 달아오르더니 활화산처럼 타올랐다.

금방이라도 상대를 녹일 듯한 강렬한 안광에 모용란은 자신도 모르게 고개를 돌려 버렸다. 실로 살인적인 안광이었기 때문이었다.

하지만 악소천은 황보량의 시선을 정면으로 바라보았다.

"핫핫핫핫!"

갑자기 황보량이 광소를 터뜨렸다. 웃음소리에는 소름 끼치는 분노가 가득 들어 있었다.

거친 웃음소리에 천장이 울렸고 실내의 기물들이 와르르 무너져 내렸다.

황보량의 웃음은 한동안 계속되었다. 내공이 약한 사람은 웃음소리에 피를 토하며 고꾸라지고도 남을 만큼 강력했고 모용란 같은 고수도 안색이 창백해졌다.

황보량은 내공을 실어 이쪽을 타격 입히기 위해 웃는 것이 아니었다. 솟구치는 분노의 폭발이었다.

한동안 웃던 황보량이 웃음을 그치더니 느릿하게 입을 열었다.

"여기서 너와 나 둘 중 살아남는 자가 천하의 주인이 될 테니 차라리 잘되었다."

황보량이 책상을 뛰어넘어 악소천과 마주 섰다.

황보량의 주위로 무형의 기운이 철갑처럼 둘러싸여지고 있었다.

호신강기였다. 하지만 일반적인 호신강기와는 달랐다. 어른거리거나 흔들림이 전혀 없는 것이 마치 철벽을 방불케 했다.

슈악!

황보량의 오른손이 뻗어왔다.

九大魔王

第九章
변수

九大魔王

그 자리에서 꼼짝하지 않고 손만 뻗었다. 가볍고 부드러워 보이지만 그 안에는 산을 부수고 강을 쪼갤 수 있는 위력이 담겨 있음을 알아차린 악소천은 곧바로 오른손을 뻗어갔다.

어느새 그의 오른손에는 뇌검이 쥐어져 있있다.

콰앙!

검과 장이 부딪쳤다.

거센 폭풍우가 일어나면서 지붕이 통째 날아가 버렸다. 모용란은 이미 몸을 날려 멀찍이 피한 뒤였다.

비릿한 것이 목구멍을 치밀고 올라왔다. 확실히 여느 고수들과는 달랐다.

콰아아!

연속해 좌우 쌍장이 쏟아졌다.

퍼퍽!

악소천의 검이 또다시 번득였고 황보량의 장력은 산산이 조각나 흩어졌다. 하지만 그 충격의 여파로 벽이 완전히 허물어졌고 두 사람은 무너진 전각의 잔해를 밟고 우뚝 서 있었다.

이미 망월십객을 해치운 농선과 무오 선사가 긴장한 표정으로 쳐다보고 있었다. 꽤 힘든 싸움이었던 듯 두 사람의 옷차림은 엉망이었다.

뿐만 아니라 무림맹 무사들 또한 하나둘씩 몰려들었고 삽시간에 두 사람을 가운데 두고 거대한 인의 장막이 생겼다.

쉭!

쏴아아!

두 사람의 신형이 서로를 향해 돌진해 갔다.

콰콰콰콰!

장력과 검이 빗발치듯 서로를 향해 쏟아져 갔고 엄청난 굉음이 주위를 울렸다.

충돌로 생기는 반탄강기가 어찌나 예리한지 무너진 전각 잔해를 더욱 파괴했다.

콰가가가!

두 사람의 혈전은 계속되었다. 자욱하게 피어오른 먼지로 인해 상황을 살필 수 없게 되자 둘러싸고 있던 무사들의 눈은 더욱 커졌다. 하지만 엄청난 먼지로 인해 사람의 모습은 보이지 않았다. 하지만 농선과 무오 선사는 달랐다.

안개와 같은 먼지를 뚫고 두 사람을 똑똑히 지켜볼 수 있었다. 한 치의 물러섬도 없이 팽팽하게 진행되는 두 사람의 싸움을 보며 농선이 혼잣말을 흘렸다.

"천외천이라더니!"

자신도 구대마왕 중 한 사람이지만 두 사람에 비하면 많은 것이 부족했다.

쾅쾅쾅!

사람의 모습은 보이지 않고 거센 충돌음만 귀청을 찢을 듯이 울렸다.

"뭐가 보여야 어떻게 돌아가고 있는지 볼 텐데."

"글쎄 말이야. 먼지 때문에 아무것도 안 보이잖여."

투덜거리던 무사들의 시선이 일제히 커졌다. 먼지를 뚫고 한줄기 흑광이 터져 나온 것이다.

버— 언쩍!

눈이 부서 제대로 뜰 수 없을 만큼 흑광은 강렬했다.

"저게 뭐지?"

"흑도제일마공 흑야섬이닷!"

누군가 외쳤다.

흑야섬(黑野閃).

뭐든지 부수고 녹이며 삼 갑자의 내공이 없이는 결코 연성할 수 없다는 흑도제일무공이다.

무오 선사와 농선의 눈이 커졌다.

그들은 흑야섬의 위력을 알고 있었다. 어떤 무공도 흑야섬의 상대가 될 수 없었기에 두 사람의 눈은 더욱 부릅떠졌다.

지켜보던 모용란 역시 눈을 크게 뜨며 주먹을 불끈 쥐었다. 가슴이 격렬하게 뛰면서 안색이 하얗게 변했다.

'제발!'

모두가 일말의 불안감에 휩싸여 있을 때 돌연 먼지 위로 한 개의 달이 떠올랐다. 달은 이글거리는 태양과 같았는데 느닷없이 떠오르는 달을 보며 사람들이 놀라 외쳐 말했다.

"대낮에 무슨 달이!"

"어어! 저럴 수가!"

모두가 놀랄 때 떠올랐던 달이 쏘아오는 흑광을 향해 부딪쳐 갔다.

쿵!

엄청난 진동음에 이어 또다시 굉음이 이어졌다.

쿠— 쿠쿠쿵!

강력한 후폭풍에 주위의 모든 건물 더미가 날아갔고 사람들이 비명을 지르며 몸을 피하기에 바빴다.

그러면서 사람들은 보았다.

달에 부딪친 흑광이 산산조각이 되고 있는 것을.

하지만 달은 잠시 찌그러졌다가 다시 원래의 모습을 되찾고 있었다. 그리고 흑광을 깨뜨린 달은 황보량의 앞가슴을 인정사정없이 파고들어 갔다.

푸우― 욱!

이윽고 달은 황보량의 가슴속으로 사라졌다.

쏴아아!

소나기가 내리듯 폭풍에 휘말려 올라갔던 온갖 주위 기물들이 떨어져 내리고 장내의 광경이 드러났다. 황보량은 우뚝 서서 악소천을 바라보고 있었다.

입가에 약간의 미소까지 물고서 서 있는 황보량.

누가 보면 그의 승리가 확정적인 것 같았다. 악소천은 약간 이마를 찌푸리고 흑의 여기저기가 찢어져 불어오는 바람에 펄럭거리고 있었다.

모용란의 눈이 더욱 커졌다. 가슴이 철렁하면서 눈앞이 캄캄해졌다. 아무리 살펴도 악소천의 패배가 틀림없었다. 그런데 농선과 부오 선사의 표정은 환했다. 그럴 줄 알았다는 듯 고개까지 희미하게 끄덕인다.

쏴아아!

바람이 좀 더 세게 불어왔다. 순간 웃음을 머금고 서 있던 황보량의 신형이 재가 되어 사라지고 있었다.

"엇!"

"마… 맙소사."

황보량의 몸은 순식간에 재가 되어 반쯤 사라졌고 곧이어
두 다리까지 완전히 허공으로 흩어져 종적을 감추어 버렸다.
너무도 놀라운 괴변에 지켜보던 사람들의 눈이 경악으로 부
릅떠졌다.

천마검월.

천마검법 마지막 식에 의해 황보량은 완전히 재가 되고 만
것이었다.

"만세!"

모용란은 자신도 모르게 두 손을 번쩍 치켜들고 소리쳤다.
자신의 눈에는 분명히 악소천이 패배한 것으로 보였는데 상
황이 역전되자 참을 수 없는 감동이 밀려온 것이다.

너무 좋아 자신도 모르게 달려가 악소천을 와락 끌어안고
말았다.

"괘… 괜찮아요. 다친 곳 없어요?"

악소천의 얼굴을 살피고 가슴과 아랫배들을 더듬으며 상
처가 있나 확인하기 시작했다.

"수… 숨이 막혔어요. 악 공자께서 패배한 줄 알고."

악소천이 입을 열었다.

"싸움은 아직 끝나지 않았소."

"네? 그게 무슨 말이죠?"

악소천이 돌연 서쪽을 향해 몸을 돌렸다. 그러자 구경하고
있던 수많은 사람들도 일제히 서쪽을 향해 고개를 돌렸다.

한 사람이 다가오고 있었다.

"엇! 부맹주님 아니야?"

"부맹주님이시다."

비룡검협 사마룡이 다가오고 있었다.

사마룡이 다가오자 수많은 인파가 좌우로 갈라지며 길을 터주었다.

저벅저벅!

다가오는 사마룡을 쳐다보던 모용란의 눈이 가늘게 좁혀졌다.

'저… 저것은!'

마치 한 마리 독수리가 잔뜩 웅크리며 다가오는 것 같은 착각을 불러일으켰다.

"서… 설마 부맹주께서 구대마왕 중 한 명인 웅존."

"그렇소. 그가 바로 웅존이오."

악소천이 대답했다.

모용란은 믿을 수 없다는 듯 놀란 표정을 지었다.

부맹주는 항상 말이 없었다. 그는 철저히 이인자로서 앞에 나서기를 거부했고 맹주의 그늘 아래 철저히 자신을 묻었다. 사람들은 그의 그런 행동을 일인자에 대한 이인자의 예의라고 여겼다. 화를 내는 모습을 별로 볼 수 없었고 그가 손에 무기를 든 것은 더욱 구경조차 못했다.

자신이 결정을 내려야 할 중요 안건이 있으면 지나치게 망설이며 앞뒤 재는 바람에 우유부단하다는 비판까지 들어야 했다.

그래서 누구도 별로 무서워하지 않았고 경계하지 않았던 부맹주가 구대마왕 중 한 사람인 웅존이라는 것에 사람들은 엄청난 충격을 받았다. 특히 모용란이 받은 충격은 더욱 컸다. 자신의 눈을 완벽하게 속였다는 것에 대해서는 어쩌면 황보량보다 한 수 위의 인물이라고 여겼다. 황보량도 부맹주가 구대마왕 중 한 사람인 줄은 전혀 모른 눈치였다.

척!

사마룡이 적당한 거리를 두고 섰다.

입가에 잔잔한 미소를 띠우며 말했다.

"의외일세. 나의 마지막 적은 황보량이 될 줄 알았는데 뜻밖이네."

그건 곧 사마룡 자신 또한 황보량을 가장 견제하고 있었다는 뜻이기도 했다.

사실 악소천은 사마룡의 존재를 무시했다.

하지만 처음 무림맹에 들어서면서부터 지궁 쪽으로부터 엄청난 기세가 풍겨옴을 본능적으로 느꼈다. 그것은 사람의 기세라기보다는 짐승들이 내뿜는 표독한 기세였다. 그리고 얼마 지나지 않아 그 기세는 독수리에게서 풍기는 맹렬한 냉기임을 깨달았고 웅존의 존재임을 알아차렸다.

"사람들은 이미 황보량과 부딪쳐 체력이 소진된 자네와 내가 싸우면 몹시 불공평하다고 여길 것일세. 하지만 강호란 서로가 공평한 상태에서 싸움을 벌이는 곳만은 아니지 않는가?"

틀린 말은 아니었다. 상대의 체력이 소진되었을 때 손을 쓰는 것은 엄연히 전략 중 하나이며 고수가 갖춰야 할 기본 소양이기도 했다.

"옳은 말씀입니다. 나 악소천은 부맹주님의 행동에 전혀 불만이 없습니다."

"헛헛! 자네가 그렇게 속 넓게 이해해 주니 한결 부담이 덜하군."

"어린 후배에게 미안하지도 않아요?"

모용란이 쏘아붙였지만 사마룡은 담담한 미소만 지을 뿐이었다.

사마룡이 서서히 쌍장을 들어 올렸다. 표정은 엄숙했고 두 눈은 악소천에게 박히듯 고정되었다.

사마룡의 양손이 하얗게 물들어갔다. 마치 얼음처럼 갈수록 투명해졌는데 악소천의 눈이 빛을 뿌렸다.

'빙백단이구나!'

빙백단은 사마세가의 절기이다. 하지만 역대 수많은 사마세가의 주인 중 누구도 연성하지 못했다고 전해질 만큼 험난하고 파괴력 높은 빙공이었다.

오싹한 한기가 느껴졌다. 극양의 심법을 연마했는데도 한

기를 느낄 정도면 그 깊이와 강함이 능히 짐작되었다. 사람들은 오싹한 한기에 질려 더욱 멀리 물러섰다.

사마룡의 양손은 속의 뼈까지 들여다보일 만큼 투명해졌다.

끼이익!

뒤이어 소름 끼치는 소리를 내며 열 개의 손가락이 오므라들었는데 마치 독수리의 발톱과 다르지 않았다.

푸아아아!

사마룡이 날아들며 잔뜩 웅크린 손가락을 펼쳐 악소천의 몸을 긁었다. 무쇠라도 걸리면 갈기갈기 찢어지고 말 가공할 조공이었다. 빙백단 자체가 쉽게 깨지지 않는 빙정이기 때문에 그것으로 만들어진 조공의 위력은 새삼 거론할 필요도 없었다.

콰앙!

악소천의 검과 사마룡의 손이 부딪쳤다.

처척!

두 사람은 똑같이 뒤로 두 걸음씩 물러났다.

하지만 악소천이 받은 충격은 더욱 컸다. 이미 황보량과 싸우느라 가진 진력의 절반 이상을 소모시킨 탓이었다.

슈슈슈!

사마룡은 정면공격으로 나섰다. 악소천의 체력이 자신에 비해 떨어진다는 것을 알고 그의 약점을 물고 늘어지는 전략

이었다. 악소천 또한 정면공격이 자신에게 불리하다는 걸 알지만 방법이 없었다. 한두 번 충돌을 피할 수는 있겠지만 언제까지 방어적 자세로 나갈 수는 없었다.

콰— 콰쾅!

두 사람은 순식간에 십여 초를 주고받았다.

그런데 조금씩 악소천이 밀리기 시작했다. 전력을 다해 뇌검을 휘둘러 보았지만 본신의 진기가 상당 부분 소모되어 빙백단으로 무장된 사마룡의 조공을 꺾지 못했다.

불끈!

모용란이 다급한 표정을 지었다.

마음 같아서는 자신이 나서서 도와주고 싶었지만 괜히 끼어들어 봤자 방해만 될 뿐이다. 농선 또한 마찬가지였다. 하수들의 싸움이 아닌 강호제일의 고수라 할 만한 싸움 속에 지친 자신이 잘못 끼어들었다가는 둘 모두 치명타를 입는다.

쉬쉭!

내공이 소모되면서 뇌검의 길이도 짧아졌고 뿜어 나오는 화기 또한 약해졌다.

파파팍!

연거푸 악소천이 밀렸고 옷자락이 찢어지고 피가 흘러내리기 시작했다. 사마룡의 조공은 무차별하게 악소천의 전신을 찢어갔다. 온몸이 할퀴어진 악소천의 몸은 처참했다.

"아미타불! 방법이 없겠나?"

"없네."

무오 선사의 물음에 농선이 무겁게 대답했다.

"도대체 어떻게 된 일이냐?"

그때 우렁찬 목소리가 들려왔고 돌아보자 장마가 왜수의 호위를 받으며 다가왔다. 악소천이 계속 밀리자 눈을 크게 뜨고 물었고 농선이 간략하게 경과를 말해주었다.

"저런 비겁한 늙은이."

장마가 대번에 눈을 부라렸다. 하지만 발만 동동 구를 뿐 누구도 악소천을 도와줄 수는 없었다.

콰앙!

악소천의 몸이 기우뚱거리더니 뒤로 십여 걸음 주루룩 밀려났고 그 기회를 놓칠세라 사마룡의 신형이 번쩍하더니 채 중심을 잡지 못한 악소천의 몸을 무차별하게 긁었다.

날카로운 열 개의 손가락이 악소천의 몸을 찢었고 큭 하는 비명을 흘리며 악소천이 뒤로 또다시 밀렸는데 얼굴에 거대한 손톱 자국이 찍혔다.

사마룡은 숨 돌릴 틈도 주지 않고 밀어붙였고 악소천은 순식간에 혈인으로 변했다.

슈슈슈슉!

사마룡의 갈고리처럼 곤두선 양손이 악소천의 몸을 더욱 후려쳤고, 파아아! 하는 소리와 함께 뒤로 밀리던 악소천이 별안간 사마룡의 허리를 감싸 안았다.

퍼퍽!

누구도 예측하지 못한 끌어안기였다.

"뭐지?"

"어어!"

사람들이 놀랐고 사마룡은 더욱 놀랐다. 설마 악소천이 자신의 몸을 끌어안을지는 몰랐다. 하지만 이내 곧추선 양손으로 악소천의 등짝을 그대로 찍어 내려갔다.

쉬이익!

뚝!

하지만 열 개의 손가락은 등의 피부에 닿기 직전 멈추었고 스르르 하며 힘없이 풀렸다.

돌변한 사태에 장마의 눈이 커졌다.

"저 늙은이가 왜 저러지?"

우두둑!

그때 뭔가 부서지는 소리가 들렸다. 사마룡의 몸이 산산이 부서지고 있었다. 허리가 꺾이고 가슴이 터져 나가며 거센 파육음이 주위를 진동시켰다.

"이… 이건!"

사마룡이 눈을 부릅뜨고 더듬거렸다.

악소천은 여전히 그의 몸을 끌어안은 채 대답했다.

"압장사혈이라는 것이오."

"호… 혹 달마가 말년에 남겼다는?"

"그렇소. 만년한철로 된 바위도 으깨는 무공이오."

압장사혈은 내공과는 상관이 없다.

순간적으로 자신의 신체 힘을 폭발시켜 상대를 압사시키는 무공이었다.

"학… 하학!"

악소천이 거친 숨을 내쉬며 손을 풀었고 잠시 서 있던 사마룡이 흐느적거리더니 그대로 주저앉아 숨을 거두고 말았다. 그의 몸은 연체동물처럼 휘어져 있었다.

황보세가를 공격하고 몰려온 혈천과 구파일방의 무사들이 일제히 환호성을 질렀다.

"와아아!"

"천주님께서 이겼다!"

함성이 무림맹을 뒤흔들었고 모용란의 눈가에 눈물이 맺혀 금방이라도 흘러내릴 것 같았다. 너무나 마음을 졸였다. 그래서 주위 수많은 눈들이 있는데도 한달음에 달려가 악소천의 품으로 뛰어들었다.

와락!

"당신이 이겼어요."

"다… 당신?"

악소천이 눈을 휘둥그레 뜨고 물었다.

그러자 모용란이 더욱 힘차게 매달리며 말했다.

"그래요, 당신. 사실 나 처음 동굴에서 그 일 있고 난 이후

단 한시도 당신을 잊어본 적 없어요. 하늘에 맹세해요.”

너무 흥분한 듯 주위 사람들이 있는데도 모용란의 말은 거침이 없었다.

“황보 각주에게 쫓길 땐 꿈속에서조차 당신이 안전하길 빌었어요. 당신을 살려만 주신다면 평생 착한 일 하며 살겠다고 하늘에 맹세했어요.”

눈물을 흘리며 고백하듯 부르짖는 모용란을 보며 장마가 고개를 끄덕였다.

“음, 좋아. 아주 좋아.”

장마의 우스꽝스런 말에 주위 모든 사람들이 배꼽을 잡고 웃음을 흘렸다.

무림맹의 싸움이 일어난 지 한 달 후 일단의 무사들이 소림사 산문으로 들어섰다. 비록 병기들을 메지 않았지만 기세가 하나같이 흉흉했는데 이들은 바로 혈천의 무사들이었다.

일행의 선두에는 악소천이 있었고 뒤들 왜수를 비롯한 홍루의 무사들이 따르고 있었다.

얼마 올라가지 않아 소림의 장문인 무오 선사가 일행을 맞이했고 곧바로 양측은 지객당으로 안내되었다.

용정의 향기가 가득한 실내에 악소천과 무오 선사가 마주 앉았다. 무오 선사는 이번에 다시 무림맹주로 추대되었다. 한사코 거절했지만 어지러운 백도무림을 통합하고 다시 추스르는 데 무오 선사만 한 인물이 없다는 것이 강호명숙들의 의견이었고 결국 삼십 년 전에 이어 두 번째로 맹주가 된 것이었다.

오늘 두 사람이 만난 것은 흑과 백을 대표하는 두 사람이 한 가지 선언을 하기 위함이었다.

평화 선언(平和宣言).

흑과 백은 향후 서로의 존재를 인정하고 상대의 권역을 함부로 침입하지 않는다는 맹약 발표를 위해서였다.

공존공영(共存共榮).

어느 한쪽이 독주를 하면 오히려 평화가 깨진다. 그래서 서로는 경쟁하고 대치하면서 때로는 협조하여 강호에 평화를 정착시키기로 합의했다.

그리고 한 달 후 대붕보에 천하 무림인들이 몰려들었다. 혈천의 인물들은 물론이고 무오 선사를 비롯한 무림맹의 거물들이 속속 몰려들었는데 이유는 오늘 대붕보에서 한 사람의 혼인이 있었기 때문이었다.

혼인의 당사자는 악소천이었는데 신부가 두 명이었다.

마산홍과 모용란.

수많은 강호명숙들의 축복 속에 세 사람은 새로운 가정을 일군 것이다.

짝짝짝!

수많은 사람들의 박수를 받으며 두 여인이 들어서고 있었다.

　다가오는 두 여인을 바라보는 악소천의 입이 귀에 걸려 있었다. 그리고 사람들은 천하에서 가장 아름다운 두 여인을 아내로 맞이한 악소천을 부러운 눈으로 바라보았다.
　"제길! 난 나이 팔십이 되도록 아직 장가를 못 갔는데……."
　입이 함지박만 해진 악소천을 보는 농선의 투덜거림은 언제까지나 이어지고 있었다.

『구대마왕』完

먼저 7권까지 힘들게 읽게 한 점 사과드립니다.

시작할 때의 왕성한 의욕은 점차 착오와 실수로 귀결되었고, 작가는 아쉬움과 독자 여러분들에 대한 송구함에 가슴이 무겁습니다. 원래 구대마왕은 상당한 장편으로 계획되었습니다. 하지만 중간에 샛길로 빠지는 바람에 너무 죄송하여 스스로 조금 일찍 접었습니다.

작가는 웃는 독자를 보며 성장한다는 말이 있습니다.

다시 한 번 보잘것없는 졸작을 끝까지 읽어주신 데에 대해 깊은 감사를 드리며, 새 작품 〈삼류자객〉으로 새해 인사를 드립니다.

〈삼류자객〉에 대한 간단한 설명을 하자면, 말 그대로 주인공이 삼류자객인 이야기입니다.

어느 대기업의 총수는 제대로 된 일등 한 명이 수천 명을 먹여 살린다는 궤변을 늘어놓으면서 틈만 나면 일등주의를 외치고 있습니다. 하지만 삼류 인생들이 없으면 일등의 빛은 절대 발하지 못합니다.

일류와 삼류는 각자 주어진 일이 따로 있지요. 그 둘이 서로 톱 니바퀴처럼 맞물려 세상은 돌아갑니다. 그런데 우린 일류만을 기억하는 교활한 사고를 지녔습니다. 일류의 빛에 가려 자신의 역할을 충분히 하고도 역사의 뒤안길로 사라져 가는 삼류를 위로하고자 이 글을 써봤습니다.

주인공 악소천은 조상 대대로 내려온 자객 집안에서 태어났습니다. 그래서 어쩔 수 없이 자객의 길을 걸어야 하죠. 하지만 삼류이기 때문에 실력보다는 오로지 기교와 변칙, 즉 잔머리로 버텨야 합니다.

일류가 주도하는 강호에 삼류의 생활은 버겁고 고달플 수밖에 없겠지요.

새로 출간될 〈삼류자객〉을 기대 많이 해주시고, 항상 행복하십시오.

몽월 드림.

조돈형 新 무협 판타지 소설
FANTASTIC ORIENTAL HEROES

魔道十兵 마도십병

2007년을 뜨겁게 달굴 화제의 작품!
『마도십병(魔道十兵)』!!

천 년의 힘이 이어지다!

작가 조돈형이 혼신의 열정으로 빚어낸, 2부작『궁귀검신』!
그 뜨거운 불꽃은 꺼지지 않고 다시 활활 타오른다!
열혈 대한의 가슴을 더욱 뜨겁게 달굴
장대하고 호쾌한 투쟁의 시간이 다가온다!

Book Publishing CHUNGEORAM

눈길발길 쏙쏙 끄는 왕성한 가게 만드는 **비법이 가득!**

잘나가는 가게 노하우 151 가지

고다 유조 지음
김진연 옮김
가격 9,800원

물건이 팔리지 않는 시대!
왕성한 가게 만드는 비법이 가득!

가게 안에 웅덩이를 만들어라
조명만 조금 바꿔도 매출이 팍 늘어난다
보기 쉽고, 집기 쉬운 가게 배치는 '경기장 형' 이 최고 등등
가게에 실제로 적용했을 때 매출이 오른 노하우만 알차게 수록
외관, 입구, 배치, 내장, 조명, 디스플레이에서 사원교육까지

도움이 되는 '발견' 이 가득가득.
당신 가게를 회생시키기 위한 소중한 책!

입소문을 통해 아는 분은 다 알고 계십니다!
올 한해 공인중개사 최고의 화제작!

1~2권 합본 | 이용훈 지음
3~4권 합본 | 이용훈 지음
5~6권 합본 | 이용훈 지음
용어해설 | 이용훈 지음

수험생 기본 필독서
만화 공인중개사

제목 : 만화공인중개사 쓰신 분에게 감사드립니다.

학원을 두 달 다녔어요. 근데 과연 그 숫자 외우기 그런 게 몇 문제나 나올까 생각을 했어요.
아니라는 생각이 드네요. 학원강의를 뒤로하고 서점을 갔어요. 내 머리에 가장 이해될 수 있는
책이 없나 하구요. 거기서 만화를 발견했어요. 무조건 세 번 봤어요. 3개월 걸렸어요. 문제집을 보라고
했는데 그건 시행을 못했어요. 근데 합격을 했네요.
어떻게 감사의 말을 해야 될지…….
도서관에서 만화책 들고 다니니까 사람들이 비웃더라구요. 만화책으로 공인중개사를 공부한다고
미친 사람처럼 보더라구요. 근데 그거 다 감수하고 했던 내가 자랑스럽습니다.
어떻게 감사의 말을 해야 할지… 정말 감사합니다.
부디 행복하세요. 제 나이 41살에 좋은 스승을 만난 것 같습니다.
엎드려 감사드립니다.

-본사 홈페이지에 독자분이 올린 메일 中 에서 발췌-